Ullstein

DAS BUCH

Nach dem erfolgreichen Abschluß seines letzten Falls wünscht sich der Privatdetektiv Tom Welles nichts sehnlicher, als endlich in den Schoß seiner Familie zurückzukehren und sich die wohlverdiente Ruhepause zu gönnen.
Doch der Anruf von Rechtsanwalt Longdale, der die Witwe des Industriemoguls Christian vertritt, macht seine Pläne schnell zunichte: Im Nachlaß des Unternehmers ist ein kompromittierender 8-mm-Film aufgetaucht, in dem ein junges Mädchen in einer Sado-Maso-Szene umgebracht wird. Tom soll nun das Mädchen ausfindig machen und durch den Beweis, daß der Film eine Fälschung ist, Mr. Christian posthum vom Ruch des Porno-Liebhabers befreien.
Auf den Spuren von Mary Anne lernt Tom den heimlichen Capote-Fan Max kennen, der in einem Sexshop arbeitet, aber eigentlich Rockstar werden wollte. Mit seiner Hilfe gelingt es dem Detektiv, sich in die Welt des illegalen Hardcore-Pornos einzuschleusen. Und schon bald muß er am eigenen Leib erfahren, daß die Zustände dort alles andere als menschenfreundlich sind.
Ein packender Thriller um ein sensibles Thema, das von erschreckender Aktualität ist. Verfilmt von Joel Schumacher, dem Regisseur von »Der Klient«, mit Nicolas Cage und Joaquin Phoenix in den Hauptrollen.

DIE AUTOREN

Leonore Fleischer hat in Amerika bereits mehrere Bücher veröffentlicht und sich als Autorin von Romanen zum Film einen Namen gemacht.
Der Drehbuchautor Andrew Kevin Walker ist durch seine Drehbücher zu den Filmen »The Game« und »Seven« bekannt geworden.

8 mm – Acht Millimeter

Roman

Das Buch zum Film: Leonore Fleischer
Drehbuch: Andrew Kevin Walker

Aus dem Amerikanischen von Almuth Heuner

Ullstein

Ullstein Buchverlage GmbH & Co. KG,
Berlin
Taschenbuchnummer: 24643

Titel der Originalausgabe:
Eight Millimeter

Erschienen bei: Newmarket
Publishing & Communication, NY

Deutsche Erstausgabe
2. Auflage Mai 1999

Umschlaggestaltung:
Vera Bauer, nach Motiven
des Filmplakats von Columbia Tristar

Printed in Germany 1999
Gesamtherstellung:
Ebner Ulm
ISBN 3 548 24643 5

Gedruckt auf alterungs-
beständigem Papier mit
chlorfrei gebleichtem Zellstoff

Die Deutsche Bibliothek –
CIP-Einheitsaufnahme

Fleischer, Leonore:
Acht Millimeter : das Buch zum Film,
nach dem Drehbuch von
Andrew Kevin Walker / Leonore Fleischer.
Aus dem Amerikan. von Almuth Heuner. –
Dt. Erstausg., 2. Aufl. – Berlin : Ullstein, 1999
(Ullstein-Buch ; 24643)
Einheitssacht.: Eight millimeter <dt.>
ISBN 3-548-24643-5

1. Kapitel

Tom Welles

Die tropische Hitze schlug Tom Welles wie ein nasser Boxhandschuh ins Gesicht, als er durch die erste der automatischen Schiebetüren des Flughafengebäudes ins Freie trat. Die Temperatur im Flughafen selbst war durch die Klimaanlage eiskalt, aber außerhalb der Hülle aus Stahl und Plexiglas, die in den unvermeidlichen Pastelltönen des touristischen Floridas gehalten war, brachten siebenundachtzig Prozent Luftfeuchtigkeit das frühherbstliche Miami zum Schwitzen. Welles verzog keine Miene. Er war hochkonzentriert. Mit einem kleinen Koffer, einer Aktentasche und einer gefalteten Zeitung in der Hand, hielt er sich in diskreter Entfernung von seiner Beute, wandte aber den Blick nicht von dem Mann. Seit sie in Harrisburg ins Flugzeug gestiegen waren, hatte er ihn im Auge behalten. Er hatte hinter ihm in der DC-9 gesessen, vier Reihen und drei Sitze schräg hinter ihm, und ohne den Kopf zu wenden beobachtet, wie er drei Martinis hinuntergekippt und das Sandwich abgelehnt hatte, das die Stewardeß ihm aufdrängen wollte. Der Mann hatte noch nicht einmal die Tüte Erdnüsse geöffnet. Welles saß ruhig auf seinem Platz und blätterte gelegentlich im Bordmagazin. Mr. Drei-Martinis würde nirgends hingehen, bis das Flugzeug zum Terminal rollte, anhielt und die Türen öffnete. Sie hatten viel Zeit.

Thomas Welles war ein »Überwachungsexperte«, wie man Männer seines Schlags heute nennt. Früher lautete die Bezeichnung Privatdetektiv, Ermittler, Schnüffler – was auch immer. Aber die guten alten Zeiten von Sam Spade und Philip Marlowe waren schon lange vorbei. Heute war alles hochtechnisiert, und ausgefeiltes Video- und Abhörgerät, Hightechcomputer und Fotoapparate, die in der Hand verschwinden und selbst aus großer Entfernung perfekte Bilder liefern konnten, bestimmten die Tagesordnung.

Was Waffen betraf, so besaß Welles zwar eine registrierte Pistole, aber er machte sich nur selten die Mühe, sie mitzunehmen. Bei seiner Art von Job – Buchhalter aufspüren, die mit dem Geld ihrer Kunden verschwunden waren, untreue Ehemänner und -frauen überführen, ausgerissene Kinder und Ehegatten finden – war nur selten der Einsatz von Feuerwaffen gefragt. Die größte Gefahr bestand in der Langeweile, die bei seinen Beobachtungen aufkommen konnte.

Welles war mit seinen gerade mal 31 Jahren bereits einer der erfolgreichsten Überwachungsexperten von Pennsylvania, und er stand in dem Ruf, zuverlässig und kompetent zu sein. Er war intelligent, hartnäckig und effizient; vor allem aber besaß er die Tugend, in einer Branche, in der Diskretion hochgeschätzt wurde, absolut verschwiegen zu sein. Auf den ersten Blick gab er das Bild eines dezent gutaussehenden Mannes ab – groß, breitschultrig, gepflegt und unauffällig. Aus beruflichen Gründen kultivierte er diesen Eindruck sorgfältig, doch unter der glatten Oberfläche verbarg sich ein gänzlich anderer Mensch. Unter den gesenkten Lidern lauerte ein durchdringender Blick, und in dem perfekt sitzenden Konfektionsanzug steckte ein kraftvoller, muskulöser Körper mit schnellen Reaktionen.

Trotz dieser Qualitäten zog Welles ein ruhiges Leben ohne große Überraschungen vor. Mit seiner Frau Amy und der sieben Monate alten Cindy wohnte er in einem friedlichen Viertel von Harrisburg, der Hauptstadt von Pennsylvania. Das Haus war weder riesig noch prunkvoll, aber groß genug für sie drei, gemütlich und erfüllt von Glück. Welles verdiente genug zum Leben, konnte etwas für später zurücklegen und sogar in einen Ausbildungsfond für seine kleine »Cinderella« einzahlen. Er mochte die Abwechslung in seinem Job, schätzte die Möglichkeit, einem engen Büro zu entfliehen, und nahm die Gelegenheit gerne wahr, seinen Verstand mit dem seiner Beute zu messen. Ein gelöster Fall gab ihm zudem ein Gefühl der Befriedigung – wenn er den Buchhalter für seinen Betrug zur Rechenschaft zog, ein streunendes Kind seinen verzweifelten Eltern zurückbrachte oder gekränkten Ehegatten den Beweis für die Untreue des Partners präsentierte.

Welles folgte seiner Beute aus dem Flughafen von Miami in die drückende tropische Frühabendhitze. Der Mann war leicht im Blick zu behalten. Er hatte auffällig lange Beine und bewegte sich mit der kraftvollen Eleganz eines Squashspielers. Sein Haar war blond und kräftig, und er legte das Benehmen eines Mannes an den Tag, dessen Vater und Großvater schon vom feinsten Porzellan gegessen und allen wichtigen Clubs angehört hatten. Ein uniformierter Chauffeur hielt ein Schild mit der Aufschrift »Mr. Maitland« hoch. Welles' Opfer nickte kurz, gab dem Fahrer wortlos seine Gucci-Reisetasche und folgte ihm zum Bordstein, wo eine Mercedes-Limousine wartete. »Mr. Maitland« stieg hinten ein.

Welles sprang in das nächste Taxi. »Folgen Sie diesem Wagen«, befahl er. »Aber fahren Sie nicht zu dicht dran.« Dann schüttelte er eine Zigarette aus der Schachtel und zündete sie hastig an.

»Rauchen verboten«, knurrte der Fahrer.

»Was halten Sie von einem kleinen Deal?« antwortete Welles freundlich und nahm einen tiefen Zug. »Für jede Zigarette, die ich rauche, kriegen Sie fünf Mäuse.«

»Dann rauchen Sie, verdammt noch mal.«

Eine Viertelstunde später hatten Limousine und Taxi das Flughafengelände verlassen und fuhren zügig in Richtung Miami Beach. Weitere zehn Minuten später bog die Limousine in die geschwungene Auffahrt zum Hotel »The Tides« ein, einer vielstöckigen, verschwenderischen Sahnetorte von Gebäude mit großen Fenstern zum Meer. Hohe Palmen umgaben das Hotel; ihre langen, fächerigen Wedel hingen in der feuchten Luft matt herunter.

Das Taxi hielt auf der anderen Straßenseite in der zweiten Reihe. Welles beobachtete, wie »Mr. Maitland« das Hotel betrat. Schließlich stieg er aus, gab dem Fahrer einen Zwanziger und betrat unauffällig die Eingangshalle. Er nahm in einem der hochlehnigen Ledersessel mit freiem Blick auf die Rezeption Platz und beobachtete von da aus, wie Maitland eincheckte, die Codekarte für das digitale Schloß seines Zimmers entgegennahm und dem Hotelboy zum nächsten Fahrstuhl folgte.

Welles hatte keine Ahnung, wie lange er in seinem Zimmer bleiben würde, deshalb war er gezwungen, schnell zu handeln. Er stürzte aus der Halle zu einer Straße, die parallel zum »Tides« verlief, aber drei Straßenzüge vom Strand entfernt war. In einem der erschwinglicheren Hotels – ohne Strandblickaufschlag – nahm er sich ein Einzelzimmer im zweiten Stock, packte eilig seinen Koffer aus und hängte ein paar Kleidungsstücke zum Wechseln auf. Schnell streifte er ein Freizeithemd über und griff ein Leinenjackett aus dem Schrank.

Aus seinem Aktenkoffer nahm er eine Videokamera, die klein genug war, um unauffällig in die Hand zu passen, überprüfte, ob die Kassette richtig eingelegt und die Batterien aufgeladen waren, und steckte sie in die Jakkentasche. Dann verstaute er den Aktenkoffer, in dem sich auch sein Laptop und das modernste Überwachungsgerät befanden, und lief zurück zum »Tides«. Der Mercedes parkte immer noch in der Auffahrt. Offensichtlich war Maitland noch in seinem Luxuszimmer, tätigte ein paar Anrufe oder schnupfte ein paar Linien Koks. Jedenfalls ahnte er wohl nicht, daß er überwacht wurde.

Welles war sich bewußt, daß er mit seinem gutgeschnittenen Jackett, den kurzen Haaren und den polierten Schuhen wie ein Geschäftsmann aussah, der einen Termin wahrnahm. Er war Teil des Inventars, einfach nur ein Gast, der sich in der Hotelhalle aufhielt. Mit der Zeitung in der Hand machte er es sich in einem der Sessel gemütlich. Ihm war klar, daß er vermutlich mehrere Stunden totschlagen mußte, bevor seine Beute wieder auftauchte.

Bei diesem Fall erwartete er keine unangenehmen Überraschungen. Es schien ein absoluter Routinefall zu sein. Wenn ein Überwachungsauftrag irgendwelche Risiken barg, lehnte Welles ihn in der Regel ab. Er hatte vor, ein hohes Alter zu erreichen und die Liebe seiner Frau und Tochter zu genießen. Nein, die Aufträge, die er übernahm, waren kurz und alltäglich. Sie erforderten zwar ein gewisses Maß an Erfahrung und Diskretion, bargen aber wenig Gefahr für Leib und Leben. Wie dieser hier. Nur selten hatte er einen Auftrag ablehnen müssen.

Dennoch hoffte Welles insgeheim auf den Traumauftrag – eine Herausforderung, die knifflig, anspruchsvoll und delikat war, eine Herausforderung, die er mit großer Umsicht meistern und die seinen Ruf derart vergrößern würde, daß er seine Honorarsätze erhöhen konnte. So ein Fall würde es ihm erlauben, soviel zurückzulegen, daß seine Familie lange Zeit behaglich leben konnte. Er war daher darauf bedacht, reiche und mächtige Klienten zu gewinnen, denn diese konnten ihn an andere reiche und mächtige Klienten weiterempfehlen, die sich darauf verlassen würden, daß er sich sämtlicher Leichen in ihren reichen und mächtigen Kellern annahm – und von dieser Sorte gab es mehr als genug, um später die horrenden Studiengebühren für sein kleines Mädchen aufbringen zu können.

Aus diesem Grund saß er nun in einer Hotelhalle in Miami, überflog mit einem Auge die Zeitung und hielt mit dem anderen Ausschau nach Mr. Hochwohlgeboren.

Der Leitartikel der *Pennsylvania News* beschäftigte sich mit dem Tod von Frazier Howell Christian, einem bekannten Industriellen aus der Gegend. Mr. Christian war 81 Jahre alt geworden und galt als Multimillionär. Er starb eines natürlichen Todes. Deswegen konzentrierte sich der Artikel auf Christians Wohltätigkeitsprojekte, seinen Aufstieg in die oberen Zehntausend, seinen Ruf als gerissener Geschäftsmann, sein Firmenimperium, die Wohltätigkeitskomitees, denen er angehörte, die Universitätsbibliothek, die von ihm finanziert und nach ihm benannt war, und auf die Arbeiterunruhen, die viele Jahre hindurch seine Stahlwerke heimgesucht hatten.

Als Bürger von Pennsylvania interessierte sich Welles zwar für den Lebenslauf von Mr. Christian, wandte sich dann aber doch lieber dem hinteren Teil der Zeitung mit den Basketballergebnissen zu.

Als Maitland schließlich aus dem Fahrstuhl trat, hatte Welles jedes Wort in seiner Zeitung zweimal gelesen, einschließlich der Kleinanzeigen. Mr. Jungkonservativ schien für die Piste gerüstet, in frisch gebügelten weißen Hosen und einem weich fallenden blauen Hemd, sein Seidenjackett hatte er lässig über die Schulter geworfen. Am Empfang bestellte der Portier Maitlands Limousine, und während dieser auf den Wagen wartete, erhob sich Welles diskret aus seinem Sessel und verschwand durch eine Seitentür aus der Halle. Mit großen Schritten eilte er zum Taxistand vor dem Hotel, sprang gerade noch rechtzeitig in den ersten Wagen und befahl dem Fahrer, dem Mercedes zu folgen.

Die Limousine brachte Maitland zu einer beliebten South-Beach-Tanzbar, einer grellen Kombination von Art-Deco-Elementen, »Miami-Vice«-Accessoires, grellbuntem Neon und wummernder Musik. Die Bar befand sich im Inneren, die Tanzfläche unter freiem Himmel, umgeben von blühenden Jacarandabäumen. Welles bezog im hinteren Teil des Raums Posten und beobachtete, wie sein Mann sich zur Bar vordrängte, einen doppelten Martini entgegennahm und seine Aufmerksamkeit den zahlreichen hübschen Damen zuwandte, die an diesem Abend ihre Reize feilboten. Nach wenigen Minuten entschied er sich für eine langbeinige Frau in einem extrem kurzen Kleid mit leuchtend rotem Schopf und einer Oberweite, die ihren Intelligenzquotienten bei weitem zu übertreffen schien.

Nach einem Drink und dem obligatorischen Smalltalk begaben sich Maitland und die Rothaarige auf die Tanzfläche. Welles, der die Augen nicht von Maitland gelassen hatte, postierte sich unauffällig am Rand. Er zog seine Videokamera aus der Tasche und fing an zu filmen. Zwischen Maitland und seiner neuen Freundin sprangen die Funken. Offenbar hatten sie auch ein paar Nasen gezogen, Hemmungen kannte das Mädchen jedenfalls keine mehr. Sie klebte förmlich an ihrem Verehrer und schlang ihre langen schlanken Beine um seinen Körper. Maitland, der stark schwitzte, umfaßte mit einer Hand ihre Taille beim Tanzen, die andere legte er dreist auf ihre Brüste. Als die Musik langsamer wurde, hielten sie in ihren Bewegungen inne, um sich ausgiebig und hingebungsvoll zu küssen. Niemand nahm Notiz von Welles, der sich am Rand der Tanzfläche entlang vorarbeitete, die winzige Videokamera auf die zügellosen Aktivitäten des Paares gerichtet. Als Maitland und die Rothaarige schließlich die Bar verließen, verfolgte er sie bis zum Bordstein und filmte noch, wie der Mann dem Mädchen in die Limousine half und ihrem exquisiten Leib und den schlanken bloßen Schenkeln auf den Rücksitz folgte.

Für heute nacht hatte Welles genug im Kasten und konnte endlich Feierabend machen. In ein oder zwei Stunden würde es hell werden, und er war todmüde. Mit dem Taxi fuhr er zurück zu seinem Hotel. Unterwegs ließ er an einem Imbiß anhalten und holte sich einen großen Becher Kaffee. In seinem Zimmer angelangt, nahm er seinen Laptop aus dem Aktenkoffer, zog sich bis auf die Unterwäsche aus und startete den Computer. Flink verkabelte er die Videokamera mit dem kleinen Rechner und überspielte die Daten aus der Kamera auf die Festplatte. Während er dem integrierten Drucker zusah, wie er Einstellung um Einstellung auswarf, nippte er an dem kochendheißen Kaffee und rauchte eine Zigarette.

Die Fotos waren alle brauchbar und von guter Qualität. Maitland war deutlich zu erkennen, ebenso wie seine üppige Begleitung. Hastig blätterte Welles die Aufnahmen durch und wählte die kompromittierendsten Bilder aus: Maitland mit der Hand auf ihrem Busen, seine Finger tief in ihrem großzügigen Ausschnitt versenkt. Das Paar beim leidenschaftlichen Zungenkuß, so engumschlungen, daß kaum zu erkennen war, wo er aufhörte und sie anfing. Und schließlich die Szene, als das Paar in die Limousine stieg, Absicht und Ziel offenkundig.

Welles stand auf und reckte die Schultern. Es war ein langer, ermüdender Tag gewesen, mit viel Leerlauf, Herumsitzen und Warten. Nacken und Rücken taten ihm weh, und es war schon viel zu spät, um Amy anzurufen. Er schlug die Bettdecke zurück und legte sich hin. Macht nichts, dachte er, als er das Licht ausschaltete, dieser Auftrag ist so gut wie erledigt. Noch ein paar Tage einfacher Überwachung, dann ging's zurück nach Harrisburg.

Im Gegensatz zu dem hochtechnisierten Airport von Miami wirkte der geringfügig größere Flughafen in Harrisburg funktional und alltäglich wie ein Sitzungssaal. Aber Welles gefiel er, denn er kündigte an, daß er bald zu Hause angekommen sein würde. Sein Ford stand auf dem Parkplatz Nr. 3, dem für Langzeitparker. Hastig warf er sein Gepäck in den Kofferraum. Er wollte so schnell wie möglich nach Hause, aber zuerst mußte er noch seinen Auftraggeber treffen und das Ergebnis seiner Nachforschungen mitteilen.

Er fuhr durch die ruhigen Straßen der Stadt bis zum Senatsgebäude von Pennsylvania, einem schönen Jugendstilbau der Jahrhundertwende. Die hohen Fenster der Vorderseite blickten über den Susquehanna-Fluß.

Hinter einer dieser »Vitrinen« saß seine Klientin, Martha M. Sheridan, republikanisches Mitglied des Senats von Pennsylvania. Ihr Büro paßte zu ihr. Es war würdevoll, teuer eingerichtet und verströmte den Geruch ererbten Geldes.

»Tagsüber hat sich Ihr Schwiegersohn um das Franchise mit den chemischen Reinigungen gekümmert und sich abends dann mit diesem Mädchen getroffen. Einzelheiten finden Sie in meinem Bericht, auch über die Frau. Unangenehme Sache, ich weiß.« Welles sprach zurückhaltend und voller Mitgefühl – eine seiner besonderen Qualitäten.

Senatorin Sheridan sah sich die obersten drei Bilder von dem Stapel Fotos an und ließ den Packen schließlich mit einem angewiderten Schulterzucken auf den Tisch fallen.

»Diskret, nicht wahr?« sagte sie verächtlich. »Was für ein Dummkopf. Ich wollte meine Tochter warnen, aber was nützt das schon?«

»In dem Umschlag finden Sie auch meine Rechnung«, erwiderte Welles schüchtern. »Wenn das alles wäre ...«

»Ja, vielen Dank, Mr. Welles.«

Welles erhob sich. »Keine Ursache, Mrs. Sheridan. Wenn ich Ihnen irgendwie behilflich sein kann ...«

Wieder ein Auftrag erfolgreich abgeschlossen! Wieder ein Scheck für die monatlichen Ausgaben und Cindys Studium! Trotz seiner Müdigkeit fühlte Welles sich außerordentlich wohl, als er die City von Harrisburg verließ und hinaus aus der Stadt Richtung Vororte fuhr. Ein paar Tage Urlaub konnte er gut gebrauchen. Er würde sich Zeit nehmen für Frau und Tochter, Zeit, damit er seine Batterien wieder aufladen konnte. Der Ford bog in eine schattige Straße mit gepflegten Häusern und hielt kurz darauf vor einer Einfahrt. Obwohl er nur vier Tage weggewesen war, hatte Tom das Gefühl, sein Zuhause lange, lange Zeit nicht gesehen zu haben. Dabei sah es aus wie immer: ein hübsch gestrichenes Holzhaus mit hohen Bäumen im Vorgarten, deren Blätter bereits fast alle gefallen waren. Er würde sie bald zusammenharken müssen. Tom lächelte. Er arbeitete gern in Haus und Garten, denn es war eine körperliche Tätigkeit, unter freiem Himmel, und außerdem schuf sie Ordnung.

Er schloß die Haustür auf und stellte seinen Koffer ab. »Hallo!« rief er. Niemand antwortete, also ging er erst einmal in die Küche und goß sich einen Orangensaft ein.

»Hallo!« rief er wieder.

»Hier sind wir«, hörte er dann.

Tom ging der Stimme nach, die aus dem kleinen Arbeitszimmer im hinteren Teil des Hauses kam. Seine Frau saß im halbdunklen Zimmer an ihrem Computer, nur der Bildschirm und die Tischlampe erhellten den Raum. Ihre Lesebrille war verrutscht, und hinterm Ohr stak ein Bleistift, eine alte Gewohnheit von ihr, die sie schon im Studentenwohnheim angenommen hatte. Neben Amy saß die kleine Cindy in ihrem Laufstall, umgeben von ihren Lieblingsstofftieren.

Tom blieb in der Tür stehen und betrachtete einen Moment lang das Bild, das sich ihm bot. Seine Frau hatte kaum aufgesehen, so vertieft war sie in ihre Arbeit, und ihr intelligentes Gesicht war angespannt vor Konzentration. Sie war nicht auf die übliche Weise hübsch, hatte aber zarte, schmale Züge und hohe Wangenknochen. Ein Gesicht, das mit den Jahren hübscher und hübscher wurde. Mit siebzig würde Amy eine wahre Schönheit sein. Die kleine Cindy schnaubte vor Freude, als sie ihren Vater erspähte. Für Tom war der Anblick von Frau und Tochter der schönste der Welt. Er erfüllte und belebte ihn, machte ihn glücklich und lieferte den besten aller Gründe dafür, am Leben zu sein.

»Wir haben schon gestern abend mit dir gerechnet«, sagte Amy, ohne den Blick vom Bildschirm zu wenden.

»Hat länger gedauert. Wie geht's deinen Lehrbüchern?«

Amy arbeitete als freiberufliche Lehrbuch-Redakteurin und konnte selbst das komprimierteste Stück Pedanterie in etwas Verständliches und Brauchbares verwandeln. Sie war gefragt und erfolgreich, obendrein gefiel es ihr, daß sie zu Hause arbeiten und sich dabei um Cindy kümmern konnte.

Amy seufzte. »Ich habe hier zehntausend Wörter über Plattentektonik. Viertausend sollten es nur sein. Der Autor will auf kein einziges verzichten, und ich habe deswegen einen halben Tag lang mit ihm am Telefon diskutiert. Wie war's in Miami?«

»Gut«, sagte Tom ohne große Begeisterung. »Einsam. Nicht für alles Geld wollte ich dort leben.«

»Warum bist du dann überhaupt hingefahren?«

Er zuckte die Schultern. »Senator Michaelson hat eben einflußreiche Freunde.« Er ging zum Laufstall, hob seine Tochter heraus und hielt sie hoch. Cindy strampelte und krähte vor Freude.

»Hallo, Cinderella. Hast du mich vermißt? Du hast mir so gefehlt.« Er küßte das Baby, ging mit ihm auf dem Arm zu seiner Frau und schaute ihr über die Schulter.

Amy tippte gerade die letzten Korrekturen ein. Dann speicherte sie die Datei und schaltete den Computer aus. Sie nahm ihre Brille ab, lehnte sich im Schreibtischstuhl zurück und lächelte ihren Mann an. Dann stand sie auf, um ihn zu umarmen, aber als er sie küssen wollte, entwand sie sich ihm.

»Du hast wieder geraucht«, sagte sie vorwurfsvoll.

»Geraucht? Ich rauch' doch nicht«, schwindelte er, obwohl er wußte, daß sie es riechen konnte.

»Deine Kleidung stinkt nach Rauch«, gab Amy zurück und rümpfte die Nase.

»Ich hab' in Bars und so rumgesessen, während ich hinter diesem Kerl her war«, brauste Tom auf und tat beleidigt. »Und das ist der Dank dafür? Bevor du mich überhaupt begrüßt, höre ich schon Vorwürfe ...«

»Ich mache dir keine Vorwürfe«, sagte Amy leicht zerknirscht.

»Ich rauche nicht, in Ordnung? Das haben wir doch schon hinter uns.«

»Ist ja schon gut, ich glaub' dir ja.«

»Ich mache das Abendessen. Hast du Hunger?«

»Du kochst?«

»Klar«, sagte Tom und lächelte. Es tat ihm weh, daß er seine Frau belogen hatte und damit auch noch durchgekommen war.

»Was möchtest du essen?«

Immer noch mit dem Baby auf dem Arm ging er zur Küche.

»Wunder über Wunder! Hoffentlich stimmt es, daß du nicht rauchst. Das ist alles, was ich dazu zu sagen habe.«

»Liebling, ich tu's nicht, wirklich nicht.«

Tom nahm Töpfe und Pfannen aus dem Schrank und wünschte sich inbrünstig, daß sie das Thema fallenließ.

Der restliche Abend verlief friedlich. Das Essen – Toms Lieblingsnudeln und ein großer Salat – endete mit Kaffee im Wohnzimmer. Cindy saß in einem sauberen Schlafanzug zwischen ihnen auf dem Sofa und war glücklich darüber, daß sie ihre beiden Eltern um sich versammelt hatte. Als sie sich die Augen rieb und zu quengeln anfing, nahm Tom sie hoch und brachte sie in ihr Zimmer.

Er legte sie ins Bett, küßte sie auf die Stirn und stieß das Musikmobile an. Leise erklang ein Schlaflied, und die Augen des Babys fielen zu.

Tom ging zurück zu Amy, die ein Gähnen unterdrückte.

»Bett?« schlug er vor.

»An was dachtest du dabei?« lächelte seine Frau.

»Hoffentlich an dasselbe wie du.«

Amy streckte sich und stand auf. Tom umfing sie mit beiden Armen, und als ihre Küsse immer inniger wurden, gingen sie zusammen ins dunkle Schlafzimmer.

Obwohl sich Tom und Amy körperlich sehr vertraut waren, liebten sie sich immer noch wie frisch Verliebte. Beide achteten auf die gegenseitigen Bedürfnisse und Wünsche. Beide freuten sich über neue Möglichkeiten, einander zu erregen.

Als es vorüber war und Tom sich, noch immer aufgewühlt, zur Seite rollte, konnte er den Wunsch nach einer Zigarette nur mühsam unterdrücken. Cindys Weinen lenkte ihn schließlich ab. Er schwang die Beine aus dem Bett und setzte sich auf, tief in Gedanken versunken. Er mußte noch den Bericht über den Maitland-Fall in seinen Bürocomputer laden und das Abrechnungskonto in Ordnung bringen. Das könnte zwar eigentlich bis morgen früh warten, aber er dachte nun mal gerade jetzt daran. Der Gedanke, was als nächstes kommen würde, schoß ihm durch den Kopf. Hoffentlich nicht schon wieder so ein langweiliger Scheidungsfall. Er hatte keine Lust mehr auf unvorsichtige Ehebrecher.

»Und, wie geht's deiner Geliebten?« hörte er plötzlich Amys Stimme aus der Dunkelheit.

Fragend wandte sich Tom zu ihr um.

»Deiner Arbeit natürlich.«

»Was bist du nur für eine hinterhältige Frau, deinen

Gatten so zu erschrecken!« murmelte Tom und küßte sie auf den Hals. Im Bad holte er ein Handtuch, das er sich um die Hüften schlang, und ging über den kurzen Flur zum Zimmer seiner Tochter. Cindy schrie jetzt aus vollem Hals, allein im Dunkeln und ohne die Liebe und Aufmerksamkeit, die sie tagsüber erhielt.

»Was ist denn los, Cinderella? Warum weinst du denn?«

Er lächelte in das Bettchen hinunter. Beim Klang seiner Stimme versiegte das Weinen langsam, und als er die Kleine hochnahm und an seine Schulter legte, hörten die Schluchzer ganz auf. Tom trug sie in die Küche und stellte das Fläschchen mit Milch zum Aufwärmen in die Mikrowelle. Während er auf die Milch wartete, wiegte er seine Tochter in den Armen und summte ihr leise etwas vor.

Amy, in einen Bademantel gehüllt und mit zerzausten Haaren, kam an die Küchentür und betrachtete die beiden einen Moment lang schweigend, als wollte sie sich das Bild ihres allerliebsten Glücks fest einprägen. Der Ausdruck auf Toms Gesicht, so zärtlich und sanft, bewegte sie zutiefst. Welche Fehler er auch hatte, selbst wenn er sie immer wegen des Rauchens belog, auf der ganzen Welt gab es keinen besseren Mann als ihn!

Sie trat zu den beiden, strich mit der Hand über Toms bloße Schulter, den Rücken entlang und spürte die kräftigen Muskeln unter ihren Fingern.

»Ich liebe dich«, flüsterte sie.

»Ich liebe dich auch«, flüsterte er zurück.

Seit langer Zeit spürte Tom zum ersten Mal wieder, wie er sich entspannte. Ja, darum ging's im Leben. Das war es, was ihn hierherzog, was ihn immer wieder nach Hause bringen würde.

Sonniges Morgenlicht strömte durch die Küche. Cindy saß glücklich in ihrem Babystuhl und wartete darauf, den nächsten Löffel Haferflocken in den Mund geschoben zu bekommen. Amy wischte ihr verschmiertes Gesichtchen mit einer Ecke vom Lätzchen ab und wandte sich ihrem Mann zu, der friedlich mit der zweiten Tasse Kaffee und der Morgenzeitung dasaß.

»Glaubst du, daß du dich dieses Wochenende um den Wasserboiler kümmern kannst?«

»Klar«, nickte Tom. »Ich ruf' den Typen gleich an.«

Amy blickte ihn zweifelnd an. »Du meinst aber nicht etwa den, der es schon mal versucht hat?«

»Den lasse ich überhaupt nichts mehr versuchen. Der ist ein hoffnungsloser Fall. Findet deine Bridgerunde am Samstag hier statt?«

Amy schüttelte den Kopf. »Betty ist nicht da, deshalb spielen wir erst nächste Woche wieder.«

Das Klingeln des Telefons durchschnitt plötzlich die Ruhe in der Küche. Tom griff nach dem Hörer.

»Hallo? Warten Sie einen Moment, ja?«

Er gab Amy den Hörer und bedeutete ihr, daß sie auflegen sollte, sobald er in seinem Arbeitszimmer abgenommen habe.

Er flitzte die Treppe hinunter in sein Kellerbüro und rief zu Amy hinauf, daß er das Gespräch nun übernehme.

»Ja, ich hab's. Leg auf. Hallo. Entschuldigen Sie, ich mußte durchstellen. Freut mich, Sie kennenzulernen, Mr. Longdale. Ja, heute abend paßt es gut. Oh, ich weiß, wo das ist.«

Das Blut pulsierte heftig in seinen Schläfen, als er auflegte.

Dieser Anruf hatte ihn völlig überrascht. Er unterdrückte ein breites Grinsen, voller Vorfreude. Das könnte er sein – der große Fall, den er sich gewünscht hatte. Der Fall, der ihm endlich den Hauptgewinn bescheren würde.

Bei einer so reichen und mächtigen Klientin wie der Witwe von Frazier Christian hatte er sich noch nie vorgestellt, dachte Tom Welles, als er auf dem Weg in die Vororte durch Philadelphia fuhr. Was könnte sie bloß von ihm wollen? Christian hatte sein Leben im Rampenlicht öffentlicher und staatlicher Aufmerksamkeit verbracht und war, soweit er informiert war, absolut sauber geblieben. Er hatte zwar im Umgang mit seinen Feinden, beispielsweise den Gewerkschaften, als unnachgiebig, sogar unbarmherzig gegolten, seine Großzügigkeit jedoch war legendär. Nicht zuletzt der Staat Pennsylvania hatte davon profitiert. Christian hatte ihm Bibliotheken und Turnhallen, medizinische Forschungszentren, Parks und Naturschutzgebiete finanziert.

Und nun war Frazier Christian in die Geschichte der USA eingegangen, ohne einen Nachfolger zu haben. Keiner der heutigen Großmogule, weder die Pressezaren noch die Industriemagnaten oder Softwarebosse und auch kein Direktor internationaler Konsortien, besaß die Art von Charisma oder Privilegien, die Christian sein ganzes Leben lang genossen hatte. Er war einer der alten Schule gewesen wie Mellon, Carnegie, Rockefeller – Männer, die Amerika gebaut und groß gemacht hatten. Er war der letzte von ihnen gewesen, und mit seinem Scheiden war eine tatkräftige Ära amerikanischer Geschichte zu Ende gegangen.

Selbst solch ein Mann, dachte Welles, während er einen reichen Vorort von Philadelphia durchquerte und zu Villen gelangte, die immer luxuriöser wurden und auf immer größeren Grundstücken standen, selbst solch ein

Mann hatte offenbar eine Leiche im Keller. Warum sollte seine Witwe sonst die Dienste eines Überwachungsexperten benötigen? Die Vororte lagen längst hinter ihm, und die Straße vor ihm schlängelte sich nun durch einen kleinen Wald. Unter dem sich rötenden Himmel des Herbstabends und den dichten alten Bäumen konnte er nur schwer erkennen, wohin er fuhr. Plötzlich wichen die Bäume einer langen Chaussee, die an einer riesigen Parkanlage vorbeiführte und in eine breite Kiesauffahrt mündete. Welles parkte vor einem massiven alten Herrensitz, auf den die Bezeichnung Schloß durchaus zutraf. Er kannte andere beeindruckende Villen, aber die Größe und Großartigkeit dieses Anwesens überwältigte ihn. Ein Riesenhaus für einen Industriegiganten, der amerikanische Traum verkörpert in behauenem und geformtem Stein, in Flügelfenstern und Balkonbrüstungen.

Welles stieg aus seinem Wagen und lief die Vordertreppe hinauf. Bevor er klingeln konnte, öffnete sich die Tür, und ein würdevoller Butler nickte ihn herein.

Thomas Welles wurde erwartet.

Schon die Eingangshalle war bombastisch, mit Marmorboden und einem großen Kristallüster an einer langen Bronzekette, die an der meterhohen Decke befestigt war. Sofas, Stühle und Tische nahmen in der ovalen Halle nur wenig Platz ein, und am hinteren Ende schwang sich eine reichgeschnitzte Doppeltreppe zum nächsten Stockwerk empor. Unschätzbare Gemälde und Bronzestatuen von berühmten Künstlern aus mehreren Jahrhunderten waren überall zu sehen. Welles hatte den Eindruck, in einem Museum und nicht in einem Privathaushalt zu sein.

Ein distinguierter Herr in einem Dreitausend-Dollar-Anzug kam die Treppe herunter, ein Lächeln auf dem gutaussehenden bärtigen Gesicht. Er war etwa fünfzig Jahre alt, aber alles an ihm – von den handgenähten Lobb-Schuhen bis zur Zweihundert-Dollar-Frisur – war darauf ausgerichtet, ihn alterslos erscheinen zu lassen.

»Mr. Welles«, sagte der Mann und schüttelte Tom die Hand. »Ich bin Daniel Longdale. Wir haben telefoniert. Ich bin der Rechtsanwalt der Christians und einer der Testamentsvollstrecker. Bitte folgen Sie mir.«

Die Miene des Anwalts verriet nichts, und so blieb auch Welles scheinbar unbeeindruckt, als er hinter Longdale herging. Doch sein Herz schlug heftig. Das sah ganz und gar so aus wie sein größter Fall!

Er folgte Longdale durch die palastartige Halle in eine noch großartigere Bibliothek mit farbigen Glasfenstern, einem riesigen Marmorkamin und Wandregalen voll ledergebundener Bücher. Dort wartete eine zerbrechliche alte Frau im Rollstuhl, die ihm zur Begrüßung zunickte.

»Sie wurden mir wärmstens empfohlen, Mr. Welles«, sagte Mrs. Christian mit leiser, aber vornehmer Stimme. Trotz ihrer Gebrechlichkeit saß die Witwe aufrecht in ihrem Rollstuhl. Welles sah sofort, daß sie früher eine sehr schöne Frau gewesen sein mußte. Ihre Kleidung war altmodisch geschnitten, aber elegant und aus den teuersten Materialien.

»Ich habe mit meinen Geschäftspartnern in Harrisburg gesprochen, mit den Herren Lancaster und Hershey«, fügte Mr. Longdale hinzu. »Sie haben Freunde in einflußreichen Positionen.«

Welles verspürte eine Welle der Genugtuung.

»Ich hatte das Vergnügen, Menschen von Nutzen sein zu können, die ich bewundere«, antwortete er bescheiden.

»Ja, Sie haben ihnen offenbar sehr geholfen. Und jetzt revanchieren sie sich.«

»Sie werden für Ihr diskretes Vorgehen gerühmt«, fügte Mrs. Christian hinzu. »Und für Ihre strikte Vertraulichkeit.«

Wieder nickte Welles bescheiden. Soweit lief alles ganz genau so, wie er es erhofft hatte. Aber noch hatte ihm niemand gesagt, warum er eigentlich hier war.

2. Kapitel

Mrs. Christian

Longdale umfaßte die Griffe des Rollstuhls, in dem seine Arbeitgeberin saß, und schob sie quer durch die Bibliothek auf einen kleineren abgelegenen Raum zu. Mit einem Nicken forderte er Welles auf, ihnen zu folgen.

»Wie Sie wissen«, fuhr Mrs. Christian fort, »ist mein Mann kürzlich verstorben.«

Welles neigte ernst den Kopf. »Mein Beileid, Mrs. Christian.«

Ein Anflug von Unsicherheit huschte über das vornehme Gesicht der alten Dame. »Sein Hinscheiden hat mir nun ein gewisses Problem beschert.«

»Ich tue alles, was ich kann, um Ihnen zu helfen«, versicherte Welles ihr in seinem besten Geschäftston. Jetzt würde er es erfahren, die Ursache, das Problem, auf Grund dessen sie ihn gerufen hatten.

Sie standen zu dritt auf der Schwelle des kleineren Raums.

»Das Heiligtum meines Mannes«, zeigte Mrs. Christian mit einer ausladenden Handbewegung.

Daß es sich hierbei um das Privatbüro eines amerikanischen Imperators handelte, der es gewöhnt gewesen war, Einfluß und Macht auszuüben, war deutlich zu erkennen. Obwohl der Raum nicht sehr groß ausfiel, war er beeindruckend und verströmte die Präsenz seines Besitzers sogar noch nach dessen Tod. Die Wände waren mit dunklem Kastanienholz verkleidet, der große Schreibtisch aus Mahagoni geschnitzt und stammte, was Welles nicht ahnte, aus der Mitte des achtzehnten Jahrhunderts. Die moderne Telefonanlage und der große Computer wirkten auf dem wertvollen Museumsstück eigenartig anachronistisch. In dem traditionellen Ambiente nahmen sie sich wie Phantasiegebilde eines weit entfernten Technologiezeitalters aus.

Die Fotos auf dem Schreibtisch zeigten eine Mrs. Christian in jüngeren Jahren. Ihre Schönheit und ihre Herkunft aus der Highsociety mußte die reichsten und mächtigsten Heiratsanwärter aus dem ganzen Land angelockt haben. Auch an den Wänden hingen Fotografien – die Christian-Stahlwerke, Frazier Christian selbst, alleine oder zusammen mit sämtlichen Präsidenten der USA bis hin zu Herbert Hoover. Es gab gerahmte Diplome, silberne Plaketten, Jachttrophäen und andere Erinnerungen an ein langes Leben voller Auszeichnungen. Über dem steinernen Kamin hing ein Ölgemälde vom Hausherrn, das ihn mit etwa fünfzig Jahren zeigte. Der Künstler hatte seinem Gesicht den Ausdruck eines Raubvogels verliehen, so daß der Industriemagnat halb wie ein Adler, halb wie ein Mann wirkte. Man konnte ihn sich gut hinter dem imposanten Schreibtisch vorstellen, wie er Entscheidungen traf, die das Leben Tausender beeinflussen würden.

»Diesen Raum haben noch nicht viele Menschen vor Ihnen betreten«, bemerkte Longdale, als er die schwere Tür hinter sich schloß.

Welles trat zu den Fotos an der Wand und betrachtete die Bilder der Stahlwerke.

»Mein Vater hat im Werk in Pittsburgh gearbeitet«, sagte er.

»Irving United Steel, vermute ich«, antwortete Longdale und blätterte in einem Ordner auf dem Tisch. »Sie hingegen haben dank eines Stipendiums die Universität von Pennsylvania besuchen können. Ihre ehemaligen Kommilitonen sind ins Rechts- oder Finanzwesen gegangen, Sie aber haben sich für die Tätigkeit eines Überwachers entschieden.«

Welles verbarg seine Überraschung. Offenbar besaß der Mann eine komplette Akte über ihn. Aber warum überraschte ihn das eigentlich? Hatte er etwa gedacht, Longdale hätte seinen Namen aus den Gelben Seiten herausgesucht? Natürlich mußte Longdale vorsichtig sein. Die Stellung der Familie Christian erforderte vor allem Vorsicht.

»Ich fand damals, daß dieser Beruf Zukunft hatte.«

»Frau Amy, kleine Tochter«, las Longdale vor. »Ihre Frau hat einen Magister in Pädagogik. Sie arbeitet als Lektorin für Lehrbücher. Sie sind ganz schön vorangekommen, was, Mr. Welles?«

»Da bin ich nicht so sicher«, antwortete er und zuckte verlegen die Schultern. Um von seiner Person abzulenken, wandte er sich der alten Dame zu.

»Ihr Mann ist wirklich eine Legende, Mrs. Christian.«

Die Angesprochene lächelte schwach, Trauer lag in ihrem Blick. »Wir waren fünfundvierzig Jahre verheiratet. Vier Kinder, sieben Enkel. Aber Fraziers wahre Leidenschaft galt seiner Arbeit. Er ist viel herumgekommen, doch er war mir immer treu und ich ihm. Ich habe ihn sehr geliebt.«

Ihre Offenheit war bewegend.

»Ich verstehe«, sagte Welles mitfühlend.

Der Anwalt hatte mittlerweile das Porträt des Verstorbenen zur Seite geschoben und einen offenen Wandtresor zum Vorschein gebracht.

»Mein Mann kannte als einziger die Kombination zu diesem Tresor«, sagte Mrs. Christian.

Welles staunte mit großen Augen. Er kannte diese Art von Tresor, hatte so etwas bei einem früheren Fall schon einmal gesehen. Das war kein normaler Tresor. Ohne die Zahlenkombination war es unmöglich, ihn zu öffnen. Er bestand aus zwei Wänden hochbelastbaren Stahls und einer Zwischenschicht aus Beton, die mit einer Flüssigkeit auf Silikonbasis getränkt war. Ein Magnesium-Schneidbrenner war zwar heiß genug, um den Tresorstahl zu durchtrennen, sobald er aber mit dem Beton in Berührung kam, verdampfte die Flüssigkeit und kühlte den Schneidbrenner so weit ab, daß er steckenblieb.

Welles sah, daß der Tresor zwei digitale Nummernschlösser hatte. Jeder, der ihn auf legale Weise öffnen wollte, mußte nicht nur eine, sondern beide Kombinationen kennen. Wurden die Kombinationen dreimal hintereinander falsch eingegeben, ließ sich der Tresor überhaupt nicht mehr öffnen und mußte beim Hersteller neu kalibriert und wieder einsatzbereit gemacht werden. Für einen Mann in Christians Position war es unerläßlich, genau so einen Tresor zu besitzen.

»Sie haben ihn öffnen lassen«, registrierte Welles laut. Wahrscheinlich durch einen Fachmann der Herstellerfirma.

»Das Erbe wurde vollständig Mrs. Christian vermacht«, rechtfertigte sich Longdale, als hätte Welles andeuten wollen, die Öffnung des persönlichen Tresors von Frazier Christian hätte etwas Zwielichtiges an sich.

Mrs. Christians vornehme Gesichtszüge verzerrten sich. »Ich habe dafür gesorgt, daß niemand den Inhalt sieht. Ich hatte das Gefühl, daß dies die Privatsachen meines Mannes seien. Ich habe ... ich hätte nie gedacht ...« Die flüsternde Stimme schwankte und brach.

Das war es also. Welles atmete tief ein. Nun kam offenbar die Leiche aus Christians Keller zum Vorschein, und Mrs. Christians Aufregung nach mußte es ein verdammt harter Brocken sein.

»Möchten Sie mir nicht erzählen, was Sie entdeckt haben?« fragte er ruhig.

Die alte Frau schien sich wieder zu fassen. »Bargeld. Aktien. Ein paar seltene Münzen. Eigentlich nichts Ungewöhnliches. Außer diesem hier ...«

Ihr Finger zeigte auf Christians Schreibtisch, auf eine metallene Filmdose für eine Acht-Millimeter-Filmspule.

»Auf diesem Film ...«, sie schluckte laut, »wird anscheinend ein Mädchen ermordet.«

Das war wirklich eine Überraschung! Instinktiv zuckte Welles zurück.

»Ich fürchte, ich verstehe nicht ganz.«

»Es ist eine sehr realistische Szene, um es einmal vorsichtig auszudrücken«, warf Longdale ein, »aber wie viele Menschen scheinen täglich in Film und Fernsehen ganz realistisch brutalen Verbrechen zum Opfer zu fallen?«

Zögernd streckte Welles seine Hand aus und griff nach der Dose mit der kleinen Filmspule. Er zog die ersten Zentimeter des Films vorsichtig heraus und betrachtete die Bilder aufmerksam im Gegenlicht. Als er sich seiner Auftraggeberin wieder zuwandte, wählte er seine Worte behutsam und sprach mit großer Zurückhaltung.

»Was Sie hier haben, ist ein sogenannter Snuff-Film. Soweit ich weiß, sind Snuff-Filme ein moderner Mythos. Ein Märchen der Sex-Industrie. So etwas gibt es in Wirklichkeit nicht.

Longdale nickte. »Das habe ich auch schon vermutet.«

»Es handelt sich hier wahrscheinlich um eine Art S&M-Pornofilm«, fuhr Welles fort. »Sadomasochistisch. Vorgetäuschte Vergewaltigung, vorgetäuschte Gewalt. Schlägt auf den Magen, aber es gibt eine Menge Tricks: Filmblut, Spezialeffekte.«

Die Witwe schüttelte den Kopf. Die technischen Einzelheiten dieser Filmproduktion interessierten sie nicht. »Das einzige, was ich wissen will ist, ob diese ... diese Scheußlichkeit vorgetäuscht ist. Ich will den Beweis für ihre Fälschung.« Ihre Miene wirkte gequält.

»Sie möchten, daß ich mir den Film komplett ansehe«, sagte Welles. Es war keine Frage.

»Ja, bitte.«

Zügig baute Longdale den Projektor und die Leinwand auf und legte den Film ein. Dann schob er Mrs. Christian aus dem abgedunkelten Büro. Welles blieb allein mit den stummen Bildern zurück, die über die kleine Leinwand vor dem Projektor flackerten.

Bereits zu Anfang des Films überkam ihn ein mulmiges Gefühl. Er wußte, daß es schlimm werden würde, und machte sich auf einiges gefaßt. Gleichzeitig bereitete er sich darauf vor, seine ganze Aufmerksamkeit auf jedes winzige Detail zu richten, das ihm die Fälschung beweisen würde, einen vorgetäuschten Mord, um perverse Spanner anzuheizen, nichts weiter. Er vertraute seinen Augen und seinem Gefühl. Doch obwohl er ziemlich sicher war, daß der Film inszeniert war, fühlte er sich unbehaglich.

Auf den Anblick des Mädchens war er allerdings überhaupt nicht vorbereitet. Sie war viel jünger, als er gedacht hatte, vielleicht sechzehn oder siebzehn Jahre alt. Möglicherweise war sie im normalen Leben gar nicht mal unattraktiv, vielleicht sogar schön. Jetzt aber wirkte sie mit den eingesunkenen Augen und Wangen und den hervorstehenden Knochen ihres fast nackten

Körpers richtig ausgezehrt. Ihre dunklen Haare waren lang und strähnig, und ihre großen, schwarzumränderten Augen blickten stumpf. Sie sah aus wie eine Heroinsüchtige, starrte blicklos vor sich hin, erschöpft und abgelebt.

Das Mädchen hockte auf dem Rand eines Bettes in einem unscheinbaren Zimmer, wahrscheinlich in einem billigen Motel. Sie saß regungslos, hoffnungslos, leblos da, und in ihren Augen stand nicht nur Angst, sondern auch Resignation. Ihr Anblick rief sofort Welles' Mitgefühl wach. Eine wie sie hatte in so einer Art Film nichts verloren, selbst wenn das alles nur vorgetäuscht war. Sie sollte zu Hause bei ihren Eltern sein und sich schlimmstenfalls vor der nächsten Mathearbeit in der Schule fürchten. Welles spürte, wie sein Mitleid mit dem Mädchen wuchs, und schlimme Vorahnungen beschlichen ihn, als der Film weiterlief. Er registrierte, daß um das Bett offenbar Plastikfolie gehüllt und mit Klebeband befestigt war. Den dreckigen Teppich bedeckten große Plastikplanen. Es würde richtig unangenehm werden, das wußte er.

Filmblut, insistierte seine innere Stimme. Es mußte Filmblut sein! Doch sein Unbehagen wuchs schnell. In seinem Magen rumorte es warnend.

In der Filmszene öffnete sich eine Badezimmertür, ein untersetzter Mann trat in das Blickfeld der Kamera und ging zum Bett auf das Mädchen zu. Seine mächtigen Schultern und die Brust waren nackt, aber Gesicht und Kopf bedeckte eine lederne Maske, die seine Züge verbarg und nur Löcher für Augen, Nase und Mund freiließ. Die verdammte Maske war an und für sich schon erschreckend genug, aber an diesem bulligen, sich bedächtig bewegenden Mann schien sie hundertmal bedrohlicher.

Der Mann näherte sich dem Mädchen, das vor ihm zurückzuweichen schien, ohne sich wirklich zu rühren. Plötzlich schlug er ihr hart ins Gesicht. Ihr Kopf flog zur Seite, die dunklen Haare schwangen herum. Sie fiel nach hinten aufs Bett, doch der Mann zerrte sie wieder hoch. Ihr Körper war schlaff wie der einer Gliederpuppe. Weil es keine Tonspur gab, verursachte der Schlag kein Geräusch, und das Mädchen ertrug ihn ohne einen Laut. Es war eine unheimliche Szenerie.

Der Mann mit der Ledermaske trat nun zu einem Tisch, auf dem eine Kollektion gefährlich aussehender Messer ausgebreitet war, die unter dem Wolframscheinwerfer des Filmemachers glänzten. Langsam und liebevoll strich der Maskierte mit den Fingerspitzen über die Klingen.

Welles fiel es zunehmend schwer, die Bilder zu verfolgen. Er drückte die Faust an den Mund, und Schweißtropfen traten auf seine Stirn. Sein Magen verknotete sich. Er hoffte immer noch, daß der Film sich als Fälschung herausstellen würde, aber es war eine derart überzeugende Fälschung, daß er langsam daran zweifelte.

Jetzt hob der Maskierte eines der Messer hoch, ein Bowiemesser mit breiter Klinge, und fuhr mit der Schneide über seinen Daumen. Wieder näherte er sich dem Mädchen auf dem Bett. Ihre Augen wurden größer, als würde ihr allmählich klar, was auf sie zukam. Der Zuschauer konnte auf ihrem leeren Gesicht panische Angst aufkommen sehen.

Welles rutschte auf seinem Stuhl hin und her. Er wollte den Blick abwenden, nichts mehr sehen, aber er mußte hinsehen. Er wurde dafür bezahlt hinzusehen. Und was viel schlimmer war: Er *konnte* den Blick nicht abwenden.

Was da auf der Leinwand vor sich ging, war nicht einfach nur Mord – es war ein Schlachtfest: Ein Mädchen wurde vor seinen Augen in Stücke gehackt, und überall war Blut. Blut, Blut, Blut! Welles hatte so etwas noch nie gesehen, geschweige denn sich vorstellen können. Und er wollte so etwas auch nie wieder sehen.

Die Spule endete mit einer Nahaufnahme von dem, was von Gesicht und Körper des Mädchens übrig war. Die Einstellung zeigte ihre Augen – offen, glasig, blicklos. War sie wirklich tot? Welles konnte es nicht erkennen. Auf jeden Fall wirkte sie tot, so deutlich, daß ihm richtig übel wurde. Wenn dieser Snuff-Film eine Fälschung war, dann die beste, die man überhaupt machen konnte. Welles war nicht das kleinste Detail aufgefallen, das den Trick verraten hätte.

Er zog ein Taschentuch heraus und wischte sich über Stirn und Mund. Er fühlte sich beschmutzt, dreckig, als wären es seine eigenen Hände am Messergriff gewesen. Diese Hände zitterten jetzt. Nur mit großer Willensanstrengung brachte er sie unter Kontrolle. Er versuchte mit aller Kraft, sich zusammenzureißen, und erst als er sich wieder einigermaßen im Griff hatte, verließ er das Büro und ging in die Bibliothek, wo Longdale und Mrs. Christian ihn erwarteten. Das zerfurchte Gesicht der alten Dame war eine Maske der Besorgnis, während sie auf seine ersten Worte wartete.

Er zögerte, es vor sich und den anderen zuzugeben, aber dies war kein Fall für ihn.

»Also«, sagte er langsam, »wer immer diesen Film gedreht hat, verstand etwas von Authentizität. Aber ich bin kein Fachmann. Ich würde vorschlagen, die Polizei einzuschalten, damit sie das beurteilt.«

»Das kommt nicht in Frage.« Mrs. Christians fragile Stimme hatte einen stählernen Unterton.

»Es wäre überaus fehl am Platz«, stimmte Longdale ihr zu. »Aus mehreren Gründen. Ein wesentlicher wäre Mr. Christians Ruf.«

Sein Ton veränderte sich plötzlich, senkte sich zu einem lockenden Flüstern.

»Nennen Sie Ihren Preis. Sie bekommen alles, was Sie brauchen, um Informationen zu beschaffen.«

Welles, der eine ähnliche Reaktion befürchtet hatte, kaute auf seiner Unterlippe. Er überlegte fieberhaft, was für und was gegen das Angebot sprach.

In der »Nein«-Spalte stand alles, was mit dem Fall zu tun hatte: Nirgendwo gab es einen Hinweis, ob der Film vorgetäuscht oder real war; wo, wann und von wem er gedreht worden war; das Mädchen konnte am Leben oder tot oder sonstwo sein. Er wußte noch nicht einmal, wie sie hieß. Aber vor allem war der Ekel überwältigend. Es war ein dreckiges Geschäft, wie man es auch drehte und wendete. Sein Inneres schrie: »Nein! Nein! Sieh zu, daß du wegkommst!«

In der Spalte für »Ja« stand nur ein Argument: Eine der vermögendsten und einflußreichsten Familien der USA, Menschen von legendärem Reichtum, Macht und Ansehen, brauchten ihn, *ihn*, um Herr über diese Situation zu werden. Und er konnte jeden Preis dafür verlangen.

Dies war wirklich ein Fall der obersten Kategorie. Und nie hatte es geheißen, daß es leicht sein würde. So ein Fall würde einiges kosten, das war klar. Wer ihn übernahm, mußte dafür bezahlen.

Mit leisem Entsetzen stellte Welles fest, daß er sich bereits entschieden hatte.

»Das Mädchen ist der einzige Anhaltspunkt, den ich habe«, sagte er nachdenklich. »Ich könnte eine Vermißtensuche machen. Wenn sie noch lebt –«

»Verstehe«, unterbrach Longdale forsch. »Wir gehen natürlich davon aus, daß der Film weder kopiert noch auf irgendeine Art vervielfältigt wird.«

»Darauf haben Sie mein Wort«, nickte Welles. »Im übrigen nehme ich meine Weisungen ausschließlich von Ihnen entgegen, Mrs. Christian, und zwar nur direkt von Ihnen. Die Beziehung zu Ihrem Anwalt ist Ihre Sache.«

»Nehmen Sie es nicht persönlich«, wandte er sich schließlich an Longdale.

»Aber nicht doch«, antwortete der Anwalt.

»Ich . . . ich stelle fest, daß Sie die Angelegenheit von Anfang an gut durchdacht haben. Sie hätten den Film schließlich auch vernichten können«, ergänzte Welles.

Und warum in Gottes Namen hatte sie es nicht getan? fragte er bei sich. Das wäre sicher am einfachsten gewesen. Ein Zucken im Gesicht des Anwalts sagte ihm, daß dieser der alten Dame offenbar genau das vorgeschlagen hatte, sogar auf die Zerstörung des Films gedrungen hatte und abgewiesen worden war.

Mrs. Christian schüttelte heftig den Kopf. »Sagen Sie mir, daß dieses Mädchen nicht getötet wurde, Mr. Welles! Sagen Sie mir, ich könne meine Tage in dem Wissen beschließen, daß mein Mann der Mensch war, für den ich ihn gehalten habe! Finden Sie sie! Finden Sie sie lebendig!« drängte sie.

Alles wies darauf hin, daß sie ihre Worte ernst meinte, völlig ernst. Mrs. Christian hatte dieses unsägliche, grausame Dokument allein deshalb aufbewahrt, um den liebenswerten Charakter ihres verstorbenen Mannes für sich selbst erhalten zu können. Sie konnte wohl damit leben, daß ein Perverser beim Betrachten solch eines brutalen Mords an einem hilflosen Opfer sexuelle Befriedigung erfuhr, aber der Frazier Christian, den sie gekannt und geliebt und mit dem sie zusammengelebt hatte, konnte auf keinen Fall so tief gesunken sein. Für Mrs. Christian war dieser Gedanke unvorstellbar.

Aber wo fing man an, nach einem Mädchen zu suchen, das nur ein körniges Bild auf einem Streifen Film war? Die USA, dieses große Land, waren voll von heranwachsenden Mädchen, die auf die abscheulichste und niedrigste Weise ausgenutzt wurden. Plötzlich durchfuhr Welles ein Gedanke. Er erinnerte sich an die Redensart: »Sei vorsichtig mit deinen Wünschen, sie könnten in Erfüllung gehen.« Hier war die Klientin, die er sich gewünscht hatte, die ihm unendlich viel Bargeld und absolut freie Hand bot, die ihm quasi die Versicherungspolice für seine Zukunft offerierte. Und ausgerechnet sie, niemand anders als sie, präsentierte ihm die schwierigste und widerlichste Leiche, die er je in einem Keller gefunden hatte!

Er wünschte sich inbrünstig, diesen Fall ablehnen zu können, aber statt dessen hörte er sich sagen: »Ich tue alles, was ich kann, Mrs. Christian.«

Der dankbare Ausdruck auf ihrem faltigen Gesicht war seine erste Anzahlung. Welles begab sich zur Haustür und ließ seine Klientin durch seine halbherzige Zusicherung mit einem Anflug von Hoffnung zurück. Longdale begleitete ihn.

»Haben Sie eine Waffe, Mr. Welles?« fragte der Anwalt unvermittelt.

»Ich trage eine, wenn ich merke, daß meine Klienten das erwarten. Sonst gibt es für mich keinerlei Grund dazu. Warum fragen Sie?«

»Reine Neugier.«

Es fiel ihm schwer, Amy mitzuteilen, daß er gleich wieder wegfahren würde. Natürlich reagierte sie unwillig, aber er hatte es auch nicht anders erwartet. Auf ihre Fragen verriet er keins der wahren Details dieses Falls; selbst wenn seine Berufsehre es ihm gestattet hätte, würde Tom seiner Frau keinen Blick auf die Düsterkeit und das Böse gewähren, die hier mit im Spiel waren. Doch sie waren lange genug verheiratet – und Amy empfindsam genug –, daß sie seine Stimmung richtig einschätzen konnte und wußte, daß ihr Mann besorgt war. Das war kein gewöhnlicher Fall.

»Warum mußt du eigentlich diesen Fall übernehmen? Du kannst doch auf den nächsten warten«, sagte sie, während Tom seine Koffer packte. »Geld haben wir doch im Moment genug.«

Welles schüttelte den Kopf. »Nimm es als Hypothek auf die Zukunft. Denk an das Geld für Cindys Studium. Wenn Mrs. Christian mit mir zufrieden ist, sind die Kreise, in denen sie verkehrt ... das ist unsere Chance.«

»Ich wußte gar nicht, daß wir eine Chance brauchen«, antwortete Amy trocken. »Ich dachte, wir hätten endlich mal wieder Zeit für uns.«

Sie folgte ihm, als er die Treppe hinunter in sein Büro ging, um ein paar Sachen zu holen.

»Wie war sie denn, diese Mrs. Christian?«

Welles blätterte in einer Akte mit Fahndungs- und Phantombildern der Polizei und nahm schließlich das Bild eines Mädchens mit dunklen Haaren und Augen heraus, das dem im Film ähnlich war. Wer weiß, wozu er es gebrauchen konnte.

»Wie man es so erwartet. Sie tat mir leid ...«

Er hielt inne, damit er nicht aus Versehen zuviel ausplauderte.

»Es ist ein Vermißtenfall. Ich habe gesagt, daß ich mich ein paar Wochen lang dransetze. Drei Wochen.

Länger wird's nicht dauern. Das ist alles, was ich dir sagen kann. Tut mir leid. Aber es ist sicher auch besser so.«

»Es ist immer besser so.« Sie warf einen Blick auf den Aschenbecher auf Toms Schreibtisch.

Zwei Kippen lagen darin, und sie seufzte innerlich. Diesen Kampf hatte sie verloren. Fast kam es ihr so vor, als hätte sie auch den Kampf um Tom schon verloren.

»Cindy und ich sind allein hier. Du bist woanders.« Amy hielt inne. Sie wollte keinen Streit vom Zaun brechen, wo ihr Mann gerade im Aufbruch war, aber ihre Gefühle machten sich so stark bemerkbar, daß sie noch etwas sagen mußte.

»Es ist ganz schön schwer, Tom. Es ist verdammt schwer, verheiratet und ganz allein zu sein.«

Er seufzte. Um dieses Problem konnte er sich jetzt nicht kümmern.

»Ich bin schneller zurück, als du dir vorstellen kannst. Dann machen wir Urlaub, nur wir zwei«, versprach er.

Er legte die Zeichnung des Mädchens auf seinen Kopierer und drückte die Starttaste. Die Kopie steckte er in seinen Aktenkoffer.

Als er seine Sachen ins Auto brachte, kam Amy hinterher. Sie entdeckte die Box, die er in dem Versteck unter dem Kofferraumboden verstauen wollte, noch ehe er sie zudecken konnte.

»Warum die Waffe?« fragte sie scharf. Dieser Fall war anders, das spürte sie instinktiv.

»Ich werde sie nicht brauchen«, antwortete Tom ausweichend.

»Wenn du sie nicht brauchst, dann nimm sie auch nicht mit.«

»Ich werde sie nicht tragen«, versprach er. »Es ist eine reine Vorsichtsmaßnahme. Mach dir keine Sorgen.«

Aber er wußte genausogut wie sie, daß Amy sich Sorgen machen würde.

Auf der langen Fahrt nach Ohio dachte Tom Welles immer und immer wieder über den Snuff-Film nach. Er konnte die gräßlichen Bilder einfach nicht loswerden. Sie schienen sich für immer auf seiner Netzhaut eingebrannt zu haben. Dauernd suchte er in seinem Gedächtnis nach einem Hinweis, daß es sich um eine Fälschung handelte. Doch er fand keinen. Hatte er vielleicht etwas übersehen, etwas Wichtiges? War er den Tricks der Filmindustrie möglicherweise völlig auf den Leim gegangen? Oder war der Vorfall doch nicht gespielt?

Das schreckliche Bild des dahingemetzelten Mädchens stieg immer wieder vor seinen Augen auf. In einem fort stellte er sich ihre Hoffnungslosigkeit vor, ihre Angst und diese großen dunklen Augen, die am Ende nichts mehr sahen.

Es würde verdammt schwer werden, viel, viel schwieriger als seine bisherigen Fälle. Wenn er die Sache als Vermißtenfall behandelte – und das war wirklich der einzig denkbare Ansatz –, mußte er schon jetzt zugeben, daß die Aussichten ziemlich gering waren. Das namenlose Mädchen sah aus wie eine Fixerin. Vielleicht hatte sie sich eine Überdosis gespritzt und war von Polizei und Staatsanwalt als unbekannte Leiche beerdigt worden. Dann würde niemals jemand etwas über ihr Schicksal erfahren.

Sie könnte mittlerweile längst tot sein, auf die eine oder andere schäbige Weise verschieden. Ein halbes Kind, auf sich selbst gestellt, allein unter den schlimmsten und gierigsten Ausbeutern des Landes. Fälle wie dieser kamen in den Polizeiakten deprimierend häufig vor. Dauernd wiederholte sich die tragische Verschwendung eines jungen Lebens und der Tod aller Träume. Die Opfer wurden vergessen, blieben namenlos oder verschollen.

Doch hier lag die Sache anders. In diesem Fall würde eine Frau, die alles Geld der Welt zur Verfügung und zeitlebens ihren Willen durchgesetzt hatte, jede Summe bezahlen, damit dieses Mädchen gefunden würde.

Einen kurzen Moment lang gestattete Welles sich eine Wunschvorstellung. Sie bezog sich auf die Zukunft: Er hatte das Mädchen gesund und munter gefunden. Sie war über achtzehn. Sie war niemals verschwunden. Sie wollte ihre Familie nicht allein lassen, um mit ihm nach Philadelphia zu fahren, aber sie war einverstanden mit einem Foto. Auf dem Bild standen sie beide nebeneinander, und Welles hielt die aktuelle Tageszeitung hoch, deren Datum und Schlagzeilen bewiesen, daß er sie gefunden hatte und mit ihr alles in bester Ordnung war. Mrs. Christian lächelte glücklich, gab ihm einen dicken Scheck und eine glühende Empfehlung. Was für eine Phantasie! Er mußte über sich lachen, aber es lag auch Bedauern darin, denn er wußte, daß diese Vorstellung niemals wahr werden würde.

Die Realität sah nämlich so aus, daß er bei seinem Vorhaben nichts als das armselige Gesicht des Mädchens besaß – keinen Namen, keinen Geburtsort, keine Verwandten und keine Idee, was sie schließlich in dieses Motelbett gedrängt haben mochte.

Das zentrale Vermißtenarchiv der USA war in einem unauffälligen Regierungsgebäude in Cleveland, Ohio, untergebracht und der nächstliegende Ausgangspunkt für jede ernsthafte Suche nach Vermißten. Welles parkte seinen Wagen im angegliederten Parkhaus, fuhr mit dem Fahrstuhl einige Stockwerke nach oben und drückte die Doppeltür zum Vermißtenarchiv auf.

Das Archiv glich einem riesigen Bienenstock. Überall summten Bedienstete wie Arbeitsbienen in ihren Zellen herum, tippten auf Computertastaturen und telefonierten mit Vollzugsbehörden im ganzen Land. An den schmuddeligen Wänden hingen überall Tafeln, die gespickt waren mit Hunderten von Plakaten, Fotos und Polaroidbildern, mit Zeichnungen und Beschreibungen von verschwundenen Kindern und Erwachsenen. Jedes Bild erzählte seine eigene herzzerreißende Geschichte. In ihrer Gesamtheit stellten sie eine unglaubliche Tragödie dar. War das Mädchen, das er suchte, irgendwo mit dabei?

Ein paar Fragen führten Welles in das kleine Büro des Archivdirektors, ein bebrillter Mann mit einem müden, traurigen Gesicht, das dem eines Bassets ähnelte. Welles nahm seine in Folie eingeschweißte Ausweiskarte aus der Brieftasche und reichte sie ihm.

ZUGELASSENER PRIVATDETEKTIV, STAAT VON PENNSYLVANIA, THOMAS WELLES, stand darauf, unter einem vergleichsweise neuen Paßfoto von ihm.

»Ein Ehepaar aus Philadelphia, ein Arzt und seine Frau, hat mich beauftragt«, flunkerte Welles. »Vor wenigen Tagen haben sie an der Autobahn 81 ein Mädchen per Anhalter mitgenommen, eine Ausreißerin, etwa achtzehn oder so. Sie haben sie zum Essen eingeladen, und währenddessen muß er die ganze Zeit über versucht haben, sie davon zu überzeugen, zumindest kurz zu Hause anzurufen. Klar, daß sie ihr Essen artig aufaß, sich entschuldigte, um zur Toilette zu gehen ...«

Er schnippte mit den Fingern. »Und das war's dann! Ein Freund von mir auf der Wache hat eine Zeichnung für uns machen lassen.«

Welles hoffte inständig, daß seine Geschichte glaubwürdig klang, und zog die Kopie der Fahndungszeichnung aus seiner Jackentasche.

»Sie wollten wissen, ob ich das Mädchen identifizieren kann, ihren Eltern irgendwie eine Nachricht zukommen lassen kann, daß sie am Leben ist, daß es ihr gutgeht. Was ich von Ihnen möchte, ist einfach nur Zugang zum Archiv. Ich weiß, daß Sie das Privatpersonen normalerweise nicht gestatten –«

»Dafür gibt es Gründe«, antwortete der Direktor steif.

Welles blickte ihn ernst an und nickte zustimmend.

»Absolut. Natürlich ist Ihre Entscheidung für mich verständlich, aber ich würde es begrüßen, wenn Sie mich anhörten. Dieser Arzt und seine Frau sind gute Menschen, aber sie wollen in nichts hineingezogen werden. Sie wollen auch nicht, daß die Eltern des Mädchens anfangen, nach ihrer Tochter zu suchen. Sie und ich wissen beide, daß Kinder manchmal – nicht oft, aber manchmal – gute Gründe zum Weglaufen haben. Mißbrauch, was auch immer. Außerdem ist das Mädchen wahrscheinlich längst achtzehn. Volljährig also.«

»Kommen Sie bitte mit.« Der Direktor stand auf und trat auf einen langen Flur hinaus. Welles folgte ihm auf den Fersen.

»Wenn ich Sie richtig verstanden habe, haben Sie dieses Mädchen nie persönlich oder auf einem Foto gesehen? Sie haben nur diese Zeichnung?«

Tom nickte, und entnervt schüttelte der Direktor den Kopf. Er führte Welles in einen Archivraum, eine Bibliothek mit langen Tischen, uralten Computern, zahlreichen Aktenschränken und Karteikästen. Hier also lagen die Vermißteninformationen begraben. Welles konnte sich nicht vorstellen, wie viele Fälle hier aufbewahrt wurden.

Der Direktor schwenkte die Hand über sein trauriges Reich.

»Da haben Sie, was Sie haben wollten. Viel Spaß beim Suchen! Zwischen 850 000 und einer Million Vermißte jährlich.«

Als der Direktor Welles' entsetzten Ausdruck bemerkte, wurde er etwas freundlicher.

»Wir haben eine ganze Menge Daten bereits im Computer. Darüber hinaus heißt es leider einfach nur Blättern.« Er zeigte auf eine lange Reihe hoher Aktenschränke. »Die Akten sind überwiegend nach Bundesstaaten und dem Jahr des Verschwindens geordnet. Wir versuchen, Kinder und Erwachsene getrennt abzulegen. Essen und Rauchen sind hier drin übrigens verboten. Im Flur gibt es einen Kaffeeautomaten.«

»Taugt der was?« fragte Welles.

Der Direktor schüttelte den Kopf.

»Widerlich, aber nach ein paar Tagen wird es Ihnen nicht mehr ganz so schlimm vorkommen, vorausgesetzt, Sie halten es überhaupt so lange aus. Ich hoffe, eins ist Ihnen klar«, fügte er hinzu, und zum ersten Mal erlaubte die starre Maske über seinem Gesicht einen Blick auf die darunterliegende Trauer. »Einen größeren Heuhaufen als den hier finden Sie nirgends. Viel Glück.«

Welles nickte dankend und holte tief Luft. Warum nicht gleich anfangen? fragte er sich. Er würde mit den Computerdaten beginnen, weil sie am neuesten und leichtesten zu sichten waren. Sicher, er hatte keine Ahnung, wie alt der Snuff-Film war. Er könnte irgendwann in den vergangenen . . . na ja . . . zehn Jahren gedreht worden sein. Er müßte sich also von den neueren zu den älteren Sachen durcharbeiten. Also zog er sein Jackett aus, setzte sich vor einen Computer und schaltete ihn ein.

Stunden vergingen, Hunderte von Bildern flackerten an seinen Augen vorbei. Jedes zeigte ein Kind, ein verschwundenes Kind. Eins nach dem anderen, bis ihre Gesichtszüge verschwammen. Welles sehnte sich nach einer Zigarette. Statt dessen trank er Tasse um Tasse des elenden Kaffees aus dem Automaten und zwang sich, nach der Nadel im Heuhaufen Ausschau zu halten. Bei den Jungen klickte er, ohne länger hinzusehen, gleich mit der Maus weiter. Wenn das Gesicht eines Mädchens erschien, hielt er dagegen kurz inne. Rasch studierte er die Gesichtszüge. Wieder nichts.

Tom hatte nicht mit dem emotionalen Tribut gerechnet, den der Anblick all dieser jungen Gesichter von ihm forderte. Selbst die Jungen, denen er keine Aufmerksamkeit schenkte, machten ihn allein schon durch ihre Anzahl betroffen. Geistig und körperlich erschöpft, notierte er sich schließlich, bis wohin er gekommen war, und schaltete den Computer aus. Er stand auf, sah auf die Uhr und stellte erstaunt fest, daß er fünf Stunden vor dem Monitor verbracht hatte. Hals und Schultern waren steif, und sein rechtes Handgelenk tat weh, weil er so lange die Maus umklammert hatte. Und dabei war der Berg der Millionen von Vermißtenkarten so gut wie gar nicht kleiner geworden. Morgen mußte er schneller und länger arbeiten und übermorgen und überübermorgen und an all den Tagen, die er noch dafür brauchen würde.

Dabei konnte es durchaus der Fall sein, daß das gesuchte Mädchen hier gar nicht erfaßt war. Vielleicht hatte sich niemand so weit für sie interessiert, daß sie überhaupt als vermißt gemeldet und in diesem Archiv aufgenommen worden war. Aber darum würde er sich später kümmern, wenn er soweit war.

Die einzige andere Spur, die er noch hatte, war der Film selbst. Er hatte ein Zimmer in einem anonymen

Apartmenthotel mit Wochenpreisen gemietet. Kaum hatte er die Tür aufgeschlossen, eine Pizza und endlich einen anständigen Kaffee in der Hand, machte er sich daran, eine improvisierte Dunkelkammer nebst Fotolabor in dem engen Raum einzurichten.

Vorsichtshalber schloß er gleich zweimal hinter sich ab und legte die Kette vor. Dann packte er Kartons und Aktenkoffer aus, baute den Computer auf, einen Vergrößerer und einen Acht-Millimeter-Projektor. In dem winzigen Badezimmer drehte er eine rote Glühbirne in die Lampe, verklebte das Fenster mit Alufolie, damit kein Licht hereindrang, und verteilte die Entwicklerschalen im Waschbecken und auf dem Toilettendeckel. Entwicklungs-, Unterbrecher- und Fixierbad für die Negative stellte er auf den gefliesten Boden. Der Raum war so vollgestopft, daß die Chemikalienflaschen in der Badewanne und der Karton mit dem Fotopapier unter dem Waschbecken stehen mußten.

Er trat in das Zimmer zurück, zog weiße Baumwollhandschuhe über und nahm die Filmspule aus der Dose. Vorsichtig hielt er den Film an seinen gelochten Rändern, fädelte ihn in den Vergrößerer ein und startete die Maschine. Bald erschien das Bild des Mädchens in der Linse. Welles stellte es langsam und geduldig schärfer, bis es optimal war, das Gesicht im Zentrum der Aufnahme. Dann drückte er auf den Knopf und fing das Bild des Mädchens auf einem neuen Negativ ein.

Schließlich hielt er zwei Abzüge eines echten Fotos in der Hand. Eines davon stellte er auf die Kommode und betrachtete es. Es zeigte ein unermeßlich trauriges Gesicht, so jung und so verletzbar! Der Anblick schmerzte ihn.

Am nächsten Tag, den er müde und frustriert begann, kehrte Welles mit dem anderen Abzug des Fotos in das Vermißtenarchiv zurück. Wieder beschäftigte er sich stundenlang mit den Computerdateien. Die Zeit verging, geprägt von Enttäuschung und vielen Tassen öligen schwarzen Kaffees aus dem Automaten. Um vier Uhr hatte Tom den Eindruck, er hätte alle Luft im Raum verbraucht, und ihm drohten ständig die Augen zuzufallen. Er mußte unbedingt hier raus, bevor er aus Versehen überblätterte, wonach er suchte. Was, wenn ein Gesicht gerade dann über den Monitor huschte, wenn seine Lider sich geschlossen hatten?

Erschöpft fuhr er zu seinem Hotelzimmer zurück und wandte seine Aufmerksamkeit wieder dem Film selbst zu. Bild für Bild untersuchte er ihn, mit weißen Handschuhen und einem Vergrößerungsglas. Da! Auf den ersten paar Zentimetern Film, noch bevor die Handlung begann, hatte er eine Gruppe winziger Buchstaben entdeckt, die unter der Perforation aufgedruckt waren: »Supralux 544«. Das Markenzeichen des Filmmaterials. Ein kleiner Hinweis zwar, aber immerhin ein Hinweis. Morgen würde er den Hersteller ausfindig machen.

Welles sah auf die Uhr. Es war nicht zu spät, um seine Frau anzurufen. Obwohl erst wenige Tage vergangen waren, vermißte Tom Amy und Cindy sehr, und er wollte ihre Stimmen jeden Abend hören, das fröhliche Gegurgel seines kleinen Mädchens durch das Telefon und die Berichte seiner Frau von den Erlebnissen des Tages. Er brauchte diese kleine Dosis Vertrautheit, um sich wieder auf sich selbst besinnen und neue Kraft gewinnen zu können.

Er zog sein Handy heraus und wählte seine eigene Nummer.

»Hallo, Liebling, ich bin's. . . . Ja, mir geht's gut, und dir? Und Cindy? . . . Schön . . . Es geht nur langsam voran hier, aber ich glaube, ich habe bald etwas in der Hand . . . Ich hab' euch beide auch lieb. Ich rufe morgen wieder an. Gute Nacht! Schlaf schön. Ich wär' gern bei dir.«

Tom legte auf. Er konnte ein Gefühl der Enttäuschung nicht unterdrücken. Eine Minute Glück, dann war er wieder einsam. Das war das Schlimmste an seinen Aufträgen, die zähen Stunden, in denen er allein war. Er zwang sich, daran zu denken, daß er es für sie, für seine beiden Liebsten tat, und auch dieser Fall würde nicht ewig dauern. Er zündete eine Zigarette an, lehnte sich zurück in die Kissen, verschränkte die Arme hinter dem Kopf und starrte mit leerem Blick an die Decke. Die Gesichter der verschwundenen Kinder verfolgten ihn. Er konnte nicht aufhören, an sie zu denken, an ihre Unschuld, ihr schreckliches Schicksal. Ihre Blicke waren so anklagend: Finde uns, rette uns! schienen sie ihn anzuflehen. Ihre Schatten zogen über die Zimmerdecke, einer nach dem anderen, schnell, als würde er sie mit der Maus des Computers anklicken. Er suchte nach dem Gesicht des Mädchens. Doch er konnte es nicht entdecken, und irgendwie hatte er das Gefühl, es verpaßt zu haben und damit auch seine einzige Chance, die junge Frau jemals zu finden.

Mit einem Schrei fuhr Welles hoch. Es war ein Traum, erkannte er. Nur ein Traum.

Zwei Tage später rief er seine Auftraggeberin an, um ihr einen Zwischenbericht zu geben. Er konnte ihr zwar nicht viel erzählen, aber er wollte ihr wenigstens mitteilen, daß er an der Sache dran war.

»Hallo, Mrs. Christian? Hier ist Tom Welles. Der Stand ist folgender: Ich habe herausgefunden, daß das Filmmaterial ›Supralux 544‹ heißt. Die Herstellerfirma produziert diese Art von Film seit 1992 nicht mehr. Ja, und vielleicht bin ich zu gründlich, aber es wäre eine gute Idee, die Kontoauszüge Ihres Mannes auszugraben, aus den letzten sechs oder sieben Jahren, wenn möglich. Sehen Sie nach, ob es irgend etwas Ungewöhnliches gab, nur für alle Fälle.«

Heutzutage war alles auf Video, erklärte er ihr. Kein Mensch verwendete mehr Acht-Millimeter-Filme. Aber es gab dennoch Gründe, warum jemand es doch tun sollte. Man konnte dieses Material nämlich selbst entwickeln, wenn man sich ein bißchen auskannte. So einen Film gab man nicht beim nächsten Schnellentwickler ab. Es existierte nur genau der eine Film, der auch durch die Kamera gelaufen war. Kein Negativ. Anders als bei Videobändern war er nicht dazu gedacht, vervielfältigt zu werden.

»Worum immer es sich auch handelt«, fügte Welles hinzu, »ich habe das Gefühl, daß davon nicht sehr viele Exemplare in Umlauf sind. Auf dem Film selbst sind keine Fingerabdrücke, außer unseren natürlich. Sie müssen wissen, ich suche nach einem Mädchen, von dem wir noch nicht einmal sicher sind, daß es vermißt wird. Dazu noch die Typen, die den Film gedreht haben – also ehrlich, es wird ziemlich schwierig sein.«

»Sie schaffen es, Mr. Welles. Ich habe großes Vertrauen zu Ihnen, genau wie Mr. Longdale. Bitte versuchen Sie es weiter.«

»Danke, Mrs. Christian. Das werde ich, da können Sie sicher sein. Verlassen Sie sich auf mich, Mrs. Christian. Wiederhören.«

Er legte den Hörer auf, um gleich darauf bei sich zu Hause anzurufen, doch er geriet nur an den Anrufbeantworter.

». . . leider können wir gerade nicht ans Telefon gehen, aber hinterlassen Sie uns doch bitte eine Nachricht nach dem Pfeifton.«

Amy war nicht zu Hause. Welles spürte einen Stich der Enttäuschung. Er mußte dringend mit ihr reden. Er brauchte ihr Versprechen, daß dort ein normales Leben auf ihn wartete.

Tage vergingen. Der Großteil der Computerdateien war durchgesehen, ohne daß sie ihm das Bild gezeigt hätten, das immer noch auf seiner Kommode stand. Der Zeitpunkt war gekommen, mit den Hunderttausenden von Karteikarten, auf denen Fotos klebten, zu beginnen. Eine endlose, nervtötende Schufterei lag vor ihm. Wie der Direktor vorher gesagt hatte: Seine Suche glich buchstäblich der nach einer Nadel im Heuhaufen. Den ganzen Tag, Stunde um Stunde, blätterte Welles sich durch die Karten und suchte ein Gesicht unter Millionen. Ein Gesicht mit dunklen Augen, die ihn verfolgten.

Die Tage verstrichen, und Tom fiel immer tiefer in seinen Trott. Morgens und nachmittags war er im Archiv, nahm eine Schublade nach der anderen heraus, ging alle Karten durch, überprüfte alle Fotos. Seine Abende waren einsam und seine Nächte von Alpträumen erfüllt.

Jeden Abend saß er allein in seinem Hotelzimmer, kaute ohne Appetit an Imbißgerichten aus Pappschachteln herum, rauchte zu viele Zigaretten und war aufgedreht von zahllosen Tassen schlechten Kaffees. Es war hoffnungslos. Er kam sich vor wie Sisyphos, der auf ewig dazu verdammt war, einen Felsbrocken auf einen Hügel hinaufzuwälzen, nur damit das verfluchte Ding wieder hinunterrollte, bevor er die Spitze erreichte. Dieser Fall war sein Felsen, und er drohte ihn zu zermalmen.

An diesem Abend fiel er bei laufendem Fernseher in den Schlaf, in einen ruhelosen, anstrengenden Schlaf voller Alpträume. Mitten in der Nacht schreckte er mit einem üblen Geschmack im Mund hoch und ihm fiel ein, daß er schon wieder vergessen hatte, Amy anzurufen. Nicht, daß er sie nicht vermissen oder nicht mehr lieben würde, sie und Cindy schienen nur so weit weg zu sein, gänzlich außerhalb seiner Reichweite.

»Liebling«, sagte er am nächsten Morgen zum Anrufbeantworter, als sie nicht abhob, »es tut mir leid, daß ich gestern abend vergessen habe, dich anzurufen. Wirklich sehr leid! Heute abend vergesse ich's bestimmt nicht. Ich weiß, daß ich schon sehr, sehr lange weg bin. Bald bin ich wieder zu Hause, hoffentlich! Du, ich liebe dich. Ich vermisse dich. Wir sprechen heute abend miteinander.«

In der Telefonzelle des Vermißtenarchivs legte Welles den Hörer auf und kehrte an die Arbeit zurück. Zeit für die nächste Schublade. Er zog eine Lade mit der Bezeichnung »North Carolina 1992« heraus, trug sie an seinen Platz und begann, Karte für Karte durchzublättern. Jungen und Mädchen, mit und ohne Sommersprossen, fröhlich lächelnd oder mit ernster Miene, kleine schwarze Mädchen mit Zöpfen, Gesicht um Gesicht um Gesicht blickten ihm entgegen. Mechanisch ging er sie durch.

Plötzlich hielt er inne, eine verzögerte Reaktion. Etwas hatte sein Gehirn alarmiert, etwas, das er gerade gesehen hatte. Er war darüber hinweggeglitten, aber er hatte es doch unbewußt wahrgenommen, und jetzt machte es sich bemerkbar. Er blätterte zurück und ging noch einmal die Karten durch, die er kurz zuvor betrachtet hatte. Erregung stieg in ihm auf.

Ja, da war es! Eine Karte mit dem Foto eines dunkelhaarigen Mädchens. Sie sah ganz und gar nicht verängstigt aus, ihr apartes Gesicht war rundlich, voller als das auf seinem Foto. Sie war viel hübscher als das Mädchen in dem Snuff-Film. Aber ihre Augen hatten etwas Vertrautes. Welles kramte hektisch in seiner Tasche, zog schließlich das gefaltete Foto heraus, klappte es auf und verglich es mit dem auf der Karteikarte.

Es war dasselbe Mädchen. Welles zweifelte nicht einen Moment daran. Er las die Karte. Eine Adresse in Fayetteville, North Carolina. Jetzt, endlich, hatte er ein Gesicht *und* einen Namen.

Mathews. Mary Anne Mathews. Nun mußte er sie nur noch finden.

3. Kapitel

Mary Anne

Mary Anne Mathews galt bereits seit 1992 als vermißt, und das Filmmaterial des Snuff-Films war nicht älter als '92. Diese beiden Tatsachen zusammen engten Welles' Suche erheblich ein. Auf der Fahrt nach Fayetteville ließ er sich die verschiedenen Möglichkeiten durch den Kopf gehen. Sieben Jahre war das her! In sieben Jahren konnte eine Menge geschehen. Im besten Fall war Mary Anne inzwischen wieder zu Hause. Im schlimmsten Fall war sie schon lange tot, und ihre Familie wohnte nicht mehr unter der Anschrift, die er von der Karteikarte abgeschrieben hatte, und hatte auch keine Nachsendeadresse angegeben. Dann stand er wieder ganz ohne Anhaltspunkte da und müßte noch einmal bei Null anfangen.

Gleich nach seiner Ankunft in Fayetteville suchte Tom Welles die öffentliche Bibliothek auf und nahm sich den Mikrofilm des Jahrgangs 1992 der Lokalzeitung vor. Und tatsächlich stieß er schon bald auf einen Artikel mit der Überschrift »Suche nach vermißtem Teenager geht weiter«. Darunter war ein Foto von Mary Anne abgebildet, das gleiche Bild wie auf ihrer Karteikarte im Vermißtenarchiv in Cleveland. Der Artikel brachte ihm kaum neue Informationen: Das Mädchen war ohne Vorwarnung verschwunden und hatte ihrer Mutter Janet weder einen Abschiedsbrief noch irgendeine Erklärung hinterlassen. Doch seine Vermutung, daß die örtliche Dienststelle des FBI hinzugezogen worden war, wurde in dem Artikel bestätigt.

Mit einem Stadtplan bewaffnet, den er an einer Tankstelle erstanden hatte, machte sich Welles auf die Suche nach dem Haus, in dem das Mädchen bis 1992 gewohnt hatte. In einer heruntergekommenen Gegend wurde er fündig, ein Haus inmitten einer Kette identischer Reihenhäuschen. Vor vielen Jahrzehnten waren sie wohl für Arbeiterfamilien errichtet worden, aber weder Gebäude noch Umgebung waren in Würde gealtert. Er klopfte an der Tür und wartete. Erfolglos. Offensichtlich war die Klingel defekt, jedenfalls konnte er keinen Widerhall im Haus hören. Er wartete einen Augenblick und klopfte schließlich noch einmal.

»Wollen Sie zu Janet?« Eine mit Einkaufstüten beladene Frau, die die Stufen des Nachbarhauses erklomm, musterte Welles neugierig.

»Ja, Ma'am«, erwiderte er höflich.

»Versuchen Sie's mal im Sundew Market. Sie ist Kassiererin dort. Auf der Merridale bis zur dritten Kreuzung, dann nach Süden bis zur nächsten Kreuzung an der Rogerson.«

Kaum fünf Minuten später betrat er den kleinen Supermarkt. An einer der beiden Kassen saß eine dünne blonde Frau mit einem traurigen, verblühten Gesicht. Die großen dunklen Augen kamen ihm seltsam bekannt vor.

»Mrs. Mathews?« Die Frau sah auf und nickte.

»Guten Tag, ich bin Thomas Jonas«, sagte Welles hastig. »Staatlicher Ermittlungsbeamter.«

Er zückte kurz seinen Ausweis, gerade lange genug, daß Mrs. Mathews erkannte, daß es sich um ein offizielles Dokument handelte, aber seinen richtigen Namen nicht entziffern konnte.

»Ich bin im Zuge einer internen Revision vom Vermißtenarchiv der USA als freier Mitarbeiter hinzugezogen worden. Falls Sie etwas Zeit hätten, würde ich Ihnen gern ein paar Fragen über das Verschwinden Ihrer Tochter Mary Anne stellen.«

»Mary Anne«, flüsterte Mrs. Mathews, und ihr ohnehin blasses Gesicht wurde noch fahler.

»Ich sprach gestern mit Ihrem zuständigen FBI-Beamten, mit – äh ...« Welles tat so, als läge ihm der gesuchte Name auf der Zunge.

»Neil, Neil Cole«, sprang Mrs. Mathews ihm bei.

»Genau, mit Neil«, sagte Welles rasch, als wäre ihm der Name gerade wieder eingefallen. »Agent Cole wollte sich mit Ihnen in Verbindung setzen und Sie von meinem Besuch unterrichten. Hat er nicht angerufen?«

»Nein.«

»Nun, können wir trotzdem reden? Wann paßt es Ihnen? Ich richte mich ganz nach Ihnen.«

Die Frau überlegte kurz. »Ich hab' um fünf Uhr Feierabend. Könnten Sie bei mir zu Hause vorbeikommen?«

»Natürlich, und vielen Dank.«

Eine Stunde später nahm Welles an dem runden Holztisch in der schäbigen, unordentlichen Küche von Mrs. Mathews Platz. Eine Tasse dampfenden Kaffees stand vor ihm, und die Hausherrin breitete gerade die Fotosammlung ihrer vermißten Tochter auf dem Tisch aus. Von jedem der Bilder blickte Welles das vertraute Gesicht entgegen. Nur daß hier ein normales, gesundes Mädchen zu sehen war, das sich in einem hübschen Kleid präsentierte, Weihnachtsgeschenke auspackte oder ein Kätzchen im Arm hielt. Auf einem Bild war sie mit ihrer Mutter zu sehen: Die Arme gegenseitig um den Hals geschlungen, die Wangen zärtlich aneinander gepreßt, lächelten beide glücklich in die Kamera.

Erschüttert mußte Welles feststellen, wie sich die beiden Gesichter seit damals verändert hatten. Die Fotos bildeten die damalige Realität ab. Die Wirklichkeit heute sah ganz anders aus: Einerseits war da der entsetzte Blick, den er immer wieder auf der Leinwand gesehen hatte, und andererseits das abgehärmte, traurige Gesicht der Frau, die ihm gegenübersaß. Was für ein Segen, daß Eltern nicht in die Zukunft blicken und die Gefahren sehen können, die ihren Kindern auf ihrem unsicheren Lebensweg begegnen, dachte Tom.

Mrs. Mathews' Augen füllten sich immer wieder mit Tränen, während sie die liebevoll gesammelten Fotos betrachtete.

»Es ist ganz wichtig, daß Sie sich jetzt keine größeren Hoffnungen machen«, sagte Welles eindringlich. »Mein Besuch hat keinen Einfluß auf die laufenden Ermittlungen, ich möchte Ihnen keinesfalls falsche Hoffnungen machen.«

»Wir lagen uns ständig in den Haaren, Mary Anne und ich«, erwiderte Mrs. Mathews betrübt. »Und ihr Stiefvater ... Sie hat ihn gehaßt. Weil er nicht ihr richtiger Vater war. Hier zu Hause hatte sie Ärger, in der Schule auch.«

Sie schüttelte den Kopf. »Überall Ärger.« Ein Seufzen entfuhr ihr. »Konnte sich nicht anpassen. Kommt nach mir, schätze ich. Ich wollte auch immer mit dem Kopf durch die Wand.«

»Könnte ich auch mit Ihrem Mann sprechen, mit Mary Annes Stiefvater?«

»Dave?« Mrs. Mathews verzog gequält das Gesicht. »Der hat sich aus dem Staub gemacht. Zwei Jahre, nachdem Mary abgehauen ist. Und die ganze Zeit haben wir uns seinetwegen gestritten. Ich hab' sie wegen Dave verloren, und dann hab' ich Dave verloren. Ich bin als einzige noch übrig.«

»Hatte Mary Anne einen Freund?«

Mrs. Mathews seufzte wieder. »Sie hat sich immer heimlich davongestohlen, um ihn zu treffen. Wer's war, hat sie mir nie verraten. Sie kam mit Knutschflecken heim, hat mich die ganze Zeit belogen.« Ihre wehmütige Stimmung schlug in Unmut um, und ihre Stimme klang nur noch verbittert.

Welles machte ein verlegenes Gesicht. »Entschuldigen Sie, daß ich Ihnen diese Frage stelle ... aber unter diesen Umständen ... mit dem Stiefvater ... gab es irgendwelche Anzeichen für Mißbrauch?«

»Nein!« stieß Mrs. Mathews entschieden hervor. »So was gab's bei uns nicht. Das haben die Polizei und das FBI auch gefragt, aber so was gab's bei uns nicht. Nie! Das hätte sie mir gesagt.«

Wahrscheinlich nicht, dachte Welles. Höchstwahrscheinlich hätte sie dieses schreckliche Geheimnis voller Schuldgefühle für sich behalten und wäre irgendwann weggelaufen.

»Verzeihen Sie«, antwortete er leise, »aber ich mußte Sie das fragen.«

»Wollen Sie ihr Zimmer sehen?« Mrs. Mathews erhob sich, wobei sie mit ihren langen, schmalen Händen den Rock glattstrich.

»Gern, wenn es Ihnen nichts ausmacht.« Er ging mit ihr durch den Flur zu einer verschlossenen Tür. Janet blieb zögernd davor stehen und stieß sie schließlich auf.

»Das ist ihr Zimmer. Die Polizei hat ein ziemliches Chaos hinterlassen, aber ich hab's wieder in Ordnung gebracht.«

Tom sah sich um. Ein typisches Jungmädchenzimmer. An den Wänden hingen haufenweise Poster von Rockbands und Teenager-Idolen. Auf der mit Rüschen versehenen Tagesdecke saß eine Sammlung Stofftiere. Die Bordüre um den kleinen handgezimmerten Frisiertisch hatte das gleiche Muster wie die Tagesdecke, und im Rahmen des Spiegels steckten Schnappschüsse von Freunden und Freundinnen. Im Gegensatz zum Rest der unordentlichen, heruntergekommenen Wohnung war Mary Annes Zimmer makellos aufgeräumt, sehr ordentlich und sauber. Das geliebte Zimmer der geliebten Tochter. Oder versuchte Mrs. Mathews, ihr Gewissen zu beruhigen, indem sie die Aufmerksamkeit, die sie ihrer Tochter vorenthalten hatte, nun an Mary Annes Habseligkeiten verschwendete?

Welles' Augenmerk richtete sich auf einen Stapel bunt eingepackter Geschenke auf dem Schreibtisch. Mrs. Mathews folgte seinem Blick.

»Ihre Geburtstagsgeschenke. Eins für jedes Jahr, seit sie verschwunden ist. Die kann sie auspacken, wenn sie zurückkommt. Nur, weil ich sie geohrfeigt hab'«, jammerte sie in einem Anfall plötzlichen Schuldgefühls. »Wir haben uns wegen Dave gestritten. Sie hat mich so gereizt, da hab' ich zugeschlagen. Am nächsten Tag war sie weg. Mein Gott!«

Beim Gedanken an die ungerechtfertigte Ohrfeige schüttelte Mrs. Mathews traurig den Kopf. »Es tut immer noch weh«, sagte sie leise. »Sogar wenn man innerlich abstumpft, tut es noch weh, daß sie weg ist.«

»Wenn Kinder ausreißen, hinterlassen sie oft eine Nachricht. Weil sie Gewissensbisse haben.«

Janet runzelte die Stirn. »Da war nichts. Die Polizei hat überall nachgesehen.«

»Entführung ist eine Sache, Ausreißen was anderes.

Manchmal läßt die Polizei es an der nötigen Sorgfalt fehlen.«

»Da war nichts«, wiederholte Mrs. Mathews leicht verstimmt. »Denken Sie etwa, ich hätte nicht selbst gern eine Nachricht gehabt?«

»Darf ich mich bitte umsehen?« fragte Welles sanft und möglichst vertrauenerweckend. »Wahrscheinlich haben Sie recht. Aber das ist mein Beruf, eine Art Krankheit.«

Mrs. Mathews blickte ihn finster an. »Und Sie sagen, ich soll mir keine großen Hoffnungen machen?« Widerwillig nickte sie.

»Nur zu. Ich brauch' jetzt aber erstmal einen Drink.«

Welles begann systematisch zu suchen. Aus Rücksicht auf Mrs. Mathews legte er alles wieder an den ursprünglichen Platz zurück. Er durchsuchte Schubladen und Schreibtischfächer, untersuchte die Böden im Kleiderschrank, sah unter der Matratze nach und in all den anderen Verstecken, die einem Teenager einfallen konnten, um etwas Privates zu verstecken. Doch er fand nichts. Rein gar nichts. Aber sein Instinkt ließ nicht locker, und er sagte ihm, daß das Mädchen nicht ohne ein Abschiedswort weggelaufen wäre. Irgendwo mußte doch ein Hinweis stecken.

Er trat in den schmalen Flur, öffnete die nächste Tür und stand in einer kleinen Kammer. Früher war das anscheinend die Gästetoilette gewesen, aber seit Jahren wurde der Raum nun wohl hauptsächlich als Abstell- und Besenkammer genutzt, denn alte Putzutensilien, rostige Eimer, halbvolle Farbkanister und ähnliches häuften sich hier. Auch nicht sehr vielversprechend. Welles wollte sich gerade umdrehen, als ihm eine Idee kam. Er unterzog die Toilette einer genaueren Prüfung.

Sie war schon lange nicht mehr benutzt worden, das

Wasser stand niedrig und hatte einen rostigen Ring hinterlassen. Selbst für eine unbenutzte Toilette war der Wasserstand viel zu niedrig, dachte Welles. Offenbar wurde der Schwimmer durch irgend etwas heruntergedrückt, weshalb Wassertank und Becken sich nicht richtig füllen konnten. Er hob den verstaubten Deckel des Wassertanks hoch und spähte hinein. An der Schwimmerkugel war etwas Schweres befestigt. Eine Plastiktüte. Darin befand sich ein kleines Buch, Mary Annes Tagebuch, das sie hier sicher verwahrt hatte. Welles knipste seine kleine Taschenlampe an und blätterte es hastig durch.

Das Tagebuch war in einer krakeligen Mädchenschrift zur Hälfte vollgeschrieben; nach der letzten beschriebenen Seite war ein Blatt herausgerissen. Welles befingerte den abgerissenen Rand und las die letzte Eintragung.

»Liebe Mom, wenn Du das liest, habe ich Dich bestimmt gerade aus Hollywood, Kalifornien, angerufen. Ich habe mein Tagebuch zurückgelassen, weil ich ein neues Leben anfangen will, und Du sollst sehen, weshalb ich weggelaufen bin. Nicht, weil Du mich geohrfeigt hast. Ich habe das Tagebuch extra versteckt, damit das Arschloch Dave es nicht findet.«

»Hallo, Mister, wollen Sie vielleicht auch 'nen Drink?« rief Mrs. Mathews aus dem Wohnzimmer.

Welles steckte das Tagebuch rasch hinten in den Hosenbund, so daß seine Jacke es verdeckte. Dann gesellte er sich zu Mary Annes Mutter ins Wohnzimmer.

»Sie hatten recht«, sagte er. »Ich hab' nichts gefunden.«

»Ich hab' Ihnen einen Drink gemacht«, entgegnete sie

hoffnungsvoll. Sie war offensichtlich einsam und hatte Gefallen an ihm gefunden. Wahrscheinlich fand Mrs. Mathews an jedem Mann Gefallen, der sie freundlich behandelte.

Tom schüttelte den Kopf. »Nein, danke. Ich muß noch arbeiten. Ich komme aber morgen abend noch mal kurz vorbei«, sagte er und stahl sich mit seinem kostbaren Fund davon.

Zurück im Hotelzimmer, rief er Amy auf seinem Handy an. Sie beklagte sich immer noch über den Wasserboiler, der inzwischen eigentlich fehlerlos funktionieren sollte, was aber nicht der Fall war. Eigentlich schien sie damit sagen zu wollen, daß sie Tom bei derartigen Problemen und überhaupt an ihrer Seite haben wollte.

»Man muß sich doch duschen können und nachher auch noch warmes Wasser haben«, antwortete Tom zerstreut. »Nein, ruf ihn noch mal an und sag ihm, ich hätte das gesagt. Schließlich haben wir noch Garantie auf dieses verdammte Ding ... Ja, mir geht's gut. Die Sache erweist sich allerdings als komplizierter, als ich dachte.«

»Tom, du wolltest längst zurück sein. Das hast du versprochen«, begehrte Amy mit leicht gereiztem Unterton auf.

»Ja, ja, ich weiß. Aber ich bin auf einer heißen Spur, der ich jetzt unbedingt folgen muß. Ich vermisse dich. Gib Cindy einen Kuß von mir.«

Nach dem Gespräch nahm er sich noch einmal Mary Annes Tagebuch vor und studierte die letzte Eintragung.

»Warren Anderson und ich sind ineinander verliebt«, las er. *»Warrens Vater gehört die Autowerkstatt in der Stadt, aber Warren hat größere Pläne. Ich könnte heulen, so sehr liebe ich ihn. Wahrscheinlich sind wir schon verheiratet, wenn Du das liest. Such bitte nicht*

nach mir, ich komme nämlich nicht zurück. Ich will in Kalifornien ein neues Leben mit ihm anfangen. Vielleicht siehst Du mich ja irgendwann mal im Fernsehen oder in einer Zeitschrift. Mach Dir keine Sorgen um mich. Alles Liebe, Mary.«

Aha, das war endlich ein Anhaltspunkt. Er kannte jetzt den Namen des Kerls, mit dem sie nach Kalifornien gehen wollte. Wer und wo auch immer dieser Warren Anderson war, vielleicht konnte er von ihm erfahren, wo Mary Anne Matthews sich zuletzt aufgehalten hatte. Welles hatte das Gefühl, einen Schritt nach vorn gekommen zu sein. Doch zuerst mußte er Warren finden.

In den Gelben Seiten stieß er auf die Adresse der Autowerkstatt Anderson. Als er mit seinem Ford dort vorfuhr und ausstieg, machte sich gerade ein Mann mittleren Alters in einem stark verschmutzten Overall unter der geöffneten Kühlerhaube eines Pontiacs zu schaffen. Bis zu den Ellenbogen steckte er in den Eingeweiden des Motors.

»Mr. Anderson?«

Der Mann blickte auf. Er hatte grobe Gesichtszüge und graue Bartstoppeln, als hätte er seit Tagen keinen Rasierapparat mehr gesehen.

»Ja, der bin ich. Mit wem habe ich die Ehre?«

Er wischte seine ölverschmierten Finger an einem Lappen ab, der noch schmutziger war als seine Hände.

»Tom Hart. Entschuldigen Sie, daß ich Ihnen nicht die Hand gebe. Ich suche Ihren Sohn. Sie haben doch einen Sohn namens Warren, oder?«

Mr. Anderson musterte ihn mißtrauisch und runzelte die Stirn.

»Klar. Worum geht's denn? Sind Sie von der Polizei?«

»Nein, Sir.« Welles schüttelte den Kopf. »Ich kenn'

Warren von früher. Eigentlich bin ich hier, weil ich ihm Geld schulde.«

»*Sie* schulden *ihm* Geld? Das ist ja mal was Neues.« Anderson stieß ein ungläubiges Lachen aus. »Das können Sie hierlassen, wenn Sie wollen.«

Welles schüttelte lächelnd den Kopf. »Ich hätte lieber seine Adresse. Er wohnt doch in Kalifornien, oder?«

»Kalifornien?« wiederholte Anderson und lachte auf. Er reckte sich und fuchtelte mit dem Schraubenschlüssel in der Luft herum.

»Wissen Sie, wo der Knast von Fayetteville ist? Dort sitzt er. Acht Monate wegen Einbruch.«

Das paßte ja wie die Faust aufs Auge. Einbruch – das typische Verbrechen einer Niete. Warren Anderson war und blieb eine Niete. Der Junge sah auf eine billige Art sogar ganz gut aus, dachte Welles, als er den Gefängnisgang betrat, den Warren wenig begeistert mit einem Wischmop bearbeitete. Ein Bad und eine Haarwäsche hätten ihm sicher nicht geschadet. Doch egal ob schmutzig oder sauber: »Niete« stand ihm eindeutig auf die Stirn geschrieben.

Welles stellte sich als Tom Hart vor und brachte sogleich die Rede auf Mary Anne Mathews. Die Niete nickte säuerlich.

»Ja, die kenn' ich. Hab' sie sitzenlassen, kurz bevor ich nach L. A. gezogen bin. Und dann steht sie auf einmal vor meiner Tür, rückt mir einfach auf die Bude. Hab' ihr gesagt, sie soll sich zum Teufel scheren.«

»Und, wo ist sie gelandet?« fragte Welles nachsichtig.

»Na, beim Teufel, schätz' ich mal.« Der Bursche zuckte die Schultern. »Keine Ahnung. Ist mir auch scheißegal. Sie wollte versuchen, Arbeit in 'ner Oben-ohne-Bar zu kriegen, aber ihre Titten war'n nicht so toll, deshalb . . .«

Es kostete Welles Mühe, ein ausdrucksloses Gesicht zu bewahren. Er kochte innerlich vor Zorn und hätte diesem nichtsnutzigen Stück Scheiße am liebsten ins Gesicht geschlagen.

»Sie haben nie wieder was von ihr gehört?«

»Mensch!« Warren blickte ihn entrüstet an. »Nur weil ich sie in der High-School gebumst hab', heißt das noch lange nicht, daß ich sie mit nach Kalifornien nehmen wollte! Sie kam nach Hollywood, weil sie Filmstar werden wollte. Klar, Mann, wollte ich auch. Sie seh'n ja, wo ich gelandet bin. Übrigens, Mister, ich hätt' auch gern 'ne Kippe.«

Welles inhalierte noch einmal tief, dann ließ er seine Zigarette zu Boden fallen und trat sie aus.

»Ich rauche nicht«, stieß er wütend zwischen den Zähnen hervor und verließ das Gefängnis.

»Liebes Tagebuch, warum ist meine Mutter nur so eine fürchterliche Hexe? Warum hält sie immer zu diesem Arschloch Dave? Den hat sie doch auch nur in irgendeiner Bar aufgelesen. Leider ist er dageblieben. Am schlimmsten ist es, wenn er freundlich tut, als wären wir eine glückliche Familie. Mom gibt sich ja alle Mühe vorzutäuschen, wir wären glücklich. Manchmal glaube ich fast, sie denkt das wirklich.«

Das Tagebuch war nicht Welles' Eigentum. Er mußte es Mrs. Mathews zurückgeben. In einem Kopierladen machte er von jeder Seite Abzüge, schließlich konnte man nie wissen, ob sich aus einem scheinbar unwichtigen Detail nicht ein Hinweis ergeben würde. Dann rief er Mary Annes Mutter an und fragte, ob er vorbeikommen könne. Sie war offensichtlich überrascht, aber erfreut über die Aussicht, ihn wiederzusehen.

Janet Mathews öffnete ihm die Tür. Sie sah aus, als hätte sie sich ein wenig feingemacht. Ihr Haar war frisch gebürstet, und sie hatte Make-up aufgelegt. Welles fiel auf, daß unter dem blondgefärbten Haar ein schwarzgrauer Haaransatz sichtbar wurde. Sie hatte also ursprünglich dunkles Haar wie Mary Anne. Die beiden hatten sich bestimmt sehr ähnlich gesehen.

»Kommen Sie rein. Ich mach' gerade Abendessen. Ich hab' übrigens genug für zwei.«

»Tut mir leid, ich kann nicht bleiben.«

»Für einen Drink haben Sie aber doch wenigstens Zeit.«

Er folgte ihr in die Küche, wo bereits zwei Teller auf dem Tisch standen. Offenbar hatte sie die Küche geputzt. Ihre Einsamkeit ging Welles nahe, doch er hatte nicht vor, etwas dagegen zu tun.

»Haben Sie wirklich keinen Hunger?« fragte sie beharrlich. »Es wär' schön, mal wieder ohne Fernseher zu essen.«

Sie reichte ihm ein übervolles Glas Whisky.

»Ich hab' noch eine lange Fahrt vor mir«, sagte Welles mit Bedauern, aber bestimmt.

»Allein essen ist das deprimierendste überhaupt. Ich weiß auch nicht warum. Man sollte meinen, ich hätte mich inzwischen daran gewöhnt.« Janet Mathews lächelte freudlos.

Welles nahm einen kleinen Schluck Whisky. »Mrs. Mathews . . .«, begann er.

»Janet.«

»Janet. Haben Sie je daran gedacht . . . sind Sie sich im klaren darüber, daß Mary Anne vielleicht nie mehr zurückkommt?«

Janet wandte den Blick ab. »Daran denke ich jeden Tag«, erwiderte sie mit erstickter Stimme. »Jedesmal, wenn das Telefon klingelt . . . jedesmal denke ich, es ist Mary Anne.«

Tränen standen in ihren Augen und drohten überzufließen. »Ich kann an nichts anderes denken außer an Mary Anne. Glauben Sie denn, sie ist glücklich dort, wo sie ist?«

Sie richtete ihren Blick wieder auf Welles. »Natürlich. Was anderes . . . was anderes darf ich gar nicht denken.«

Er musterte Janet und versuchte zu ermessen, wie weit er gehen konnte. Was sollte er ihr sagen? Was wollte sie hören? Womit konnte sie leben?

»Sagen Sie bitte . . . wenn Sie sich entscheiden müßten . . . ich meine, wenn Sie zu einer Entscheidung gezwungen wären, ob Sie sich weiterhin vorstellen wollen, daß sie da drüben glücklich ist, aber Sie wissen es nicht bestimmt . . . oder im schlimmsten Fall . . . falls sie nicht mehr lebt, aber Sie könnten es erfahren, Sie hätten endlich Klarheit . . .«

»Wofür ich mich entscheiden würde?« Sie blickte Welles an, Tränen rannen über ihre Wangen. »Ich würde es wissen wollen. Ich muß es wissen«, antwortete sie mit heiserer Stimme.

Das zu wissen war wichtig für Welles. Das war eine Entscheidung, die er ihr nicht hatte abnehmen können.

»Entschuldigen Sie mich einen Augenblick.« Tom stellte das volle Glas auf dem Küchentisch ab. »Ich müßte mal Ihre Toilette benutzen.«

Lautlos, damit Mrs. Mathews nichts bemerkte, schlich er sich in Mary Annes Schlafzimmer. Auf der Kommode stand ein gerahmtes Foto von ihr, das ungefähr zu der Zeit ihres Verschwindens gemacht worden sein mußte. Sie war gut darauf getroffen. Das konnte er gebrauchen. Vorsichtig zog er das Bild aus dem Rahmen und steckte es ein. Dann holte er das Tagebuch aus seiner Jackentasche und legte es auf die Kommode, den leeren Rahmen legte er obenauf. Wenn Mrs. Mathews das nächste Mal das Zimmer ihrer Tochter putzte, würde sie es nicht übersehen können. Das Tagebuch erklärte alles, und Mary Annes Abschiedszeilen würden Mrs. Mathews Schuldgefühle sicher zu einem Großteil, wenn auch nicht ganz, beschwichtigen. Das war das mindeste, was er tun konnte.

Als er wieder die Küche betrat, konnte Mrs. Mathews seiner Miene ablesen, daß sein kurzer Besuch vorbei war.

»Sie wollen gehen«, stellte sie trocken fest. Wieder würde sie nicht von ihrer Einsamkeit erlöst werden, jedenfalls nicht heute abend.

»Ja. Tut mir leid.«

Als Welles auf die Haustür zuging, blieb Janet Mathews in der Küche sitzen. Sie hatte sich so auf das Wiedersehen mit ihm gefreut, und nun diese Enttäuschung. Die Einsamkeit überfiel sie mit einer Wucht, die sie zu ersticken drohte. Sie stürzte einen großen Schluck Whisky hinunter. Welles' Versprechen, sich bei Neuigkeiten sofort zu melden, registrierte sie nicht mehr.

»Liebes Tagebuch, gestern abend bin ich mit Warren Anderson im Auto rumgefahren. Er ist der tollste Typ, der mir je begegnet ist. Wir haben einen Joint geraucht; alles war plötzlich ganz anders als sonst. Als wäre ich neu geboren, und er zeigt mir die Welt. Wir sahen drei Sternschnuppen hintereinander fallen. Er sagte, die verlöschen nicht, sondern führen ein Schauspiel am Himmel auf. Ich will auch Schauspielerin werden, ein Filmstar. Warren hat so schöne Augen und tolle Muskeln! Ich kann die Finger gar nicht von ihm lassen. Heute abend will ich Sex mit ihm. Wenn

wir miteinander schlafen, fühle ich mich immer so friedlich. Ich weiß jetzt, wie man Sex macht. Ich bewege mich so perfekt, es ist wie im Traum. Ich werde mich nicht wie meine Mutter von zig Männern mißhandeln lassen. Ich fühle mich schön, wenn ich mit Warren zusammen bin, er sieht nämlich, wie ich wirklich bin. Linda und Brandy sind eifersüchtig. Sie behaupten, daß Warren auch mit anderen Mädchen schläft – lauter Lügen. Die wissen eben ganz genau, daß Warren Actionfilmstar wird. Er ist ein toller Kampfsportler und kann sich richtig gemein geben wie ein echter Kämpfer.«

Bei der Lektüre von Mary Annes Aufzeichnungen, so voller Hoffnungen und Selbstbetrug, war Welles zwischen Mitleid und Verachtung hin- und hergerissen. Nur eine Sechzehnjährige konnte Warren Anderson für einen potentiellen Filmstar halten. Mary Annes Träume von einer eigenen Filmkarriere waren herzzerreißend, zumal, wenn man an ihr grausames Ende dachte und an ihren festen Entschluß, sich nicht wie ihre Mutter mißhandeln zu lassen. Es lag eine schreckliche Ironie darin, daß ihre Mutter diese Mißhandlungen überstanden und trotzdem keine Angst hatte, auf Menschen zuzugehen. Janet konnte die Hand noch nach Zuneigung ausstrekken, während ihre Tochter die tödliche Mißhandlung nicht überlebt hatte. Mary Annes Träume waren für immer mit ihr gestorben. Ja, gestorben. Welles war mittlerweile davon überzeugt, daß er sie nicht lebend finden würde.

»Er glaubt, ich bin hübsch genug, um Filmstar zu werden. Alle werden merken, wie meine Augen vor Liebe leuchten, wenn wir in Hollywood ankommen. War-

rens Träume werden in Hollywood wahr werden, und meine auch.«

Aber alles war anders gekommen. Wenn man Warren Glauben schenken konnte, dann hatte er Mary Anne gleich am ersten Tag in Kalifornien sitzengelassen, und sie war vollkommen auf sich allein gestellt gewesen. Tausende von Mädchen machten sich jedes Jahr auf den langen Marsch nach Hollywood, einer schillernden Film- oder Fernsehkarriere entgegen. Und nur eine von tausend schaffte es. Neunhundertundneunzig kehrten enttäuscht heim, heirateten ihren Jugendfreund oder suchten sich einen Job in einer Zahnarztpraxis, bei *Burger King* oder *Dairy Queen*. Die hatten Glück gehabt. Die restlichen zehn dieser Mädchen gerieten in echte Schwierigkeiten. Sie wurden »Models« für schmierige Fotografen, Oben-ohne-Tänzerinnen, Pornodarstellerinnen oder gingen anschaffen. Meistens waren sie drogenabhängig, und viele von ihnen landeten sogar auf der Straße und wurden von jedem Mann, der ihnen über den Weg lief, ausgenutzt und mißhandelt. Ihre Schönheit welkte dahin, sie fingen sich Krankheiten ein und starben jung. Soviel also zu den Verlockungen und dem Glanz des Ruhms.

Die Fahrt nach L. A. war zu weit, deshalb buchte Welles einen billigen Flug und mietete sich am Flughafen einen Wagen. Er fuhr schnurstracks nach Hollywood, wo er nach Einbruch der Dunkelheit ankam.

Hollywood, Stadt der Träume, Illusionen und Täuschungen – ein Magnet für kaputte Kids, die bereit waren, alles aufs Spiel zu setzen. Welles fuhr langsam durch die schmutzigen Straßen des Rotlichtviertels. Die Hauptstraße glich einem Sex-Imbiß: Ganz nach den sexuellen Vorlieben konnte man hier im Handumdrehen seinen Hunger stillen.

Minderjährige Mädchen, mit den harten Gesichtern von Vierzigjährigen, versuchten ihn zu verführen. Für ein paar Dollar boten sie ihre Körper feil, versprachen bizarre Freuden und heißen Sinnestaumel. Als Mädchen verkleidete Jungs, mit Perücke, Nylonstrümpfen und tiefem Ausschnitt, stolzierten auf den Bürgersteigen umher und präsentierten Brust und Hintern. Schlangengleich ließen sie ihre Zungen über die geschminkten Lippen fahren. Andere, mit nacktem Oberkörper, trugen enge Jeans, Cowboystiefel und -hüte – eine traurige Karikatur der amerikanischen Macho-Legende. Die ganze Straße war eine einzige Pornovorführung mit Livedarstellern.

Diese Kinder hatten Eltern, die sie einmal geliebt hatten, dachte Welles. Sie hatten im Kinderwagen gelegen, auf dem Schulhof gespielt. Und nun verdienten sie ihr Geld auf der Straße, wo sich Oben-ohne-Bars an Sexshops und Peepshows reihten, um auch jedem noch so abartigen Geschmack etwas zu bieten. Schon beim Passieren dieses Fleischmarkts fühlte Tom sich besudelt.

Sein einziger Anhaltspunkt war ein sieben Jahre altes Foto von einem jungen Mädchen aus North Carolina. Eine von tausend Namenlosen, wer würde sich noch an sie erinnern? Aber vielleicht gab es ja irgendwo doch jemanden, den der Blick aus diesen großen, dunklen Augen berührt hatte und der ihn in die richtige Richtung weisen konnte.

Auf seiner Tour durch Hollywoods Rotlichtviertel zeigte Welles das Foto Barmännern von Strip-Clubs, Leitern von Jugendherbergen, die häufig Ausreißer aufnahmen, und Türstehern von Peepshows. Doch überall erntete er nur Kopfschütteln. Nein, nie gesehen. Nein, an dieses Mädchen kann ich mich wirklich nicht erinnern. Es gab einfach zu viele namenlose Mädchen, und viele sahen aus wie Mary Anne.

Während Welles mit dem Foto durch diese schmierige Gegend von Los Angeles zog, verfolgte er zugleich eine zweite Fährte – er wollte herausfinden, welche Pornofilmer Snuff-Filme drehten. Sein erster Anlauf führte ihn in einen der unzähligen Sexshops, die die Hauptstraße säumten, wo offensichtlich Bücher, Zeitschriften und Videos verkauft wurden, die allen vorstellbaren und unvorstellbaren sexuellen Neigungen entgegenkamen.

In dem Laden war nicht viel los. Wie Welles erwartet hatte, fand er ausschließlich männliche Kundschaft vor. Vom Boden bis zur Decke reichten hohe Regale, die vollgepackt waren mit Videos, billigen Taschenbüchern und eingeschweißten Zeitschriften, die man erst nach dem Kauf öffnen durfte. Die Kunden mußten sich an den Titelbildern orientieren: riesige Brüste, ausrasierte Schamhügel, mehrere Frauen zusammen in eindeutigen Posen, Transvestiten und Transsexuelle, zwei Schwarze mit einer üppigen Blondine, Analverkehr und vieles mehr.

Neben Video- und Lesematerial gab es eine Ecke mit Sexspielzeug – S&M-Ledermasken, ähnlich der in dem Acht-Millimeter-Film, Gummipuppen und Dildos, gefiederte Kondome und anderes. Allerdings nichts, was auf Snuff-Filme hinwies. Tom hatte auch kaum damit gerechnet, derartiges Material in der Auslage zu finden. Das war fraglos Ware, die ausschließlich unter dem Ladentisch gehandelt wurde.

Welles trat auf einen Verkäufer zu, der neben einem Zeitschriftenständer stand und aufpaßte, daß keiner der Herumstöbernden die Plastikhüllen aufriß. Es war ein pickliger, unattraktiver junger Mann, der ein spöttisches Grinsen zur Schau stellte.

»Ähm, entschuldigen Sie, ich such' eigentlich was Ungewöhnliches ... etwas eher Bizarres ...«, sprach Welles ihn an.

»Gehen Sie zu *Harry's*«, antwortete der Verkäufer desinteressiert. »Die Miezen da sind alle achtzehn, seh'n aber aus wie dreizehn.«

»Aha«, sagte Welles, der sehr bezweifelte, daß die Mädchen in diesem Etablissement wirklich volljährig waren. »Eigentlich hatte ich mir 'n bißchen was Abartigeres vorgestellt.«

Der Verkäufer grinste anzüglich. »Ja? Na, dann fick doch deine Mutter!«

Von dem war keine Hilfe zu erwarten. Tom trat zu den Zeitschriften, ließ den Blick über die Titel schweifen und wählte etwa ein Dutzend der schmierigsten Hefte aus.

Der Kassierer legte das Buch zur Seite, in dem er gerade las, und klemmte sich seinen grünen Textmarker hinters Ohr. »Wollen Sie sich 'nen schönen Abend machen?« fragte er freundlich.

»Ja, sieht so aus.«

»Hätten Sie vielleicht Interesse an einer batteriebetriebenen Vagina? Mein Chef meint, ich sollte den Kunden immer noch was dazu anbieten.«

Welles verkniff sich ein Lächeln. Der Junge hatte etwas vom Charme eines Punk-Rockers, eine Mischung aus Dennis und Sid Vicious. Er war dünn wie eine Bohnenstange, trug eine schwarze Lederhose und hatte eine Rockerfrisur. Da, wo seine Nieten-Lederweste Arme und Schultern nicht bedeckte, war er mit Tätowierungen übersät. Der Alptraum jeder Schwiegermutter. Und trotzdem, verglichen mit all den anderen Gestalten in diesem Laden, hatte er fast etwas Normales.

»Tja, eine batteriebetriebene Vagina ist wirklich *sehr* verlockend, aber nein, danke.«

Der Kassierer zuckte die Schultern. »Ihre Entscheidung, Sir. Aber es wird Ihnen leid tun, wenn Sie mal wieder in so ’ner Situation sind, wo man unbedingt ’ne Muschi braucht, und Sie haben dann keine.«

»Das Risiko geh’ ich ein.«

Der Kassierer steckte Toms Einkäufe in eine Plastiktüte und nahm das Geld entgegen. »Danke für Ihren Einkauf. Einen schönen Tag noch.« Mit diesen Worten vertiefte er sich wieder in sein Buch.

Welles griff nach seiner Tüte und wollte gerade gehen, als er sich doch anders besann. »Was lesen Sie eigentlich da?« fragte er neugierig.

Der Junge hielt das Taschenbuch hoch, so daß Tom den Titel sehen konnte: »Anal-Sekretärin gesucht«.

»Man kann’s gar nicht mehr aus der Hand legen, wenn man erst mal angefangen hat.«

»Toller Titel«, antwortete Welles trocken. »Und was lesen Sie *wirklich*?«

Erschrocken schaute der Junge auf.

»Wie zum Teufel haben Sie das erkannt?« schien sein Blick zu fragen.

»Ich kann mir kaum vorstellen, daß in ›Analsekretärin gesucht‹ irgendwas steht, das man hervorheben müßte«, sagte Welles beiläufig und deutete auf den Leuchtstift hinterm Ohr des Jungen. Der warf einen prüfenden Blick um sich, ob ihn auch niemand beobachtete, und nahm den Schutzumschlag ab. Auf dem leinengebundenen Buchblock konnte Welles den richtigen Titel lesen: »Kaltblütig«.

»Capote.« Er nickte zustimmend. Ein gutes Buch.

»Ich hab einfach ’nen anderen Umschlag drübergetan.« Der Junge deutete mit dem Kopf in Richtung des anderen Verkäufers. »Sie können sich ja denken, warum.«

Welles grinste. »Schließlich wollen Sie sich nicht vor Ihren Mit-Perversen blamieren.«

Der Kassierer lächelte schüchtern. »Genau. Sonst schmeißen die mich noch aus der Porno-Gewerkschaft, und was soll dann aus mir werden?«

Verblüffend. In dieser Welt des Abschaums war er doch tatsächlich auf jemanden gestoßen, der Truman Capote las und ihn offenbar regelrecht studierte. Da sollte noch mal einer sagen, es gäbe keine Überraschungen im Leben! Kopfschüttelnd verließ Welles den Sex-Shop. Jetzt war er dran mit seinen Hausaufgaben.

4. Kapitel

Max

Welles' »Hausaufgabe« bestand darin, abends in seinem Hotelzimmer den Snuff-Film wieder und wieder anzuschauen. Er suchte nach irgend etwas, irgendeiner Kleinigkeit, die ihm einen Hinweis auf die Hintermänner dieser Produktion geben könnte. Und in die Porno-Szene mußte er allmählich auch einsteigen, das war ihm klar, er mußte versuchen, Kontakte zu knüpfen, die ihn der Wahrheit näherbrachten.

Er breitete die Schmuddelmagazine auf seinem Bett aus und studierte aufmerksam sämtliche Kleinanzeigen im hinteren Teil der Blätter, auf der Suche nach einem Inserenten, dessen Angebote die der Hardcore-Porno-Hersteller in ihrer Perversion noch übertrafen. Es gab, wie Welles feststellen mußte, unter jeder schmierigen Schicht von Pornographie noch eine weitere Steigerung ins Abartige. Die Anzeigentexte suhlten sich geradezu darin und sprachen mit ihren bizarren Produkten Neigungen an, deren Existenz den meisten Menschen überhaupt nicht bekannt war.

Unter den Suchanzeigen fielen ihm einige auf, in denen Schauspielerinnen für sogenannte »Underground-Filme« gesucht wurden. Besonders gefragt waren Darstellerinnen für Fesselspiele, S&M, Natursekt-Orgien, Analverkehr und Fetischfilme aller Art. Hatte Mary

Anne Mathews sich auf eine solche Anzeige beworben? War sie so in die Falle geraten?

Welles war sich bewußt, daß die Pornofilmindustrie erst in den letzten Jahren einen extremen Aufschwung erfahren hatte und daß die Firmen, die heute ihre harten Produkte in Sexmagazinen anboten, 1992, als Mary Annes Snuff-Film vermutlich gedreht wurde, noch gar nicht existiert hatten. Aber die Chancen standen gut, daß einige der damaligen Geschäftemacher immer noch in der Branche tätig waren, allerdings jetzt unter anderem Namen. Die Menge der Sex-Videos, von Amateuren wie von Profis, hatte in den vergangenen Jahren schlagartig zugenommen, und allein dieser Zweig der Porno-Industrie setzte mehr als eine Milliarde Dollar jährlich um.

Wenn Tom bloß zum Kern der Sache vordringen könnte, um ein paar Steine umzudrehen und das Gewürm zu erwischen, das darunter hervorkroch, dann würde er vielleicht auch den richtigen Wurm finden! Aber es gab so viele davon, daß man durchaus ein Leben lang suchen mochte. Und er war allein, ein einziger Mann. Hilfe hätte er wirklich gut gebrauchen können.

Die Zeitspanne, die er sich ursprünglich gesetzt hatte, als er den Fall angenommen hatte – drei Wochen höchstens –, war längst überschritten. Amys Stimme wurde jedes Mal kühler und unpersönlicher, wenn er sie anrief – was er allerdings schon lange nicht mehr jeden Tag tat. Er wußte einfach nicht mehr, was er ihr erzählen sollte, und es tat ihm weh, sie weiter zu belügen. Amy schien nicht zu verstehen, daß er es sich noch viel mehr als sie wünschte, endlich nach Hause zu kommen. Über den Fall konnte er nicht mit ihr sprechen, was ihr als einziges sein Wegbleiben hätte begreiflich machen können.

Und wenn er ihr ein paar seiner Probleme wenigstens andeuten würde? Tom wußte, sie würde dann noch heftiger darauf bestehen, daß er seine Ermittlungen abbrach und zurückkehrte, bevor er in ernste Schwierigkeiten geriet. Wie konnte er ihr nur jemals vermitteln, was ihm dieser Fall bedeutete? Abgesehen vom Geld trieb ihn die Suche nach Gerechtigkeit für ein zum Opfer gewordenes Kind an.

Manchmal glaubte Tom zu spüren, daß er der Lösung von Mary Annes Fall näherkam. Immerhin hatte er bereits herausgefunden, wer das Mädchen in dem Snuff-Film war, woher sie kam und wohin sie wollte. Das war wirklich ein Fortschritt.

Manchmal aber fürchtete er, keinen Zentimeter weiterzukommen. Seit Mary Annes Verschwinden in einem tödlichen Sumpf von Gewalt und Niedertracht war so viel Zeit vergangen. Sie hatte keine Spuren hinterlassen, und es schien, als hätte sie sich einfach aufgelöst.

Er befand sich in einer Sackgasse. Seit fast einer Woche hatte er nichts Neues entdeckt. Aber Tom wollte noch nicht aufgeben. Er war ein hartnäckiger, gründlicher Ermittler mit dem Zwang zum Erfolg. Und hier stand eine Menge auf dem Spiel. Er sagte sich, daß er nur für Amy und Cindy durch diesen Morast watete, für die Sicherung ihrer und seiner Zukunft. Er konnte vor sich selbst nicht zugeben, wie sehr ihn Mary Annes dunkle Augen verfolgten, ob im Schlaf oder tagsüber.

Immer wieder sah er sich den Film aus Mr. Christians Tresor an, redete sich ein, dies geschehe nur, damit er endlich einen Hinweis entdeckte. Doch hier spielte noch etwas anderes mit: Tom Welles war von Mary Anne geradezu besessen. Er hatte ihr Foto an die Wand seines Hotelzimmers geheftet, wo er es immer im Blickfeld haben würde. Ihren Tod mußte er wieder und wieder durchleben, um zu verstehen, warum er so tief in diesen furchtbaren Fall verstrickt war. Andere Ermittler hätten wahrscheinlich schon vor Wochen aufgegeben und wären längst wieder nach Hause gefahren. Schließlich hatte er Mrs. Christian nicht versprochen, daß er Erfolg haben würde.

Eines Abends, als er besonders niedergeschlagen war, entdeckte Welles in Mary Annes Film plötzlich einen weiteren wichtigen Hinweis. Wie konnte er das nur übersehen haben? Auf der einen Hand des Maskierten, der mit dem Messer, war ein winziger, undeutlicher Fleck zu erkennen. Tom hielt den Projektor an, schaltete auf Standbild und ging vor zur Leinwand, um ihn genauer zu untersuchen. Nein, zu klein und verschwommen. Mit Hilfe des Computers und des Vergrößerers stellte er schließlich einen Abzug des Bildes her. Jetzt war der Fleck klar zu sehen. Es handelte sich um einen Drudenfuß, einen fünfzackigen Stern, der auf die Daumenwurzel zwischen Daumen und Zeigefinger tätowiert war. Viel konnte man mit dieser Information zwar nicht anfangen, aber wenn er je dem maskierten Monstrum begegnen sollte, würde das Tattoo immerhin bei der Identifizierung helfen.

Er heftete das Bild ebenfalls an die Wand neben das Foto von Mary Anne. Jetzt hatte Welles zwei Betrachtungsgegenstände, zwei Sinnbilder, die für seinen Fall standen. Die Hand des Mörders und Mary Anne selbst.

Das arme Mädchen war immer nur ausgenutzt worden. Zuerst hatte diese Niete Warren Anderson sie gebumst, ihr den Kopf verdreht mit Märchen von Hollywood und einer Filmstarkarriere, um sie dann genau in dem Moment fallenzulassen, als sie ihn am nötigsten brauchte. Danach war Mary Anne offensichtlich durch die gierigen Hände zahlloser Drecksäcke gegangen, bis sie schließlich in diesem einsamen Motelzimmer gelandet war, wo sie am Ende ein hilfloses Opfer der ultimativen Ausbeutung wurde. Und diese Widerlinge waren ohne Bestrafung davongekommen! Wie sollte er unter solchen Umständen diesen Fall aufgeben können?

Er beschloß, Amy zu Hause anzurufen. In seinem niedergeschlagenen Zustand mußte er einfach ihre vernünftige, klare Stimme hören, selbst wenn sie wütend auf ihn war. Während sie miteinander sprachen, hatte er den Film zurückgespult und wieder auf Start gedrückt. Mit einem Auge auf der Leinwand sah er die Handlung ablaufen, die er schon längst auswendig kannte.

»Und wie geht's dir? Was macht Cindy?« Er seufzte leise. »Nein, so wie's jetzt aussieht, bin ich kurz davor, zusammenzupacken und zurückzufahren.« Plötzlich entdeckte er wieder ein Detail, das ihm bisher nicht aufgefallen war.

»Liebling, kann ich dich zurückrufen?«

Welles legte auf. Aufregung erfaßte ihn. Er stoppte den Film und ließ ihn noch einmal laufen. Mit zusammengekniffenen Augen beobachtete Tom, wie sich die Badezimmertür öffnete, der halbnackte Mann mit der Ledermaske herauskam und auf das Mädchen zuging. Ja, da war's! Er spulte wieder zurück: In dem Moment, wo die Badezimmertür sich öffnete, war eine dunkle Figur schwach zu erkennen. Ein dritter Mann, der im Badezimmerspiegel reflektiert wurde! Er war nur ein paar Sekunden lang sichtbar, weil die Tür sich wieder schloß und den Spiegel verbarg. Bisher hatte Welles angenommen, daß nur zwei Personen an der Herstellung des Films beteiligt gewesen waren – der Kameramann und der Maskierte. Doch jetzt wußte er, daß noch ein dritter mit im Raum gewesen sein mußte und die Szene beobachtet hatte. Aber wer war das? Welche Art von Monstrum konnte ruhig im selben Raum stehen und dabei zusehen, wie ein junges Mädchen in Stücke gehackt wurde?

Anhand des Standbildes versuchte Tom, den dritten Mann zu identifizieren, aber es war zu undeutlich, um etwas erkennen zu können. Mit Hilfe der modernen hochentwickelten Technik konnte man die Bildqualität vielleicht so weit verbessern, daß mehr zu erkennen war. Das erforderte allerdings einen guten Techniker und ein Profilabor. Tom selbst besaß weder die Fertigkeit noch die Ausrüstung. Nun, wozu war er in Los Angeles, die Stadt war sicher voll von Film- und Fotolabors.

Mit dem Computer und dem Vergrößerer stellte er ein Negativ des Bildes her und machte einen Abzug. Morgen würde er beides zu einem guten Labor bringen und sehen, was sie daraus machen konnten.

Aber zuerst mußte er diese unerwartete Entwicklung seiner Auftraggeberin berichten.

»Mrs. Christian, es waren *drei* Männer. Nicht nur der mit der Kamera und der Maskierte«, erzählte er ihr am Telefon. »Ich habe eindeutig einen dritten erkannt. Er hat die ganze Szene offenbar beobachtet. Ich sehe zu, daß ich mit Hilfe von digitaler Bearbeitung ein besseres Bild von ihm erhalte. Aber wie Sie wissen, ist das alles vor sechs oder sieben Jahren passiert, deshalb ist nicht sicher, ob wir den Mann je finden werden ... Ja, in Ordnung. Ich versuche es weiter. Danke. Ich weiß Ihre Unterstützung zu schätzen, Mrs. Christian.«

Am nächsten Tag brachte er das Negativ und den vergrößerten Abzug zu einem professionellen Foto- und Bildlabor in der Nähe von Beverly Hills. Die Cheftechnikerin, eine junge, ernst blickende Asiatin in Laborkleidung, betrachtete die Bilder zweifelnd und schüttelte den Kopf.

»Können Sie denn gar nichts tun?« fragte Welles.

Die junge Frau zuckte die Achseln. »Wir können es versuchen, aber ich muß Ihnen sagen, daß das nicht sehr vielversprechend aussieht. Es wird aber ein paar Tage dauern.«

Jetzt war er vorerst matt gesetzt. Ruhelos und unzufrieden klapperte Welles die Straßen von L. A. ab und hoffte, daß er jemanden, irgend jemanden fände, der Mary Anne Mathews auf dem Foto wiedererkennen würde. Erst als er schließlich fast überhaupt keine Hoffnung mehr hatte, geriet er auf eine Spur.

Eine der Jugendherbergen der Stadt wurde von einem Nonnen-Orden geführt. Dort fanden häufig von zu Hause ausgerissene minderjährige Mädchen Unterschlupf. Sie bekamen einen Schlafplatz und anständige Mahlzeiten, wenn sie aufhörten, sich auf der Straße herumzutreiben. Rauchen, Alkohol und Drogen waren verboten, und alle Mädchen mußten früh zu Bett und bei der Hausarbeit helfen.

Die Nonnen beteten für sie, und die Ausreißerinnen, die die Regeln des Hauses einhielten und clean wurden, durften dann bald wieder heim zu ihren Familien. Hatte auch Mary Anne Mathews hier vor sechs oder sieben Jahren Zuflucht gesucht?

Die erste Nonne, der er Mary Annes Foto zeigte, schüttelte den Kopf. »Es tut mir leid, ich kann Ihnen nicht helfen. Sie kommt mir nicht bekannt vor.«

Als sie sein enttäuschtes Gesicht sah, erbarmte sie sich. »Schwester«, rief sie zu einer farbigen Nonne hinüber, die im Gebäudeflur mit einer Halbwüchsigen sprach. »Entschuldigen Sie, Schwester Honoria. Der Herr hier möchte wissen, ob jemand dieses Mädchen kennt.«

Welles trat näher. Die schwarze Nonne setzte ihre Brille auf und studierte das Foto.

»Ja, ich erinnere mich an Mary«, sagte sie leise.

Sein Herz machte einen Sprung. »Wirklich? Sind Sie sicher? Bitte, Schwester, sehen Sie noch einmal genau hin, damit Sie wirklich sicher sind.«

Schwester Honoria nickte. »Ja, das ist Mary. Ich kannte sie. Sie war viel dünner als auf dem Foto, aber das Gesicht ist dasselbe. Ich glaube, ich habe noch ihre Sachen.«

Welles folgte ihr in den Keller der Herberge, den die Mission als Abstellraum benutzte. Entsprechend war der Raum vollgestopft mit abgelegten und vergessenen Gegenständen. Abgesehen von wenigen brauchbaren Dingen, handelte es sich dabei weitgehend um unnützes Gerümpel wie zerbrochene Stühle und kaputte Lampen. Alles war in einer Art Käfig eingeschlossen, als wären es kostbare Schätze. Schwester Honoria schloß mit einem der Schlüssel an ihrem schweren Bund den Verschlag aus Maschendraht auf. »Sie hat nur etwa einen Monat hier gewohnt, wenn ich mich recht entsinne. Eines Abends kam sie nicht wieder. Sie kam niemals wieder.«

Die Nonne drängte sich durch den staubigen Sperrmüll zu einer hohen Regalwand im hinteren Teil des Raums durch. Diese war mit Spinnweben und einer dikken Staubschicht bedeckt.

»Wissen Sie, was mit ihr passiert ist?« fragte sie Welles.

»Das versuche ich gerade herauszufinden. Sie ist von zu Hause weggelaufen. Ihre Eltern haben mich gebeten, nach ihr zu suchen.«

Schwester Honoria zeigte auf ein Regal. »Können Sie das für mich herunterholen?«

Welles langte nach oben und nahm einen kleinen Koffer herunter, der ebenfalls voller Staub und Spinnweben war.

»Das ist ihr Koffer«, sagte die Nonne. »Ich hatte ihn ganz vergessen, bis Sie mir das Bild von Mary Anne gezeigt haben.«

Welles untersuchte den Koffer. Auf einem Gepäckanhänger stand die Aufschrift »Mary Anne Mathews«, aber es war keine Adresse angegeben.

»Sie haben ihn die ganze Zeit hierbehalten?«

Die Nonne lächelte traurig. »Ich glaube, ich habe immer gehofft, daß sie wiederkommen würde. Sie wirkte so verloren. Nach einer Weile konnte ich nur noch beten, daß sie etwas Besseres gefunden haben möge. Werden Sie den Koffer ihrer Familie zurückschicken?«

»Ich tue alles, was ich kann«, versprach Welles. Er umklammerte den Koffer fest, als er ging. Mary Annes Sachen ... Ihm schien, als wäre er einen großen Schritt vorangekommen. Wenn sich doch nur etwas in dem Koffer befände, das ihm helfen würde!

Im Hotel legte er den Koffer ungeachtet des Staubs und Drecks auf sein Bett und öffnete ihn. Ein paar Kleidungsstücke kamen zum Vorschein: zwei Jeans, ein Schlafanzug, Pullover und Blusen. Sorgfältig untersuchte er jedes Stück, bevor er es zur Seite legte. Nichts Auffälliges war zu entdecken. Unter den Kleidern fand er einen Rosenkranz und zwei kleine Keramikfiguren, ein Kätzchen und einen Teddy. Es war die Sorte Kitsch, die heranwachsende Mädchen schön fanden. Tom war tief gerührt, daß Mary Anne diese beiden niedlichen Figürchen von zu Hause mitgenommen hatte.

Auf dem Boden des Koffers lag eine vergilbte Zeitung. Es waren die Kleinanzeigenseiten aus einem Blatt aus Los Angeles, in denen Helfer aller Art gesucht wurden. Das Datum war vom 2. Juli 1992. Mary Anne hatte ein paar Stellenangebote eingekreist, andere ausgestrichen.

Offensichtlich hatte sie dort angerufen oder hatte sich persönlich vorgestellt, und die potentiellen Arbeitgeber hatten sie abgelehnt. Die ausgeschriebenen Jobs selbst gaben ihm keinerlei nützliche Informationen. Vorwiegend wurde Aushilfspersonal für Imbißbuden gesucht, Handzettelverteiler oder Telefonverkäufer.

In einer Seitentasche des Koffers fand Tom noch eine Zahnbürste, ein Plastiktäschchen mit ein paar Joints und ein Adreßbuch. Er betrachtete das Büchlein aufmerksam. Ein gefalteter Zettel lag darin, den er sogleich herausnahm. Die unregelmäßigen Ränder des herausgerissenen Blatts kamen ihm bekannt vor. Die fehlende Seite aus Mary Annes Tagebuch! Auf der einen Seite hatte das Mädchen ein kleines Gebet aufgeschrieben:

»Sternenlicht, Sternenschein,
erster Stern heut nacht ist mein,
und ich wünsch' mir nur heut nacht,
daß er meinen Traum wahr macht.«

Auf der anderen Seite stand, ebenfalls in Mary Annes Handschrift, eine kurze Liste von Telefonnummern:

»818-555-4658
H.W.M. (213) 462-8860
Celebrity Films 555-3698
Modelle gesucht 818-555-6643.«

Nach wochenlangen Fehlschlägen endlich ein Treffer! Ob er etwas gewonnen oder ob er eine Niete gezogen hatte, würde sich noch herausstellen müssen, aber die Telefonliste in seiner Hand war ein klarer Beweis dafür, daß Mary Anne unter diesen Nummern Arbeit suchen – oder Ruhm erlangen wollte.

Er beschloß die Telefonnummern auszuprobieren. Gleich die erste erwies sich als Flop. »Kein Anschluß unter dieser Nummer«, sagte ein Tonband.

Bei der zweiten Nummer, der von »H.W.M.« antwortete eine menschliche Stimme. »Guten Tag, hier ist das Hollywood-Wachs-Museum . . .«

H.W.M., das ergab Sinn. Mary Anne hatte sich offenbar fest vorgenommen, in Hollywood die Spuren Marilyn Monroes und James Deans zu verfolgen – wenn auch nur indirekt.

Die dritte Nummer erschien ihm vielversprechender, zumindest stand ein Name dabei: *Celebrity Films*. Aber wieder bekam er nur die Auskunft, daß unter dieser Nummer kein Anschluß existiere. Dritter Fehlversuch.

Und zu guter Letzt war auch die »Modelle-gesucht«-Nummer ein Schuß in den Ofen. Vier Fehlversuche, damit war er aus dem Rennen.

Welles' Schultern sanken herab, und Enttäuschung breitete sich in ihm aus. Doch selbst in seiner Niedergeschlagenheit klammerte er sich an die schwache Ahnung einer möglichen Spur. *Celebrity Films*. Er hatte nur diesen einen Namen. Vielleicht war die Firma ja umgezogen und hatte jetzt eine andere Nummer. Es waren zu viele Jahre vergangen, als daß die Telefongesellschaft die Anrufe unter der alten Nummer noch weiterleiten würde. Die alte Nummer gab es nicht mehr. Aber was war, wenn der alte Name noch benutzt wurde? Mit einer neuen Nummer und einer neuen Anschrift?

Welles schnappte sich das Telefon und wählte die Auskunft.

»Welche Stadt?« fragte die Stimme in der Vermittlung.

»Keine Ahnung . . . versuchen Sie es in Hollywood.

Unter dem Eintrag für *Celebrity Films*, und ich brauche auch die Adresse.«

Nach sechs Sekunden Stille landete er einen Volltreffer: eine Telefonnummer und eine Adresse im Industriebezirk.

Im Gewerbegebiet von Hollywood herrschte starker Verkehr, vorwiegend vollbeladene Lastwagen, die von und zu den Lagerhallen unterwegs waren. In dieser Gegend gab es nur wenige Bürogebäude, heruntergekommene Wohnhäuser und billige Absteigen. Welles las noch einmal die Adresse, die er sich aufgeschrieben hatte, und schlängelte sich im Zickzack durch den dichten Verkehr zum ältesten und schäbigsten der Büroblocks. Er hatte nicht bemerkt, daß ihn seit der Abfahrt von seinem Hotel ein dunkler Wagen mit getönten Scheiben beschattete.

Celebrity Films war zwar im Gebäudewegweiser aufgeführt, allerdings alles andere als deutlich. Die Farbe auf der Karte war verblaßt und nur schwer zu lesen. Mit dem Fahrstuhl fuhr Welles in den siebten Stock, wo er einen schmuddeligen Flur entlangging, von dessen Wänden der Putz abblätterte und dessen durchgebrannte Deckenleuchten kaum mehr auf Ersatz hoffen konnten. Er kam an eine Tür mit Glaseinsatz, auf dem geschrieben stand:

Celebrity Films Inc., Eddie Poole
Professionelle Castingagentur und Filmvertrieb
Suite 804

Welles drückte die Tür auf. Die sogenannte Suite bestand aus einem kleinen Vorraum und einem noch kleineren Hinterraum, die beide dreckig und verwahrlost aussahen. Im Vorraum standen ein paar Klappstühle, auf denen zwei Mädchen saßen, die Welles auf nicht älter als siebzehn oder achtzehn Jahre schätzte. Eine dritte junge Frau kam gerade aus dem hinteren Büro, als er eintrat. Welles drängte sich an ihr vorbei, ohne auf den Protest der anderen beiden zu achten.

In dem hinteren Büro herrschte ein totales Durcheinander. Auf dem Schreibtisch und in den Regalen stapelten sich kreuz und quer eingeschweißte Sexmagazine und Videokassetten. Auf einem Tischchen stand eine Maschine zum Einschweißen, ein stummer Zeuge der Heimindustrie, die hier praktiziert wurde. An den Wänden hingen obszöne Plakate für Hardcore-Pornofilme, vermutlich im Vertrieb von *Celebrity Films*. Der Boden war übersät mit Zigarettenkippen, und der abgestandene Geruch nach Tabak hing über all dem wie ein stinkendes Leichentuch.

Hinter dem Schreibtisch saß ein Mann von etwa fünfundvierzig Jahren. Er war ausnehmend häßlich, dick und verschwitzt und trug protzige Goldketten über dem offenen Hemd. Wenn die zentrale Castingagentur je die Rolle eines schmierigen Pornofilmers hätte besetzen sollen, Eddie Poole wäre der ideale Kandidat gewesen.

Als Welles den Raum betrat, blickte er auf, überrascht und alles andere als erfreut, ihn zu sehen. »Wenn Sie eine Vorladung zustellen wollen ...«, knurrte er und erhob sich drohend.

Tom blieb ruhig. »Nein, ich wollte mich nur erkundigen, ob dieses Mädchen zufällig mal hier bei Ihnen war.« Er hielt das Foto von Mary Anne hoch, damit der andere es sehen konnte, aber Poole machte sich nicht einmal die Mühe, einen Blick darauf zu werfen.

»Sind Sie Bulle?« wollte er wissen.

»Mitglied der Familie«, antwortete Welles.

»Wissen Sie, wieviele Muschis hier jeden Tag reinkommen?« Poole spuckte die Worte verächtlich aus.

»Bitte ... nur einen Blick«, sagte Welles freundlich. »Es ist schon ein paar Jahre her.«

Poole hob den Blick und sah kurz auf das Foto. »Nie gesehen«, konterte er gelassen und offensichtlich vollkommen desinteressiert. Doch Welles als geübter Beobachter hatte genau bemerkt, daß beim Anblick von Mary Anne ein Schimmer des Wiedererkennens in Pooles Augen aufgeblitzt war.

»Sind Sie sicher?« fragte er nach.

Poole explodierte. »Verdammt noch mal, verschwinden Sie aus meinem Büro!«

Seine Stimme war rauh vor Wut, aber ein Unterton von Angst schwang darin mit.

Welles verließ das Zimmer ohne ein weiteres Wort. Doch hinter seiner gelassenen Fassade hatte sich genügend Mißtrauen gegenüber diesem Ekel von Poole angesammelt. Er war so in seine Gedanken versunken, als er aus dem Gebäude trat, daß er den dunklen Wagen, der auf der anderen Straßenseite auf ihn gewartet hatte, nicht registrierte. Auch daß er ihm folgte, als er in seinem Ford das Gewerbegebiet verließ, bemerkte er nicht.

»Erinnerst du dich an mich?« fragte Welles den jungen tätowierten Kassierer in dem Sexshop.

Der Junge blickte von seinem Buch auf. »Sie haben es sich also doch noch mal überlegt wegen der batteriebetriebenen Vagina, oder?«

Welles nahm seine Brieftasche heraus und ließ den Jungen einen Blick auf seinen Ausweis werfen. »Ich brauche Informationen. Ich dachte, du könntest mir vielleicht helfen.«

»Thomas Welles«, las der Kassierer. »Nettes Foto.

Was für Informationen suchen Sie denn, ich hab' nämlich alle möglichen Sorten im Angebot.«

»Die Sorte, für die ich bezahle.«

Das Wort »bezahlen« ließ den jungen Mann deutlich aufhorchen.

»Paß mal kurz hier auf, ich mach' Pause«, rief er seinem Kollegen zu. Dann winkte er Welles in den hinteren Teil des Ladens und führte ihn durch den Vorhang, der die Videokabinen vom Buchladen trennte.

Als sie den düsteren Flur zwischen den Kabinen entlanggingen, konnte Welles die Sexgeräusche und die miserable Musik der laufenden Videos hören, untermalt vom schweren Atmen und gelegentlichen Stöhnen der Kunden.

»He, du Wichser, mach verdammt noch mal den Stall zu!« bellte Toms Begleiter in eine der Kabinen. »Diese Scheiße ist illegal!«

Der Flur endete an der Hintertür. Die beiden Männer traten ins Freie, und der junge Kassierer wandte sich zu Welles um.

»Also, ich weiß nicht, wonach Sie suchen, Mister, aber ich sag's Ihnen lieber gleich, damit das klar ist: Ich bin nicht andersrum.«

»Herzlichen Glückwunsch«, sagte Welles.

»Damit wir uns richtig verstehen: Ich hab' nichts dagegen, und wenn Sie solche Informationen wollen, dann kann ich Ihnen helfen. Sie wählen das Laster, ich krieg' den Zaster.«

»Wie lange arbeitest du hier schon?« Welles nahm seine Zigarettenschachtel aus der Jackentasche und bot dem jungen Mann Zigarette und Feuer an.

»Fast zwei Jahre.«

»Wie heißt du, wenn ich fragen darf?«

»Max.«

»Die Sache sieht so aus, Max. Ich bin gerade hinter etwas her, das mit Hardcore-Pornos zu tun hat. Zeug, das unter dem Ladentisch verkauft wird, illegal.«

»Da gibt's nicht viel.« Max schüttelte den Kopf.

»Trotzdem, was immer es ist, wer immer das verkauft, wie das auch ablaufen mag – ich will alles wissen. Ich will es ganz genau wissen – also, wenn du solche Quellen hast, schön. Wenn nicht, sag's lieber gleich.«

Ein Ausdruck von Mißtrauen huschte über das Gesicht des tätowierten Jungen. »Sie sind kein Bulle, oder? Wenn ich das frage, und Sie sind einer, dann müssen Sie mir das sagen, so ist das Gesetz.«

»Ich bin kein Bulle«, versicherte Welles ihm.

»Sie sind ein Privatdetektiv«, sagte Max. »Wie in ›Shaft ... alles klar?‹ Haben Sie mal ›Private Eyes‹ mit John Holmes gesehen?«

»Wieviel verdienst du hier?« Welles machte eine Kopfbewegung zur Hintertür des Ladens.

Max zögerte nur den Bruchteil einer Sekunde. »Vierhundert die Woche, schwarz«, log er.

Welles unterdrückte ein Grinsen. »Tun wir mal so, als lebte ich in derselben Phantasiewelt, in der du vierhundert die Woche in dieser Bruchbude kriegst. Ich geb' dir fünfhundert für ein paar Tage.«

»Sechs klingt besser, Chef.«

»Fünf. Hier ist meine Nummer, wenn du mich anrufen willst.« Welles schrieb seine Handynummer auf einen Zettel und gab ihn dem Jungen. »Wann kannst du anfangen?«

»Morgen abend. Ich mach' spät Schluß«, sagte Max und steckte den Zettel ein. Er öffnete die Hintertür und hielt sie Welles auf.

Der schüttelte den Kopf. »Ich finde schon anders raus.«

»Morgen also«, nickte Max.

»Und nenn' mich nicht ›Chef‹.«

Konnte er ihm vertrauen? fragte sich Welles, als die Tür hinter Max zufiel. Vielleicht war das die falsche Frage. Vielleicht lautete die richtige Frage: Hatte er eine andere Wahl? Er würde das bald herausfinden. Morgen abend mit Max als seinem seltsamen, tätowierten, lederbekleideten Führer, würde Thomas Welles in die Unterwelt des Pornos hinabsteigen.

Als er die Gasse entlang zu seinem Parkplatz ging, war er in Gedanken ganz bei dem morgigen Abend, an dem er seinen ersten Vorstoß in die abgeschottete Welt wagen würde, der Mary Anne Mathews zum Opfer gefallen war. Deshalb konnte man ihm vielleicht auch nachsehen, daß er denselben dunklen Wagen, der ihm bereits am Nachmittag gefolgt war und jetzt abermals im Schatten der Gasse auf ihn lauerte, wiederum nicht bemerkte.

Am nächsten Abend holte Welles Max am Sexshop ab und fuhr mit ihm in ein heruntergekommenes Viertel in der Nähe von Watts. Den ganzen Weg dorthin hielt Max einen druckreifen Vortrag über die Pornoindustrie. Tom, der Dantes »Göttliche Komödie« im College gelesen hatte, fühlte sich an den Dichter Vergil erinnert, der den jungen Dante den gewundenen Weg durch die Höllenkreise hinabführte. Max war vielleicht ein etwas bizarr aussehender Vergil, aber es war trotzdem kein schlecher Vergleich.

»Wir haben auf der einen Seite *Penthouse, Playboy, Hustler* und so weiter«, eröffnete Max seine Vorlesung. »Kein Mensch hält diese Magazine mehr für Pornographie. Auf der anderen Seite gibt es den gängigen Hardcore. Der Unterschied liegt in der Darstellung von Penetration. Das ist Hardcore. Die ganze Branche sitzt hier im Valley. Autoren, Regisseure, Pornostars. Sie sind berühmt oder glauben es wenigstens. Sie werfen hundertfünfzig Videos die Woche auf den Markt. Es gibt sogar so etwas wie einen Porno-Oscar. Amerika liebt Pornographie! Wenn Ihnen jemand erzählt, er würde nie Pornos sehen, dann lügt er. Tausende von Leuten kaufen schließlich diese Videos. Da draußen sind Typen, die neunhundert Millionen Dollar pro Jahr für Telefonsex ausgeben.« Max nahm einen tiefen Zug aus der Bierdose in seiner Hand.

Sie gingen eine dunkle Gasse hinunter. Die Nacht war seltsam schwül. In L. A. ist es fast nie feucht, aber heute abend lag die Luft schwer und drückend über der Stadt. Sie liefen an zwei Crack-Rauchern vorbei, die in einem Eingang kauerten, versunken in ihre eigene dunstige Welt.

Nach ein paar Minuten erreichten die beiden Männer ein gedrungenes, quadratisches Backsteingebäude, das von einem Maschendrahtzaum umgeben war. Noch bevor sie sich dem Haus nähern konnten, sprangen zwei riesige Rottweiler an der Innenseite des Zauns hoch, knurrten, bellten und fletschten die großen Zähne. Die Hunde sahen so aus, als könnten sie den Maschendraht mit Leichtigkeit durchbeißen und die Männer in Hackfleisch verwandeln. Nervös wichen Max und Tom vor ihnen zurück.

Plötzlich ging an der Vorderseite des Gebäudes ein Verandalicht an, und in der Tür erschien eine Silhouette.

»Schnauze!« brüllte eine Männerstimme auf spanisch. Sofort verwandelte sich das Gebell in Winseln.

»Fünfzig sind Balsam für seine Nerven«, murmelte Max, als der klapperdürre Mexikaner mit seiner MP im Schulterhalfter auf die Veranda hinaustrat. Welles überreichte Max das Geld.

»Laß mich reden, okay?« sagte Max, als sie auf ihn zugingen.

»Hab' dich lang nicht gesehn, Max«, sagte der Mann auf spanisch.

Max antwortete in derselben Sprache. »Hatte zu tun, Manny. Das ist der Kerl, wegen dem ich angerufen hab'. Neuer Kunde. Will mal sehen, was ihr so habt.«

Er steckte Welles' Fünfziger in Mannys Brusttasche. Der Mexikaner beäugte Welles finster. Mißtrauen stand in seinen schmalen schwarzen Augen.

»Macht hin«, knurrte er. Er trat zur Seite, um sie ins Haus zu lassen, wandte aber den Blick nicht von Welles und war offensichtlich immer noch sehr mißtrauisch.

Tom ging hinter Max einen langen Flur entlang. »Den Schuppen hier gibt's seit etwa drei Jahren«, informierte der Junge ihn. »Sie wechseln nur dauernd das Gebäude.«

Durch einen Perlenvorhang traten sie in ein farbenfroh eingerichtetes Wohnzimmer. Schwere Vorhänge hingen vor allen Fenstern und sorgten für Ungestörtheit. Sechs Mexikanerinnen mit harten und grell geschminkten Gesichtern saßen auf Sofa und Sesseln. Einige sahen fern, den spanischsprachigen Kanal, andere rauchten, lackierten sich die Nägel oder saßen einfach nur da. Auf Welles wirkten sie alle gleichermaßen verbraucht und unattraktiv, auch wenn ihre großen Brüste fast nackt waren.

»Die sind alle illegal«, sagte Max. »Suchen Sie sich eine aus. Schlafzimmer gibt's hinten.«

Ein billiges Bordell? Deswegen war Welles wohl kaum hier. Aber bevor er das sagen konnte, führte Max ihn durch den Raum hindurch und zurück in den Flur. Sie gingen durch das ganze Haus, mit dem mißtrauischen Manny im Gefolge, und schließlich durch die Hintertür wieder hinaus.

Im Hof war ein großes Zelt aufgeschlagen. Durch eine Öffnung in der Plastikwand gingen die Männer hinein. Nackte Glühbirnen beleuchteten etliche Regale mit Tausenden von Videokassetten. Die meisten Etiketten waren auf spanisch und handschriftlich ausgezeichnet. Viele waren offenbar Amateuraufnahmen. Ein Sex-Supermarkt für Kunden, die Hardcore-Pornos wollten. Welles überflog die Titel.

»Das ist die Spitze des Eisbergs«, sagte Max. »Viel mexikanischer S&M, 'ne Menge asiatische Fesselspiele, alle Arten von Sodomie und so, falls Sie auf diese Scheiße stehen. Fassen Sie nichts an. Wenn Sie was wollen, sagen Sie's Friendly da drüben in der Ecke.«

»Friendly« war für die Sicherheit zuständig, ein kräftig aussehender Mann, der auf einem Hocker in einer Ecke saß. Seine Baseballkappe war tief in die Augen gezogen und überschattete sein Gesicht, aber unter dem Schirm beobachtete er den Laden ganz genau. Besonders Welles und Max, die fremden *gringos*, schienen seine Aufmerksamkeit erregt zu haben.

»Frag deinen Freund, ob er irgendwelche Snuffs hat«, sagte Welles leise.

Max war überrascht. Snuff?

»Na los, frag ihn.«

Max wandte sich an Manny und fragte ihn etwas auf spanisch. Die Antwort kam prompt und gewaltig: Manny schubste und schlug Max, drosch auf seinen Kopf ein und stieß obszöne Sprüche aus, die offenbar an sie beide gerichtet waren.

»He, he, he ... *amigo*«, rief Welles in versöhnlichem Ton.

Aber es war bereits zu spät. Der Mann mit der Baseballkappe erhob sich von seinem Hocker. Er hatte ein Gewehr in der Hand. Im selben Moment kamen zwei weitere Männer aus dem Haus und liefen quer über den Hof. Auch sie waren schwer bewaffnet und richteten ihre Waffen drohend auf die *gringos.*

»Okay, okay, alle ganz ruhig bleiben«, rief Welles und hob die Hände, um zu zeigen, daß er unbewaffnet war. *»No problema, no problema.«*

Verfolgt von spanischen Flüchen und dem wilden Gebell der Rottweiler, traten sie hastig den Rückzug an und rannten zu Toms Wagen.

»Sie wollen Snuff, Mann?« Max klang fassungslos. »Es gibt keinen Snuff.« In was wollte Welles ihn da hineinziehen? »Warum haben Sie –«

»Hast du schon mal was von Eddie Poole oder *Celebrity Films* gehört?« unterbrach ihn Tom.

Max zuckte die Achseln. »Abschaum. Kleiner Pornofilmvertrieb, billiger Mist. Wir hatten das auch mal am Lager, aber es gab Beschwerden. Er hat dieselben Filme unter verschiedenen Titeln rausgebracht, jedenfalls ein paar. Warum? Wollen Sie 'ne Entschädigung?«

»Würde er auch Snuffs drehen?« fragte Welles.

Max schüttelte langsam den Kopf, unentschlossen. »Er müßte verrückt sein, aber andererseits...« Er zuckte die Schultern. »Eddie Poole ist der Typ, der seine eigene Mutter erschießen, die ganze Szene mitdrehen und dann Wetten entgegennehmen würde, nach welcher Seite sie umkippt.«

Welles öffnete die Wagentür. »Tut mir leid wegen da drin«, entschuldigte er sich.

Der junge Mann grinste. »Tut mir leid kostet extra, Mann. Ich will 'ne Gefahrenzulage.«

Nachdem er Max abgesetzt hatte, fuhr Welles ins Industriegebiet zu Pooles Büro. Wie erwartet lag das Gebäude um diese Uhrzeit verlassen da und wurde so gut wie nicht bewacht. Ohne große Schwierigkeiten knackte Tom das Schloß an der Eingangstür und schlich sich leise durch die Halle. Wenn es hier eine Wache gab, mußte sie irgendwo liegen und schlafen.

Die Fahrstühle waren über Nacht abgeschaltet, deshalb war Welles gezwungen, sieben Etagen hochzulaufen. Er war ziemlich außer Atem, als er bei *Celebrity Films* ankam, aber ohne innezuhalten, zog er sogleich Handschuhe an, brach das Schloß an der Bürotür auf und stand nach vierzig Sekunden in Pooles innerstem Heiligtum. Er schloß hinter sich wieder ab, knipste seine Taschenlampe an und wandte sich den Aktenschränken zu. Vielleicht enthielten sie ein paar Antworten auf seine Fragen.

Wie er schon vermutet hatte, waren sie abgeschlossen. Die Schlösser waren zu klein, um sie aufzubrechen, ohne sie zu beschädigen, aber Welles hatte seinen kleinen Dietrichsatz dabei. Die erste Schublade, die er öffnete, war leer, doch die zweite enthielt eine große Anzahl von Mappen. Je eine Akte war einem jungen Mädchen gewidmet. Gesicht um Gesicht leuchtete in dem schmalen Strahl der Taschenlampe auf und verschwand wieder, um von dem nächsten ersetzt zu werden. Es mußten mehrere Hundert sein. Keines der Gesichter gehörte Mary Anne Mathews, aber in gewissem Sinne, dachte Welles, waren alle diese Mädchen wie Mary Anne.

Als er fertig war, legte Tom sämtliche Unterlagen wieder an ihren Platz und verließ das Büro. Bei *Celebrity Films* hatte er nichts gefunden, das Eddie Poole wirklich belastete, aber die dumpfe Ahnung, daß Poole an Mary Annes Snuff-Film beteiligt gewesen war, hatte sich in ihm noch verstärkt.

Es würde teuer und zeitraubend sein, aber er beschloß, Pooles Laden von nun an zu überwachen. Die Spur war alles andere als heiß, aber es war die einzige, mit der er etwas anfangen konnte.

5. Kapitel

Eddie Poole

Welles' nächste Station war das Bildlabor, dem er das Problem des dritten Mannes übertragen hatte. Kopfschüttelnd zeigte ihm die Technikerin das bisher erzielte Ergebnis am Computer. Eine große Enttäuschung: Der geheimnisvolle Mann war immer noch nicht zu erkennen. Selbst in digitaler Auflösung war er nicht mehr als ein verschwommener Fleck.

»Es ist ein langwieriger Prozeß.« Sie zuckte die Schultern. Es war nicht zu ändern.

»Und wenn ich das Honorar verdoppele? Oder vielleicht können Sie mit einem zweiten Team über Nacht daran arbeiten?« bot Welles an.

»Das wären doppelte, dreifache Stundensätze«, antwortete die junge Frau. »Das kostet Sie eine schöne Stange Geld, Mister.«

Welles nickte bestätigend. »Kein Problem.«

Der nächste Schritt bestand darin, einen Händler für Überwachungsgeräte zu finden. Er schlug in den Gelben Seiten die Rubrik »Überwachung« auf und entdeckte eine lange Liste von Geschäften für Sicherheitstechnik. Er riß die Seite heraus und fuhr zu der Adresse, die in der größten Anzeige angegeben war.

Welles hatte immer noch nicht bemerkt, daß er beschattet wurde. Tagsüber war der Verkehr in Los Angeles am dichtesten, und der dunkle Wagen, der ihm vom Hotel zum Laden folgte, sah nicht anders aus als jeder andere dunkle Wagen auf der Straße. Da Tom nicht mit Verfolgung rechnete, machte er sich auch nicht die Mühe, ihr zu entgehen.

Der Laden für Sicherheitstechnik hatte alles, was er brauchte, und alles war auf dem neuesten Stand. Die Gerätschaften waren zwar teuer, aber da Welles auf Rechnung von Mrs. Christian einkaufte, zögerte er keinen Augenblick.

Als er alles zusammen hatte, was er für eine Überwachung brauchte – ein funkgesteuertes Aufnahmegerät, Hochleistungswanzen für Pooles Telefon, Wähltondechiffrierer, ein gutes Fernglas und ein paar andere Spielzeuge des Raumfahrtzeitalters –, belief sich die Rechnung auf mehr als dreieinhalbtausend Dollar.

»Ich zahle in bar.« Welles nahm einen dicken Packen Scheine aus der Tasche und fing an zu zählen.

»In Ordnung«, lächelte der Verkäufer. »Würden Sie mir bitte Ihre Telefonnummer geben, Vorwahl zuerst?«

»Nein, das werde ich nicht.« Welles legte das Bündel Scheine auf die Theke. Die Situation war eindeutig: Keine Nummer oder kein Geschäft, schlag zu oder laß es bleiben. In L. A. gab's auch noch andere Läden. Der Verkäufer zögerte nicht lange. Er schnappte sich den Packen und zählte die Scheine.

»Das Gesetz schreibt vor, daß ich Sie über folgendes informiere: Es ist völlig legal, diese Gegenstände zu kaufen, aber es ist verboten, sie zu benutzen, und zwar für jede Art von –«, leierte der Verkäufer den vorgeschriebenen Text herunter.

»Ja, weiß ich alles«, unterbrach ihn Welles. »Wenn Sie die Geräte einpacken würden, könnte ich jetzt gehen. Danke.«

Während der Verkäufer seine Neuerwerbungen einpackte, sah Tom sich im Laden um. Plötzlich fiel sein Blick auf den Monitor der Laden-Überwachungskamera, die auf die Straße gerichtet war. Ein Mann erschien auf dem Bildschirm. Gebannt starrte er durch das Schaufenster auf Welles.

Tom fiel es wie Schuppen von den Augen: Er wurde beschattet. Instinktiv ahnte er die Gefahr. Wie lange ging das schon so? Wer war das? Warum?

Er drehte sich zum Fenster um, aber der Mann war schon weg. Er stürzte zur Tür und blickte auf der Straße nach rechts und links. Nichts. Sein Verfolger war verschwunden, und der kurze Blick hatte nicht gereicht, um sein Gesicht zu erkennen. Wer auch immer das war, Tom mußte sich in Zukunft vorsehen.

Aber wer könnte ihn beschatten lassen? Wer waren seine Feinde? Zweifellos war er ein paar Leuten auf die Zehen getreten, selbst in diesem frühen Stadium seiner Ermittlungen. Pornographie war ein schmutziges Geschäft, und manch einer, mit dem er in dieser Sache zusammengetroffen war, wußte bereits, daß er auch vor dem größten Dreck nicht zurückscheute. Private Ermittlungen waren alles andere als gesundheitsfördernd, nicht umsonst lehnten es die meisten Krankenversicherungen ab, Leute wie ihn in ihre Kartei aufzunehmen.

Als er seine Neuerwerbungen im Kofferraum des Mietwagens verstaut hatte, fuhr Welles zurück ins Industriegebiet von L. A., ein Auge immer auf den Rückspiegel gerichtet, um sicher zu sein, daß er nicht verfolgt wurde. Er konnte jedoch nichts Verdächtiges feststellen, keinen Wagen, der ihm auf die hintere Stoßstange kroch.

Für die Einrichtung seiner Überwachungsstation wählte er ein hohes Fabrikgebäude gegenüber dem Büro von *Celebrity Films* aus. Normalerweise befanden sich darin die Werkstätten, in denen nichtorganisierte Mexikanerinnen und Asiatinnen für weniger als den Mindestlohn an der Nähmaschine schufteten. Er hatte Glück. In einem der Fenster hing ein Schild: *Zu vermieten.*

In Begleitung des Vermieters besichtigte Welles die angebotenen Räumlichkeiten. Es war viel Platz, mehr als er brauchte, aber das interessierte ihn nicht. Auch die hohe Miete schreckte ihn nicht ab. Aus den großen Vorderfenstern konnte er ausgezeichnet auf die andere Straßenseite sehen, genau auf die Reihe dreckiger Fenster, an denen »*Celebrity Films Inc.*« stand. Es war der perfekte Aussichtspunkt, um Poole zu überwachen. Ein Logenplatz für sämtliche Aufführungen, die bei *Celebrity* stattfanden. Was, wie Welles hoffte, nur ein Anfang war.

»Das paßt mir gut«, sagte er zum Vermieter und überreichte ihm die erste Monatsmiete und eine dicke Kaution in bar. »Ich will sofort einziehen, noch bevor die Möbel kommen.«

Was die Möbel betraf, so ging es den Vermieter nichts an, daß nicht mehr als ein Feldbett in den neuen Räumen stehen würde. Gleich morgen wollte er aus dem Hotel auschecken und ganz in sein neues Büro einziehen.

Im Lauf der Nacht besuchte Welles noch einmal Pooles Büro, diesmal mit Wanzen ausgerüstet. Noch mal sieben Geschosse hochlaufen, noch ein Einbruch. Drei Minuten später, nach erfolgreicher Mission, lief er die Treppen schon wieder hinunter. Die Telefone von *Celebrity Films* waren nun gut verwanzt und optimal präpariert.

Am nächsten Morgen siedelte Welles in sein neues Quartier über, sein Überwachungsgerät, jede Menge Kaffee und drei Schachteln Zigaretten im Gepäck. Für das Feldbett und die Decken mußte er wohl oder übel noch einmal extra gehen. Schließlich tat er noch etwas anderes: Aus der Kassette in seinem Aktenkoffer entnahm er seine Waffe und legte sie auf einen Stuhl. Er war sich nicht im klaren über die Gründe seiner Handlung, aber irgendwie wurde er das Gefühl nicht los, er könne die Pistole in den nächsten Stunden gut gebrauchen.

Der erste Anruf bei *Celebrity Films*, den er mithörte, kam von einem von Pooles Großabnehmern, der sich offenbar bitter über die Ware beschwerte, die Poole ihm geliefert hatte.

»Du weißt, wie gut meine Bänder gehen. Die Leute verschlingen das Zeug«, jammerte Poole.

»Ich hatte letzten Monat schon drei Wichser, die deine Bänder umtauschen wollten«, knurrte die fremde Männerstimme wütend. »Kannst du dir vorstellen, wie mies ein Mösenstreifen sein muß, damit so ein Blödmann mit dem Scheiß-Kassenbon zu mir zurückkommt und ihn verdammt noch mal umtauschen will?«

»Ey, Alter, jetzt aber mal halblang«, ereiferte sich Poole.

»An deiner Stelle würde ich das Maul nicht so weit aufreißen«, schnauzte der Kunde. »Gib mir lieber Qualitätszeug mit Mädchen, die zumindest noch ein paar Zähne im Maul haben. Bis dahin leck' mich am Arsch.«

»Leck du mich doch!« knurrte Poole und knallte den Hörer auf.

Langweilig! Welles hoffte, daß nicht alle Gespräche so uninteressant verliefen. Er brauchte etwas Spektakuläreres als Beschwerden über mangelhafte Ware. Er brauchte unbedingt eine Aufnahme von illegalen Aktivitäten.

An diesem Abend machten Welles und Max eine weitere Expedition in die Unterwelt des Hardcore-Pornos. Tom holte seinen Führer wie immer an der Hintertür des Sexshops ab, und gemeinsam gingen sie die Gasse entlang zu seinem Wagen.

Max registrierte jedoch, daß Tom sich diesmal ständig umschaute und verstohlene Blicke über seine Schulter warf.

»He, warum siehst du dich dauernd um?« wollte er wissen. »Werden wir verfolgt oder was?«

Tom zuckte die Schultern. »Weiß nicht. Waren da heute komische Typen bei euch im Laden?«

»Außer Ihnen?« scherzte Max.

Er lotste Tom in einen Stadtteil, in dem der Privatdetektiv noch nie gewesen war. Draußen war es dunkel und naß. Früher am Abend hatte es geregnet, und jetzt standen tiefe Pfützen auf den ramponierten Bürgersteigen, und ölige Rückstände bildeten schillernde Schlieren auf der Wasseroberfläche. Die Dunkelheit wirkte durch die vereinzelten Straßenlaternen noch tiefer. Die wenigen, die funktionierten, gehörten nicht zu den modernen Natriumdampflampen, sondern waren alt; in den anderen waren die Birnen offenbar schon vor Jahren durchgebrannt.

Als sie ausstiegen, fragte Welles sich, ob in dieser Gegend überhaupt jemand wohnte, im Untergrund oder auch sonst. Alles schien völlig verlassen. Aber Max wußte offenbar, wohin er wollte, denn er ging zielstrebig eine enge Gasse entlang.

Schließlich kamen sie an eine verfallene Treppe, die nach unten führte. Es war stockfinster. Max drehte sich zu Tom um.

»Überlegen Sie's sich noch mal«, warnte er leise. »Es ist noch nicht zu spät. Sie werden Sachen sehen, die sie noch nie gesehen haben ... die kriegen Sie nie mehr aus dem Kopf. Die bleiben da einfach drin.«

»Woher willst du wissen, was ich schon gesehen und erlebt habe?« fragte Tom leicht irritiert, aber ebenso amüsiert.

»Okay«, lenkte der Junge ein. »Aber jeder hat so seine Grenze, Chef. Ich hab' meine überschritten, als ich noch mit meiner Musik den Durchbruch schaffen wollte. Ich hab' aus Geldnot angefangen, halbtags da zu arbeiten, wo ich jetzt bin. Bums, sind ein paar Jahre rum, und da bin ich nun. Bevor du weißt, wie dir geschieht, biste drin. Tief drin.«

»Mach dir mal keine Sorgen um mich.« Tom war sich nicht sicher, ob er sich wegen der Warnung des Jungen beleidigt oder geschmeichelt fühlen sollte.

Jetzt war Max belustigt. »He, Alter. Wenn du mit dem Teufel tanzt, kriegst du ihn nicht in den Griff. Er greift nach dir.«

»Ist das aus einem Song von dir?«

Tom stieg hinter Max die bröckelnden Stufen hinunter. Der junge Mann trat in einen verfallenen Eingang und durchquerte einen schmalen Flur, der von fahlem Neonlicht erhellt war. Am Ende führte eine weitere Treppe noch tiefer nach unten. An ihrem Ende befand sich eine massive zweiflügelige Tür, die von einem stiernackigen Schlägertypen bewacht wurde.

»Kommen Sie von irgendeiner Justizbehörde oder stehen mit einer in Verbindung?« sagte er forschend zu Max.

»Scheiß drauf, Larry«, gab dieser zurück. Er drängte sich an ihm vorbei durch die Tür.

Jetzt forderte der Schläger Welles heraus. »Kommen Sie von irgendeiner Justizbehörde oder –«

»Scheiß drauf, Larry«, antwortete der und folgte Max in den Kellerraum.

Offenbar wurde hier eine Art Porno-Flohmarkt abgehalten, buchstäblich im Untergrund, zwei Stockwerke unter der Straße. Früher war das der Keller eines seit langem verlassenen Bürogebäudes gewesen. Etwa fünfzehn Tische standen hintereinander in einer Reihe, jeder bewacht von einem Händler. Das Zimmer war ungefähr zu einem Viertel voll mit Schaulustigen, Männern, die viel schmieriger und gemeiner aussahen als die Kunden in gewöhnlichen Pornoläden. Tom konnte kaum glauben, daß sich fast dreißig Menschen im Raum befanden und die Waren auf den Tischen begutachteten, so still war es. Keiner von ihnen sprach auch nur ein Wort.

»Porno-Zombies«, bemerkte Max. »Die sind süchtig nach dem harten Zeug. Aber den Kellerverkauf wird's nicht mehr lange geben. Erstens ist es zu gefährlich, und zweitens gibt's jetzt alles im Netz. Sandkastenfreier, die ihre Fotos per Modem tauschen –« Der Junge zog ein langes Gesicht. »Und dann gibt's jede Menge Kleinanzeigen mit versteckten Codes. Geheimkuriere. Verbindungen über alle Grenzen hinweg zu Briefkastenfirmen. Bei illegalen Deals sind Käufer und Verkäufer so weit auseinander, wie sie nur können. Kein Mensch weiß irgendwas.«

Max wußte zwar ziemlich gut Bescheid, dachte Welles, aber er hatte nicht in allem recht. Kürzlich hatte es eine überraschende Razzia bei einer Cyberporno-Website mit dem Namen »Alice hinter den Spiegeln« gegeben, ein auf Kinderpornos spezialisiertes Unternehmen. Die Razzia hatte auf mehreren Kontinenten gleichzeitig stattgefunden und war zeitlich so organisiert, daß keines der gefaßten Mitglieder aus dem Porno-Ring mehr Gelegenheit gehabt hatte, die Festplatte zu löschen oder andere Mitglieder der Site per E-Mail zu warnen. Eine Folge der Razzia war eine Selbstmordwelle rund um die Welt: Eine erstaunlich große Anzahl der überführten Pädophilen hatte sich die Pulsadern aufgeschnitten, den Gashahn aufgedreht oder sich das Gehirn rausgepustet.

Aber Welles mußte zugeben, daß Razzien und Festnahmen, die so ergiebig waren wie diese, selten waren. Meist kamen die Kinderschänder ungeschoren davon. Mit Sicherheit war nicht die gesamte »Alice-hinter-den-Spiegeln«-Organisation zerschlagen worden. Die Chancen standen leider sehr gut, daß die übrigen Mitglieder erneut zusammenfanden und unter einem anderen Namen auf einer anderen Website wieder auftauchten.

Tom ging die Tischreihen entlang und sah Stapel von Sexmagazinen aus zweiter Hand, mit Gummibändern gebündelte einschlägige Polaroidfotos und Schlimmeres – viel, viel Schlimmeres. Sein Magen rebellierte. Er bebte innerlich, halb vor Entsetzen, halb vor Ekel. Das war der widerlichste Schund, den er bis jetzt gesehen hatte, und er rief sich Max' Warnung ins Gedächtnis: »Bevor du weißt, wie dir geschieht, biste drin. Tief drin.« Kein Wunder, wenn da etwas abfärbte. Er wollte aber nicht zugeben müssen, daß möglicherweise irgendwo tief in seinem Innern doch etwas lauern könnte, das tatsächlich auf diese Scheußlichkeiten ansprach, das neugierig war, mehr davon zu sehen, bis ins letzte Detail.

An einem der Tische blieb er stehen. Ein Stapel Videos lag darauf, aber auf den Etiketten waren keine Titel verzeichnet. Statt dessen standen dort nur Zahlencodes: »Fünf. Acht. Vierzehn.«

»Was ist das?« fragte Tom.

»Gemischte harte Bondage«, leierte der Händler genervt herunter, als wäre er bei etwas Wichtigem gestört worden. »Vergewaltigung, bizarrer Kram. Nehmen Sie fünf, dann ist einer umsonst.«

»Irgendwas Härteres dabei?« erkundigte sich Welles leichthin.

Der Händler tat, als wüßte er nicht, was er meinte. »Was Härteres gibt's nicht.«

»Snuff?« fragte Welles.

Der Händler wirkte jetzt nicht mehr gereizt, sondern wurde vorsichtig. »So'n Zeug gibt's hier nicht. Was Sie da sehen, ist alles, was ich hab', Mister.«

Aber Tom ließ nicht locker. »Wissen Sie, wo ich so was bekommen kann? Kohle hab' ich reichlich.«

»Verpiß dich«, knurrte der Händler, jetzt wirklich wütend, weil er eine Falle witterte.

Alle, mit denen er bisher gesprochen hatte, hatten dasselbe behauptet: Es gäbe keine Snuff-Filme. Aber Tom spürte, daß sie alle nicht die Wahrheit sagten. Er war überzeugt davon, daß sie erheblich mehr wußten, als sie zugeben wollten, aber davor zurückschreckten, weil sie nicht auffliegen wollten. Vorstrafen wegen Pornos waren eine Sache, aber Mord etwas völlig anderes. Und Snuff war Mord, das war klar.

Auf der anderen Seite des Flohmarkts war ein Bereich mit schweren, undurchsichtigen Plastikplanen abgetrennt. Welles schlüpfte unauffällig durch den Vorhang. Dahinter war ein Kino improvisiert, mit Klappstühlen und einer abgenutzten Leinwand. Die Männer hatten ihre Mäntel auf dem Schoß liegen, und mehrere masturbierten ganz offensichtlich. Auf der Leinwand lief ein stummer Film ab. Es war einer der abstoßendsten Anblicke, die Tom je ertragen mußte: Ein behaarter fetter Mann, verschnürt und geknebelt wie ein Kalb beim Rodeo, lag mit dem Gesicht nach unten auf einem Untersuchungstisch, während sich ihm eine vollbusige Krankenschwester in knapper Tracht, zehn Zentimeter hohen Stöckelschuhen und Lederaccessoires, mit einem Klistier näherte. Tom wandte den Blick ab, bevor das Klistier in Aktion trat.

Unvermittelt tauchte ein großer Mann aus dem Dunkel auf und packte Welles an der Schulter, um ihn am Weitergehen zu hindern.

»Reinkommen kostet extra«, knurrte er.

Das war der Tropfen, der das Faß zum Überlaufen brachte. Tom war bereits kurz vorm Explodieren gewesen, sein Verstand und seine Gefühle von Abscheu und Ekel übermannt. Jetzt reagierte er sofort, mit eiskalter Wut. Blitzschnell schnappte er sich die Pranke auf seiner Schulter und verdrehte sie heftig. Dann stieß er den Kerl gegen die Wand und bog seinen Arm hinter dem Rücken so hoch, daß es sehr weh tun mußte. Tom war sich der Schmerzen des anderen bewußt, aber er war so wütend, daß es ihm egal war.

»Ich geh' schon, aber du läßt gefälligst die Pfoten von mir.«

Er hielt den Mann noch einen Moment in dieser Position, dann ließ er ihn los. Kaum war dieser wieder frei, schlug er nach Tom. Mehr war nicht nötig, um Tom vollends aus der Fassung zu bringen. Er hämmerte mit den Fäusten wie wild auf den anderen ein; jeder Schlag traf brutal und hart. Erst als der Mann zusammensackte, trat Tom schwer atmend einen Schritt zurück. Der Kampf hatte weniger als eine Minute gedauert.

Max hatte die ganze Zeit daneben gestanden, wie gelähmt vor Überraschung. Aber kaum hatte Tom den Wächter k. o. geschlagen, drängte er: »Lassen Sie uns gehen, schnell!«

Anscheinend wollte sich niemand mehr mit ihnen anlegen, und so hatten die beiden bald die Treppen hinter sich gelassen und standen draußen in der Gasse. Tom atmete mehrmals tief ein, um sich zu beruhigen. Noch immer strömte Adrenalin durch seinen Körper.

»Hören Sie, Chef«, sagte Max in besonnenem Ton, »ich weiß ja nicht, was Sie eigentlich sonst so machen. Vielleicht stehen Sie ja auch auf Pornos wie jeder andere, aber Sie sehen nicht so aus wie 'n normaler Kunde. Mehr wie 'n normaler Bulle. Wenn Sie also rumlaufen und nach illegalem Zeug fragen, dann hat das 'ne gewisse Patina.«

»Patina?« wiederholte Tom dümmlich.

»Das habe ich bei Truman Capote gelesen.«

Tom blieb stehen und sah Max direkt in die Augen. »Wenn jemand noch nie einen Snuff-Film gesehen oder verkauft hat, dann kann es ihm eigentlich auch egal sein, wenn ich danach frage, oder? Aber wenn sie es nur einmal gemacht haben, ein einziges Mal, dann haben die Typen bereits guten Grund, nervös zu sein.«

»Mh«, grunzte Max beeindruckt. Er hatte noch nie darüber nachgedacht, aber Tom hatte recht.

»Wenn also jemand empört reagiert, dann bohr' ich weiter.«

»Das wird teuer«, meinte Max.

Als wäre Tom nicht selbst darauf gekommen ...

Die Überwachung von Eddie Pooles Büro ging nicht voran wie erhofft. Nichts von dem, was Welles bisher von seinem »Nachbarn« mitbekommen hatte, stand im Zusammenhang mit Snuff. Beim Blick durch das Fernglas oder beim Abhören des Telefons erwies sich der Kerl zwar als kleiner widerlicher Dreckskerl, aber erstens wußte Welles das schon länger, und zweitens hatte er bisher keinerlei Aktivität außerhalb des Gesetzes entdecken können.

Was er sah, ekelte ihn allerdings extrem an. An diesem

Tag war ein spindeldürres Mädchen mit rotgefärbten Haaren zu Poole gekommen, wieder einmal in der Hoffnung, für einen Hollywoodfilm »entdeckt« zu werden. Aber Poole hatte anderes mit ihr im Sinn. Nach wenigen Minuten Gespräch stand er auf und öffnete seine Hose. Durch das Fernglas sah Welles das Mädchen widerwillig auf die Knie fallen. Doch bevor er mehr erkennen konnte, ging Poole zum Fenster und ließ die Jalousie herunterrasseln.

»Scheiße«, knirschte Welles. Er wollte beileibe nicht den widerlichen Anblick von Pooles sexueller Befriedigung miterleben, aber die Überwachung durfte nicht unterbrochen werden.

Er hatte für heute die Nase voll von seinem Job, ertrank förmlich in Unrat und brauchte dringend eine Pause. Von seinem Posten konnte er sehen, wie das dürre Mädchen nach einiger Zeit Pooles Gebäude verließ. Eine Idee überkam ihn plötzlich. Spontan verließ er sein Büro, lief die Treppe hinunter auf die Straße und hielt nach dem Mädchen Ausschau.

»Erinnerst du dich an mich?« fragte er, als er sie eingeholt hatte. »Ich hab' dich in dem Castingbüro am Hollywood Boulevard getroffen.«

Das war zwar gelogen, aber er war sicher, daß sie alle Castingagenturen der Stadt abgegrast hatte.

»Und?« Das Mädchen funkelte ihn an, trotzig und zornig. Welles wußte, daß sie ihn für einen weiteren Scheißkerl der Sorte Poole hielt, der sie nur ausnutzen wollte.

»Ich wollte dich nicht belästigen. Hör mal, hast du Hunger? Um die Ecke ist ein China-Imbiß. Magst du Chinesisch? Ich will nur mit dir reden.«

»Was immer dich antörnt«, murmelte das Mädchen beinahe resigniert. Wahrscheinlich dachte sie, nach der miesen Nummer bei Eddie Poole konnte alles nur besser werden. Außerdem war Welles ein Frauentyp, ein Mann, dessen Äußeres dem weiblichen Geschlecht in der Regel zusagte. Tom führte sie in das Restaurant und fragte nach der Speisekarte.

»Wie heißt du?« fragte er leise.

»Summer.«

»Wie heißt du wirklich?« beharrte Tom. »Und wo kommst du her?«

Sofort wurde das Mädchen mißtrauisch.

»Wieso?«

»Ich will dir keine Angst einjagen. Ich arbeite bei der Stadt und habe in dieser Funktion ein paar Castingagenturen untersucht – wegen Verdachts auf Ausbeutung und Mißbrauch von Bewerberinnen. Summer, wenn du Schauspielerin werden willst, bist du hier nämlich auf dem falschen Dampfer.«

Das Mädchen hatte etwas Verletzliches unter all ihrem Make-up. Tom hatte plötzlich das Bedürfnis, sie vor sich selbst zu schützen. Wenn Mary Anne Mathews jemanden getroffen hätte, der sich wirklich für sie interessiert und sie beschützt hätte, wäre sie heute noch am Leben.

»Was zum Teufel weißt du denn schon?« fragte das Mädchen wütend.

»*Celebrity Films* macht Pornos. Schmierige Pornos.«

»*Yeah!*« Ihre Augen leuchteten auf, und zum ersten Mal zeigte sie ein bißchen Temperament. »Damit kann man viel Geld machen. Berühmt werden. Einige große Filmstars waren früher Pornodarsteller.«

Sie sah Welles trotzig ins Gesicht. »Ich weiß, was du denkst. Du glaubst, daß ich so eine armselige Ausreißerin bin, die mit ihrer Mutter nicht klar kam.«

Ihr Blick trübte sich, und ihre Stimme wurde traurig.

»Stimmt genau. Und, was soll's? Meine Mutter und all die anderen Arschlöcher, die ich kenne, werden mich eines Tages auf der Leinwand oder im Fernsehen wiedersehen, und dann werden sie sich endlich an ihrem verdammten Bier verschlucken!«

Summer schob wütend ihren Teller weg. »Ich kann chinesisches Essen nicht ausstehen!«

Sie stand auf, griff nach ihrer Handtasche und machte Anstalten zu gehen.

»Warte«, bat Tom. Er sah, daß sie sehr aufgeregt war, den Tränen nahe. Er warf ein paar Scheine auf den Tisch und lief hinter ihr her. Erst auf der Straße holte er sie ein.

»He, es tut mir leid ... ich ...«

»Laß mich in Ruhe!« schrie Summer, und Tränen liefen ihr über die Wangen.

»Das ist doch alles Scheiße! Mein Gott, alles ist Scheiße! Ich krieg' keine Chance ... Ich mach' die Beine breit und krieg' trotzdem keine Jobs. Ich weiß nicht, wo ich wohnen soll ... ich hab' gar nichts ... ich weiß nicht, wo ich noch hin kann ... verdammte Scheiße!« Jetzt weinte sie hemmungslos.

»Du könntest nach Hause fahren«, schlug Tom sanft vor.

Summer biß sich auf die Lippe. »Manchmal ist ein Traum alles, was man im Leben hat«, sagte sie leise. »Man wacht in der Gosse auf, macht die Augen nicht auf und versucht, den Traum zu behalten ...«

»Fahr nach Hause«, antwortete Tom entschieden. »Fahr irgendwohin, aber bleib Eddie Poole und seinen Kumpanen fern. Du weißt nicht, in was du da reingezogen wirst.«

Er nahm seine Brieftasche heraus. »Hier sind ein paar hundert Dollar. Nimm sie und fahr damit bitte nach Hause.«

Das Mädchen schreckte beim Anblick des Geldes zurück.

»Warum machst du das? Wieso tust du das für mich?« fragte sie zögernd.

»Nimm es als Geschenk eines Mädchens, an das du mich erinnerst.«

Ihre Miene wurde weich, und ihre Lippen zitterten. »Ich nehm's nur an, wenn ich es dir irgendwie zurückgeben kann.«

Sie streckte die Hand aus und faßte an seine Schulter. Ihre Absicht war eindeutig. Sie war es gewöhnt, für alles, was sie brauchte, mit Sex zu bezahlen.

Tom wich zurück. »Na na, du bist zwar sehr attraktiv, aber ich weiß was Besseres.«

Er griff noch einmal in seine Brieftasche und zog eine Visitenkarte heraus. »Schreib mir einfach mal. Sag mir Bescheid, wenn du wieder zu Hause bist. Das Geld gehört dir. Wenn du mir versprichst, es für die Heimfahrt zu verwenden.«

Seine Freundlichkeit ließ sie völlig die Fassung verlieren. Wieder brach sie in Tränen aus, und Tom nahm sie behutsam in den Arm.

»Ich ... versprech's ...«, murmelte sie schluchzend. »Danke. Vielen Dank.«

Tom blickte ihr nach, als sie ging – in der vagen Hoffnung, daß seine spontane Einmischung vielleicht ein Menschenleben gerettet haben mochte, bevor es zu spät war. Aber selbst wenn es ihm gelungen war, was dann? Es gab so viele Mary Annes auf der Welt. Man konnte sie nicht alle retten.

Max hatte eine vage Spur, als Tom ihn am selben Abend traf. Er kannte einen Sexclub mit Live-Programm, der häufig von einem gewissenlosen Typen namens Stick aufgesucht wurde. Er verkaufte dort Filme, und angeblich waren es Snuff-Filme. Echte.

Max hatte bereits mit dem Mann Kontakt aufgenommen, und Stick hatte ihm auch schon den Preis genannt – einen Riesen pro Streifen – und glaubwürdig versichert, es handele sich um Snuff.

»Dann mal los«, sagte Tom finster.

Die ganze schäbige Welt des Hardcore-Pornos schien unterirdisch zu operieren, dachte Tom, als er hinter Max wieder einmal die Stufen zu einem Kellereingang hinabstieg. Diesmal befanden sie sich in einer Bar, in der Gäste herumsaßen und -standen wie in jeder anderen Bar auch – mit dem einzigen Unterschied allerdings, daß sie ihre freizügige Kleidung mit genieteten Lederhalsbändern oder Lederharnischen aufpeppten, Ledermontur trugen oder ... Tom erschauerte innerlich ... Ledermasken übers Gesicht gezogen hatten, die erschreckend an die von Mary Annes Peiniger erinnerten. Ein weiteres Kennzeichen dieser Gäste war, daß sie offensichtlich auf Schmerzen abfuhren. S&M-Videos liefen jedenfalls im Hintergrund auf mehreren Monitoren.

Es war ein Maskenball der Hölle, doch die Aussicht, Stick hier zu finden, war gering. Max und Tom traten aus dem Vorderraum der Bar in einen schmalen Flur, von dem aus eine weitere Treppe hinunterführte.

Sie standen in einem großen Raum mit flackerndem Licht, das nichts direkt erkennen, aber alles erahnen ließ. Tom erblickte Schatten, vielgestaltige, die sich synchron bewegten – aber in welchem Rhythmus? Er dachte lieber nicht lange darüber nach, denn in diesem Raum hing eine Ahnung von etwas Mächtigem, Bedrohlichem und durch und durch Sadistischem, die ihn ängstigte.

Wieder rief das Szenario bei ihm die Erinnerung an

Dantes »Göttliche Komödie« wach. Aber diesmal befand er sich in einem der tieferen Kreise von Dantes Hölle, in dem die Verdammten sich unter Qualen wanden. Nur daß diese Verdammten hier ihre Qualen sichtlich genossen.

»Immer noch interessiert?« fragte Max und sah Tom an.

»Laß uns diesen Typen suchen.« Er nickte entschlossen. Ein Muskel zuckte in seinem Gesicht.

Die beiden Männer durchquerten den Raum bis zu einem Hinterzimmer. Es war als Sexshop eingerichtet, in dem alle Arten von Bondage-Spielzeug verkauft wurden wie Masken, Maulkörbe, Trensen, Zügel, Halsbänder, Leinen, Handschellen und andere Fesseln. Es gab Peitschen und Ketten, Klemmen und andere Folterinstrumente. Pornovideos füllten die Wandregale.

Max wurde philosophisch. »Ein paar der S&M- und Bondage-Filme sind hart an der Grenze. Ein gefesselter Typ mit einem Knebel im Mund – macht er das noch freiwillig oder nicht? Jenseits dieser Grenze fangen die Vergewaltigungsfilme an, aber ich hab' noch nie einen gesehen. Fußfetischisten-Orgien, Verstümmelung, Hermaphroditen; das ist alles um einiges härter als Hardcore, aber meistens legal. Die einen sehen so was und kotzen. Die anderen verlieben sich Hals über Kopf.«

Ein paar Minuten später kam ein kahlrasierter Riese auf sie zu, der von Kopf bis Fuß in Leder gehüllt war. Er begrüßte Max mit einem Nicken. Stick, ohne Zweifel.

Dann begrüßte er Tom und gab ihm eine kleine Tüte mit zwei Videokassetten.

»Tausend?« sagte Tom. So war es vereinbart gewesen.

Stick schüttelte den Kopf. »Zwölfhundert, Kleiner«, antwortete er entschieden.

»Moment mal!« protestierte Tom. »Sie haben zu Max was von Tausend gesagt.«

Ein schwaches Lächeln erschien in Sticks eingerissenen Mundwinkeln. »Weiß ich, aber so macht's mehr Spaß. Ich erhöhe die Preise, ihr seid sauer.«

Das Lächeln breitete sich über dem ganzen Gesicht aus, ein alles andere als schöner Anblick. Er genoß es offenbar, andere Leute in Rage zu bringen.

»Macht, was ihr wollt.«

Tom zögerte. Er hatte das deutliche Gefühl, über den Tisch gezogen zu werden. Aber er hatte keine andere Wahl.

»Sind die echt?« fragte er mißtrauisch.

»Die abgefahrenste Scheiße, die du je gesehen hast«, versicherte Stick.

Tom gab ihm das Geld und steckte die Tüte mit den Videos ein.

»Laß uns abhauen«, sagte er zu Max. Er mußte hier raus, bevor Sticks öliger Gestank an ihm kleben blieb.

»Klar. Wohin?«

»Irgendwohin, wo wir uns diese Filme ansehen können. Ich habe in meinem Büro keinen Videorekorder.«

»Aber ich«, bot Max an. »Wollen wir zu mir gehen?«

»Gut«, sagte Tom kurz angebunden.

»Wir können ja ein paar Bier und 'ne Pizza holen«, sagte Max. »Auf Ihre Rechnung.«

Max' Wohnung lag in einem heruntergekommenen Mietshaus in einer ziemlich miesen Gegend. An jeder Ecke hingen Dealer herum, die rund um die Uhr Geschäfte machten. Und natürlich mußten sie auch hier mehrere Treppen steigen, allerdings ging's diesmal nach oben. Sechster Stock.

Max zog einen Schlüsselbund heraus und schloß die drei Sicherheitsriegel an seiner Tür auf. Er winkte Tom, der mit einer Pizza und zwei Sixpacks beladen war, in die Wohnung hinein.

»Mein trautes Heim«, verkündete Max großspurig, während er die Tür wieder abschloß. »Ich nenne es einfach ›Graceland‹.«

»Graceland« war ein einziges Chaos. Über allen Möbeln hing dreckige Wäsche, und zwei Gitarren lehnten an einer Wand. Ein bizarres Plakat kündigte eine Art Garagenband namens »Max California« an. Tom ging davon aus, daß dies Max' ehemalige Band war. Um eine teure Stereoanlage herum waren mindestens tausend CDs aufgestapelt, und auf selbstgebauten Regalen häuften sich kreuz und quer etwa doppelt so viele Taschenbücher. Man sah sofort, daß hier ein intelligenter Mensch wohnen mußte, der zwar vorübergehend die Orientierung verloren haben mochte, aber vielleicht doch noch etwas aus seinem Leben machen würde.

Max schaltete das Licht aus. Nebeneinander saßen sie auf dem staubigen Sofa vor dem Fernseher, Bier und Pizza auf dem Couchtisch, und Max drückte auf die Fernbedienung. Das erste Video lief.

Eine junge Philippinerin wurde von zwei bedrohlich wirkenden Männern in einen kahlen, zementierten Raum, eine Lagerhalle oder etwas ähnliches, gezerrt und an einem Haken festgebunden, der von der Decke baumelte. Sie hing in der Luft wie eine Rinderhälfte im Schlachthaus. Die Männer hatten sich das Gesicht mit Tüchern maskiert. Einer von ihnen riß dem Mädchen das Kleid vorne auf und entblößte ihre Brüste und ihren Bauch. Auf ihrem Gesicht stand das nackte Entsetzen. Der zweite stürzte sich auf ihren zappelnden Körper und schloß seine starken Hände um ihre Kehle. Während sie strampelte und sich in ihren Fesseln wand, drückte er langsam zu. Die Augen des Mädchens traten hervor, als sie keine Luft mehr bekam. Plötzlich sackte sie zusammen. Ihr Blick brach.

»Großer Gott«, hauchte Tom angeekelt.

»War das echt?« schluckte Max entsetzt.

»Es sah jedenfalls verdammt echt aus.« Plötzlich wurde ihm klar, daß es etwas anderes war, Snuff-Filme tatsächlich zu sehen, als nur darüber zu reden.

»Sie atmet nicht mehr«, sagte Tom.

»Scheiße«, flüsterte Max und wurde bleich. Er schob die Pizzaschachtel zur Seite.

Tom stand langsam auf und nahm die Kassette aus dem Rekorder. Er schob die andere hinein und setzte sich wieder auf das Sofa.

Das Mädchen in dem zweiten Film war blond, und der Film war kürzer als der erste. Er dauerte gerade so lange, wie zwei Männer brauchten, um eine Frau in ein Hinterzimmer zu zerren und mit einer Machete in Stücke zu hacken. Überall war Blut. Es schoß in einem Schwall nach dem anderen aus ihrem Körper heraus.

Max konnte nicht mehr hinsehen, er drehte sich weg. Tom hatte ebenfalls den Blick abgewandt und verfolgte den Film nur aus den Augenwinkeln.

Die letzte Einstellung war eine Nahaufnahme vom Gesicht des sterbenden Mädchens, mit vor Entsetzen und vor tödlichem Schmerz weit aufgerissenen Augen.

Plötzlich fuhr Tom hoch und wandte dem Bildschirm seine ganze Aufmerksamkeit zu. Er drückte die Pausentaste auf der Fernbedienung und hielt die Nahaufnahme als Standbild fest. Blond oder brünett, das Gesicht mit den asiatischen Zügen erkannte er.

»Das Mädchen ist dasselbe. Das sind Fälschungen«, verkündete er aufgeregt. »Sieh mal.«

Vorsichtig lugte Max hervor und sah dann richtig hin.

Tom hatte recht. Das Mädchen im ersten Film und das im zweiten waren identisch.

»Snuff 2: Die Auferstehung«, lästerte er.

Tom machte das Licht wieder an. Er war wütend. Er war nicht nur gründlich über den Tisch gezogen worden, sondern den wahren Produzenten von Snuff-Filmen auch keinen Zentimeter näher gekommen.

Max bemerkte seinen Unmut.

»Was haben Sie denn erwartet für zwölfhundert?« wagte er zu fragen.

Tom mußte zugeben, daß er recht hatte. Ein echter Snuff-Film würde in die Tausende gehen. Wieviel hatte Frazier Christian wohl bezahlt? Seine Ausgaben konnte er jedenfalls unter Lehrgeld abbuchen.

Tom wies mit dem Kopf auf das Plakat an der Wand, das Max California ankündete. Er warf dem Jungen einen fragenden Blick zu.

»Meine alte Band. Wir haben uns getrennt. Noch 'n Bier?«

»Wie heißt du wirklich?« fragte Tom, der sich plötzlich nach Normalität sehnte. Seit Wochen schon hatte er mit niemandem gesprochen oder Kontakt gehabt, der normal und intelligent war, außer dem Jungen hier. Und von dem wußte er noch nicht einmal, wie er richtig hieß.

»James Smith«, antwortete Max milde. »Und Sie?«

»Ich will dir nicht zu nahe treten, aber wie kommt's, daß du in diese Szene reingeraten bist?«

»Ich bin in überhaupt nichts reingeraten«, sagte der Junge steif. Offensichtlich war Tom ihm doch zu nahe getreten.

»Ich glaube, du bist clever genug, auch was anderes machen zu können«, entgegnete Tom freundlich.

Max stieß ein kurzes verbittertes Lachen aus. »Ja ja, ich bin ein echtes Genie! Was habe ich schon für eine

Wahl?« wollte er wissen. »Der Job ist besser als Fensterputzen. Mensch, ich kauf' keine Pornos, ich billige sie nicht. Ich sage nur, in welchem Regal sie liegen.«

»Du hast gesagt, daß die Szene einen verändert«, bemerkte Tom.

»Klar. Der Aufmarsch dieser Komplett-Verlierer, den ich jeden Abend mitkrieg'. Und? Die Musikindustrie rennt mir nicht grad die Tür ein. Und Sie? Was ist mit Ihnen? Sie haben da einen Ring am Finger. Familie? Kinder?«

»Eine Tochter.« Tom dachte an Amy und seine kleine Cinderella. Sie schienen so weit weg zu sein und so unendlich klein, als ob er sie durch ein verkehrt herum gehaltenes Fernrohr betrachtete. Eine Welle von Einsamkeit überkam ihn plötzlich und nahm ihm fast den Atem.

»Sie haben Frau und Tochter, die irgendwo auf Sie warten. Was tun Sie also hier?« fragte Max ärgerlich.

»Gute Frage«, erwiderte Tom leise. Wie oft hatte er sich das schon selbst gefragt?

Max sah ihn neugierig an. »Machen Orte wie der heute abend Sie an?«

Welles schüttelte entschieden den Kopf. »Nein.«

»Aber Sie finden das auch nicht abstoßend. Nicht völlig.«

»Gute Nacht, Mr. California«, sagte Tom plötzlich, stellte sein Bier ab und ging zur Tür.

Max grinste. »Sehen Sie? Der Teufel greift auch schon nach Ihnen.«

6. Kapitel

Dino Velvet

Am nächsten Tag setzte Welles die Überwachung von Eddie Poole fort. Dabei belauschte er ein Telefonat, das für ihn sehr interessant war. Eddie plante nämlich einen weiteren Pornofilm. Sie wollten ihn am selben Abend drehen.

Den ganzen Tag über beobachtete er Poole durch das Fernglas und bemerkte eine nervöse Aktivität an ihm. Eddie rauchte eine Zigarette nach der anderen, wobei er sich manchmal noch nicht einmal die Mühe machte, die eine auszudrücken, bevor er die nächste ansteckte. Immer wieder nahm er einen Schluck aus der Flasche Tequila in seinem Schreibtisch, während er auf die Anrufe wartete, die ihm die einzelnen Abläufe des Drehs bestätigen sollten. Diesen Anrufen entnahm Welles, daß die Vorbereitungen – wie die Künstlernamen der »Stars« lauteten und an welchem Ort gedreht werden sollte, nämlich irgendwo in Hollywood Hills – zum Abschluß gebracht worden waren.

Die Gelegenheit war zu günstig, um sie verstreichen zu lassen. Tom beschloß, an der Veranstaltung teilzunehmen, mit oder ohne Einladung.

Als die Abendröte am Himmel verblaßt war und Dämmerung sich über die Stadt gesenkt hatte, machte Poole schließlich in seinem Büro das Licht aus, schloß hinter sich die Tür ab und verließ das Gebäude. Welles saß bereits hinter dem Steuer seines Wagens, bereit zur Verfolgung, als er aus dem Haus trat.

Pooles Wagen war genauso schäbig und heruntergekommen wie sein Büro und wie er selbst. Welles folgte der Rostlaube in diskretem Abstand durch die engen, gewundenen Straßen von Hollywood Hills. Nach einer Weile wichen die vornehmen Stadtteile mit ihren teuren Villen Unterholz und Gestrüpp, Kaninchen und Coyoten. Poole fuhr zügig weiter, bis er ein karges Gebiet mit nur noch spärlicher Bebauung erreichte, das für sein schmieriges Vorhaben ideal erschien.

Es war fast dunkel, als Eddie die Straße an einem verfallenen Haus verließ. Er fuhr die Auffahrt hoch und stellte seinen Wagen auf einem Stellplatz mit kaputtem Dach ab. Welles fuhr seelenruhig an dem Haus vorbei, als hätte er ein völlig anderes Ziel. Als man ihn von dem Haus aus nicht mehr sehen konnte, hielt er an, wendete und fuhr zurück. Er parkte gleich hinter einer Kurve, so daß er alles beobachten konnte, selbst aber außer Sichtweite war.

Poole trat ins Haus. Ein großer Schlägertyp, offenbar eine Art Wachmann, begrüßte ihn an der Tür.

»Alle da?« fragte Poole.

»Alle außer einer der Miezen«, antwortete der Gorilla.

»Sag ihnen, daß sie meinen Fußboden nicht versauen sollen«, blaffte Poole und ging hinein.

Von seinem Beobachterposten aus konnte Welles ihre Worte kaum verstehen, daher riskierte er es, sich näher an das Haus heranzuschleichen. Er kletterte einen Hang voller Brombeergestrüpp hinauf, wobei er sich die Hände zerkratzte, und arbeitete sich zur Rückseite des Hauses vor. Vorsichtig spähte er in ein Fenster. Die Vorhänge waren zwar zugezogen, stießen aber nicht ganz aneinander, so daß Welles durch einen Spalt hindurch genug erkennen konnte.

Er sah eine Videokamera, die auf ein großes Bett gerichtet war, zwei weitere Kameras auf Stativen, ein paar Leute von der Filmcrew, Scheinwerfer und zwei Schauspieler – einen schwarzen Bodybuilder und eine gutgebaute Rothaarige mit Silikonbusen. Beide waren bereits nackt.

Plötzlich hörte Tom ein Taxi vorfahren. Schnell duckte er sich, damit er nicht entdeckt wurde.

Dem Taxi entstieg Summer, das junge Mädchen, dem Tom das Fahrgeld nach Hause gegeben hatte. Sie lief die Stufen hinauf ins Haus. Durch den Spalt im Vorhang sah Welles, wie sie sich bei Poole entschuldigte, sich rasch auszog und mit den beiden anderen zu einem flotten Dreier arrangierte. Die Videokameras begannen zu surren.

Tom war enttäuscht und traurig. Er hatte gehofft, daß er Summers Leben eine andere Wendung hatte geben können. Offenbar hatte er nichts erreicht. Doch dann wurde seine Aufmerksamkeit auf etwas anderes gelenkt. Im Dunkeln versteckt, beobachtete Poole die Vorgänge vom Badezimmer aus. Die massige Silhouette kam ihm bekannt vor, nur allzu bekannt. Es war eindeutig der dritte Mann aus Christians Snuff-Film.

Plötzlich erklang in der Dunkelheit eine Stimme. Einer von Pooles Schlägern hatte ihn entdeckt.

»He!« brüllte der Kerl und zog seine Waffe. Blitzschnell rannte Tom los. Gebückt lief er im Zickzack über den Hof auf einen kleinen Swimmingpool ohne Wasser zu. Daneben stand ein seit langem unbenutztes Badehäuschen, in das Welles hineinhuschte. Sein Verfolger hatte sein Versteck offenbar noch nicht entdeckt, aber das Häuschen machte ihn mißtrauisch. Mit der Waffe im Anschlag schlich er sich an der grünverblichenen Holzwand bis zur Tür. Doch er hatte nicht mit Tom gerechnet: Mit einem heftigen Ruck stieß dieser den Verschlag von innen auf und traf den Mann voll am Kopf. Der taumelte zurück, verlor sein Gleichgewicht und konnte sich nicht mehr fangen. Über die niedrige Einfassung des Beckens stürzte er auf den harten Betonboden des Pools.

»Scheiße! Verdammte Scheiße!« Er schrie vor Schmerzen.

»Hilfe!«

Als Poole und seine Männer schließlich angerannt kamen, um ihm zu helfen, war Welles schon längst verschwunden.

Welles konnte sich an diesem Abend nicht mehr aufraffen, seine Spur weiterzuverfolgen. Die Ereignisse bei Pooles Haus hatten ihn fertiggemacht. Er war todmüde und deprimiert.

In den mehr als zehn Jahren seiner Überwachungstätigkeit war ihm jegliche Art von Kavaliersdelikt begegnet, armselige kleine Geheimnisse, die verborgen bleiben und totgeschwiegen werden sollten. Alle waren sie Beweise für menschliche Fehlbarkeit, teils zu bemitleiden, teils zu verachten. Aber das waren harmlose Sünden, keine Verbrechen. Noch nie war er in etwas durch und durch Böses verwickelt gewesen – so wie jetzt.

Früher hätte Welles, unbescholten und sicher, wie er lebte, vermutet, daß die Welt des Pornos klein und in sich abgeschlossen war und nur wenige Protagonisten aufwies. Aber nun, da er sich selbst mittendrin befand, erschien sie ihm riesig und bevölkert von vielen, vielen Monstern, die weit mehr Einfluß auf die Gesellschaft hatten, als er sich je hätte vorstellen können.

Tom hatte Angst – nicht um sein Leben, noch nicht einmal um seine psychische Stabilität, sondern um die Unversehrtheit seiner Menschlichkeit.

Er spürte, wie die kranken Verlockungen der Unterwelt begannen, auch ihn zu berühren. Hinter all diesen Versuchungen drohte auch stets Gewalt, und das war vielleicht das Bedrohlichste von allem. Gewalt lauerte wie ein Dämon in jedem menschlichen Herz. Welles hatte sein ganzes Leben damit verbracht, diesen Dämon im Zaum zu halten. Als er in der Nacht auf dem Porno-Flohmarkt explodiert war und diesen Kerl zusammengeschlagen hatte oder jetzt, da er seinen Verfolger in den Pool gestürzt hatte: Hatte er das Gefühl, als seine Fäuste die Knochen des anderen zermalmten, als seine Ohren die Schreie des Gestürzten vernahmen, nicht genossen? Es als erhebend empfunden? Er hatte Gefallen daran gefunden, doch er verabscheute sich, daß er dieses Gefühls überhaupt mächtig war.

Derart demoralisiert rief Welles Max im Sexshop an und sagte die geplante Verabredung ab. Nach einem faden Essen in einem nahegelegenen Restaurant ging Tom zurück in sein Büro, rauchte ein paar Zigaretten und dachte nach. Es sah ganz so aus, als ob er über Poole an die Produzenten des Snuff-Films herankommen konnte. Er mußte es nur richtig anstellen. Aber wie? Wie sollte er bloß vorgehen?

In seiner Übermüdung schlief Welles noch völlig angezogen auf seinem Feldbett ein. Sein Schlaf war unruhig und seine Träume beängstigend. Er sah den Maskierten wieder, der sich dem Bett näherte, auf dem Mary Anne wie versteinert saß. Und er sah den dritten Mann – verschwommen, geheimnisvoll, in der Tür zum Badezimmer. In seinem Traum glaubte Tom, daß er ihn identifizieren könnte. Es kam ihm so vor, als ob er ihn kennen würde, aber seinen Namen vergessen hätte. Es wollte ihm partout nicht einfallen. Er hatte versagt, alles war seine Schuld. Er hatte Mary Anne kein Geld für die Heimfahrt gegeben, und deswegen war sie umgebracht worden. Warum hatte er ihr kein Geld gegeben?

Zähneklappernd wachte er mitten in der Nacht auf. Er war schweißgebadet, und das Hemd fühlte sich auf seiner Haut an wie eine kalte Kompresse. Der Traum umgab ihn wie ein übler Dunst, quälte ihn und weckte Schuldgefühle.

Aber da war noch etwas anderes. Ein Geräusch. Er hatte eindeutig ein Geräusch gehört. Welles fuhr vom Bett hoch und schnappte seine Waffe. Vorsichtig und lautlos schlich er zur Tür, öffnete sie langsam und spähte in den Flur vor seinem Büro. Nichts. Vielleicht hatte er sich bloß verhört, und es war nur der Verkehrslärm von draußen gewesen?

Mit gezogener Waffe und geschärften Sinnen ging Welles die leeren Werkstätten auf seinem Stockwerk ab, die Flure, die Treppe nach unten. Leer, verlassen. Niemand. Hatte er geträumt, daß hier jemand wäre, oder spielten seine überreizten Nerven ihm einen Streich?

Tom beschloß, zurück ins Bett zu gehen. Hier konnte er nichts mehr machen.

Doch er hatte sich nicht getäuscht: Vor seiner Tür *waren* Schritte gewesen.

Vor Welles' innerem Auge stand immer noch deutlich das Bild des Mannes, der die Dreharbeiten des Snuff-Films heimlich beobachtete. Er ging noch einmal zu dem Fotolabor, und diesmal hatten sie etwas für ihn. Allerdings nicht das, was er erhofft hatte.

»Alles, was ich Ihnen bieten kann«, sagte die Technikerin, »ist eine Rechnung über einhundertsiebenunddreißig zu zahlende Arbeitsstunden, zuzüglich Rechnerzeit über einhundertirgendwas Stunden und die vollgerasterte Aufnahme vom Hinterkopf irgendeines Typen. Tut mir leid.«

Die Laborangestellte betrachtete Welles mit einem mitleidigen Lächeln. »Möchten Sie es vielleicht wenigstens gerahmt haben?« fragte sie belustigt.

Ein Hinterkopf! Ein totaler Schuß in den Ofen.

»Nein«, sagte Welles, »geben Sie es mir einfach so mit. Ich bezahle bar, aber ich brauche eine Quittung.«

Er zog ein – mittlerweile nur noch schmales – Bündel Banknoten heraus und blätterte ein paar Tausender hin.

Jetzt hatte er noch ein Bild aus dem Snuff-Film, noch ein Foto, das er neben das von Mary Anne und das mit der Hand des Mörders hängen konnte. Welles hatte keine Lust mehr, seinen Überwachungsjob auf konventionelle Weise fortzusetzen. Er würde noch den Rest seines Lebens damit verbringen, Eddie Pooles widerliche Aktivitäten zu verfolgen, ohne daß es ihn der Wahrheit auch nur ein Stück näherbrachte. Er entschloß sich zu radikalerem Vorgehen. Er würde das verdammte Rattenloch in Brand setzen und beobachten, in welche Richtung die Ratte davonrannte. Es war zwar ein Schuß ins Blaue, aber vielleicht führte der ihn endlich zu dem Filmemacher, für dessen Werk Mary Anne sterben mußte.

Kaum war er zurück in seinem Büro, wählte er Pooles Nummer.

»*Celebrity Films*«, antwortete Poole.

»Eddie . . .«, sagte Welles in den Hörer.

»Ja? Wer ist da?«

»Ich weiß alles, Eddie«, sagte Welles leise und drohend.

»Was wissen Sie?«

»Über das Mädchen, Eddie, vor sechs Jahren. Ich weiß, was du mit ihr gemacht hast.«

»Wer ist da, verdammte Scheiße?« brüllte Poole in den Hörer. Furcht schwang in seiner Stimme mit.

»Du hast sie umgebracht, Eddie, du und deine Kumpel.«

»Wer zum Teufel ist da?« schrie Poole wieder.

»Ihr habt sie vor laufender Kamera umgebracht, und jetzt seid ihr dran. Ihr seid alle dran.«

Welles drückte mit der linken Hand die Gabel runter, in der rechten hielt er das Fernglas, mit dem er Poole beobachtete. Wenn er Glück hatte und seine Rechnung aufging, würde Poole als nächstes seinen Komplizen anrufen. Und der, mit dem er jetzt Kontakt aufnahm, mußte der Mann sein, den er suchte. Tom setzte die Kopfhörer auf und nahm das Fernglas wieder in die Hand.

Er beobachtete, wie Poole einige Sekunden lang wie versteinert hinter seinem Schreibtisch hockte und dann sehr langsam den Hörer auflegte. Er stützte die Ellbogen auf den Tisch und starrte vor sich hin. Dann fiel sein Blick auf das Telefon.

Welles spürte eine Welle von Erregung in sich aufsteigen. »Mach schon, Eddie«, murmelte er.

Aber Poole saß noch immer reglos da, den Blick auf das Telefon geheftet. Offenbar dachte er nach und zögerte noch, seinen Hintermann anzurufen. Tom konnte tatsächlich erkennen, wie dem Fetten der Schweiß auf die Stirn trat.

»Mach schon«, knirschte er.

Endlich hob Poole ab und wählte eine Nummer. Im Kopfhörer konnte Welles es klingeln hören. Dann wurde abgenommen.

»Hier ist Eddie«, sagte Poole heiser.

»Was willst du?« knurrte eine Männerstimme am anderen Ende der Leitung.

Welles erkannte sie nicht. Er war sich ziemlich sicher, daß er sie noch nie zuvor gehört hatte.

»Ich hab' grad einen Anruf bekommen. Vor zwei Sekunden. So ein Arschloch hat angerufen ...« Poole klang nervös. »Ich will das nicht an diesem Apparat besprechen.«

»Leck mich, du und dein Verfolgungswahn.«

Welles konnte ein triumphierendes Grinsen nicht unterdrücken. Endlich fügten sich die Puzzleteile zusammen! Er warf einen Blick durch das Fenster auf Poole, der immer noch an seinem Schreibtisch schwitzte.

»Du stehst doch so aufs Spannen, Eddie ...«, flüsterte Welles. »Na, dann paß mal gut auf.«

Welles spulte das Band in dem Dechiffriergerät zurück, das er für viel Geld in dem Laden für Sicherheitstechnik gekauft hatte, und schaltete den Wähltondecoder ein. Jetzt konnte das Ding sich bezahlt machen. Die Leuchtanzeige blinkte auf.

Er drückte auf Wiedergabe und hörte seine eigene Stimme im Gespräch mit Poole. »Du und dein Kumpel ... und jetzt seid ihr dran. Ihr seid alle dran.« Dann war eine Minute Stille, und schließlich folgte, wie Poole die Nummer wählte.

Bei jedem Tastendruck von Poole erkannte der Decoder die jeweilige Ziffer und zeigte sie an. 1 212 555 9906. Vorwahl 212. Das bedeutete einen Anschluß in New York, genauer gesagt, in Manhattan. Jetzt brauchte Welles nur noch die Adresse.

Er rief eine seiner zuverlässigen Quellen an, einen pensionierten Polizisten in Harrisburg, ein alter Freund, den Welles mehr als einmal um Hilfe gebeten hatte. Er erreichte Greg in dem kleinen Bungalow-Hotel, das er seit seiner Pensionierung zusammen mit seiner Frau Mina führte. Tom hatte mit seiner Familie dort mehrmals ein Wochenende verbracht, weil die Bungalows in wunderbarer Lage direkt im Wald standen.

»Es ist eine Nummer in Manhattan. Geschäftlich oder privat, vielleicht beides. Wahrscheinlich geheim«, meinte Tom zu Greg.

»Laß mir ein paar Minuten Zeit. Ich ruf' zurück.«

Welles steckte sich eine Zigarette an und rauchte sie in Gedanken versunken. Würde er der Sache nun endlich näherkommen?

Das Telefon klingelte, als er sich gerade die nächste Zigarette angezündet hatte.

»Die Nummer gehört einem gewissen D. Velvet aus Manhattan«, sagte sein Freund Greg. »Hier ist die Adresse.«

»Ja-ah«, sagte Max gedehnt, als sich Tom und er abends trafen. »Dino Velvet. Ich hab' von ihm gehört. Produzent, Schundregisseur, ein Durchgeknallter mit Hang zum Metzeln. Er ist so was wie der Jim Jarmusch des S&M.«

»Wie hart ist das Zeug?«

Max zuckte die Achseln. »Wie hart hätten Sie's denn gern? Bondage, Fetisch, Horror, Hardcore-Porno. Nichts für Weicheier, aber auch nur schwer zu kriegen. Meist findet man's ganz hinten in den Bondage-Magazinen. Aber man muß die Kennwörter wissen, nach denen man suchen muß. Velvet, der hat 'ne Menge Fans. Ein Typ, den ich kenne, hält das für Kunst. Er meint, daß Dino Velvet auch auf Bestellung dreht, wenn genug dabei rausspringt. Nichts Illegales, aber hart an der Grenze. Etwa wenn irgendein Wichser sehen will, wie ein Transvestit im Gummianzug ein Klistier verabreicht bekommt ...«

»Ich kann's mir lebhaft vorstellen«, unterbrach ihn Welles angewidert.

»Fahren Sie nach New York?« wollte Max wissen.

»Vielleicht.«

»So wie Sie aussehen?« Max warf einen amüsierten Blick auf Toms konventionelles Jackett mit der gepunkteten Krawatte.

»Sie brauchen mich. Dieser Typ, den ich da kenne, der ist mehr als nur ein Fan von Dino-Velvet-Filmen . . . vielleicht kann ich Sie da reinbringen. Wenn Sie das wollen.«

»Für noch mehr Kohle natürlich.«

»Plus Spesen, natürlich. Wann soll's denn losgehen?«

Max war glücklich wie ein Kind im Süßwarenladen. Im Taxi schwenkte er seine Videokamera herum, zielte durch die Fenster auf die Wolkenkratzer, die breiten Einkaufsstraßen, die Fußgänger. Doch als er sie auf Tom richtete, bog der sie zur Seite, bevor sie sein Gesicht auf Band einfangen konnte.

»Was machst du da?« knirschte er wütend.

»He, ich bin zum ersten Mal hier im Sündenbabel«, protestierte der Junge.

»Ich hab dir doch gesagt, du sollst mich nicht aufnehmen.«

»In Ordnung, Howard Hughes«, willigte Max friedlich ein. Das würde ein Spaß werden! Aber sein Hochgefühl verflog, als er das Zimmer in dem schäbigen Hotel sah, das Tom für ihn gemietet hatte.

»Sie haben mir nicht gesagt, daß wir so im Luxus schwelgen würden«, meinte er sarkastisch und ließ seinen Blick über die abgeschabten Möbel und die staubigen Vorhänge schweifen.

»Das Ding nennt sich die Präsidentensuite«, antwortete Tom.

»Toll.« Max warf widerstrebend seinen Koffer auf das durchgelegene Bett.

»Ich bin ein paar Türen weiter«, sagte Tom.

»Mal im Ernst, Tom, was tun wir hier in diesem Flohzirkus?«

»In so einem ›Flohzirkus‹ kümmern sich die Leute um ihren eigenen Kram. Man ist sozusagen ungestört, verstehst du?« teilte Tom ihm mit.

»Ich bin in ein paar Stunden zurück. Du versuchst inzwischen, soviele Velvet-Filme wie möglich zu kriegen. Laß dir Quittungen geben.«

Es kam Welles wie eine Ewigkeit vor, seit er zuletzt mit Mrs. Christian telefoniert und nach den Kontoauszügen ihres Mannes gefragt hatte, aber in Wirklichkeit lag ihr Gespräch nicht länger als eine Woche zurück. Ob sie in der Zwischenzeit etwas Brauchbares gefunden hatte?

Welles' Zimmer hatte kein Telefon, und sein Handy wollte er nicht benutzen. Wer immer ihn verfolgte, könnte auch diese Nummer haben. Also ging er nach draußen in der Hoffnung, eine der seltenen funktionierenden Telefonzellen in New York zu finden.

»Mein Mann hatte fünf Konten, die er als Zwischenkonten für Börsengewinne benutzte. Zwischen November 1992 und März 1993 schrieb er für jedes dieser Konten einen Barscheck aus. Er hat sie selbst ausgefüllt«, erzählte Mrs. Christian.

Welles hörte konzentriert zu, denn die Telefonzelle war von lebhaftem Straßenverkehr umgeben, und er konnte kaum etwas verstehen.

»Mein Mann hat sich nie persönlich um Geld gekümmert, und ganz bestimmt nicht um Bargeld. Die Summen auf diesen Schecks sind sehr eigenartig. Eine beläuft sich auf 200 000,13 Dollar. Eine andere auf 300 654,76.«, las Mrs. Christian von einer Liste ab.

»Ja, soweit habe ich alles verstanden«, sagte Welles.

»Zusammen ergeben diese fünf Schecks von fünf verschiedenen Konten genau eine Million Dollar.« Die Frau verstummte.

Welles atmete tief ein. »Das ist sehr interessant, Mrs. Christian.«

»Bis auf die letzte Stelle genau. Eine Million Dollar in bar.«

Welles dachte über diese Information nach. Sie war wichtig, da war er sicher. Genau eine Million Dollar war eine hübsche runde Summe, so etwas ergab sich nicht zufällig von selbst.

»Ich sage das nur«, fuhr Mrs. Christian fort, »weil Sie mich gebeten haben, nach allem Ungewöhnlichen zu suchen. Ich bin sicher, es gibt eine Erklärung dafür.«

»Ich habe jetzt noch etwa fünftausend Dollar in bar übrig«, sagte Welles. »Ich brauche weitere dreißig, wenn Sie mit dem Plan einverstanden sind, den ich Ihnen vorhin geschildert habe.«

»Selbstverständlich. Ich lasse es von Mr. Longdale arrangieren. Wie soll ich es Ihnen schicken, Mr. Welles?«

»Das werde ich Ihnen noch sagen. Ich bin in Manhattan. Ich komme zu Ihnen und gebe Bericht, sobald ich Beweise habe. Ich bin kurz davor, den Maskierten zu identifizieren. Wenn Sie einen Stift haben, gebe ich Ihnen die Adresse.«

Als er ins Hotel zurückkam, klopfte er bei Max. Aus einem Ghettoblaster auf der Kommode dröhnte betäubend laute Heavy-Metal-Musik. Max saß auf dem Bett mit zwei jungen Frauen, offenbar Prostituierte. Eine dritte tanzte mitten im Raum selbstvergessen zu der ohrenbetäubenden Musik.

»Na, da sind Sie ja!« rief der Partylöwe. »Diese Damen sind für ein Konzert aus Jersey gekommen. Ich hab' mich geirrt. Der Laden hier ist doch nicht so schlecht.«

»Irgendwelche Bänder gefunden?« fragte Tom kurz angebunden. Er war nicht in Stimmung für laute Gesellschaft, obwohl eins der Mädchen ihn freundlich anlächelte.

»Hä? Ach ja, hab ich.« Max kramte neben dem Bett nach einer Papiertüte und überreichte sie Tom.

»Na los, nehmen Sie sich schon 'n Drink! Werden Sie mal locker! Das ist Tom. Und das ist Brenda.«

Das Mädchen hörte auf zu tanzen und trat dicht an ihn heran. »Nett, dich kennenzulernen, Tom«, gurrte sie sichtlich interessiert.

»Ganz meinerseits«, antwortete Tom höflich, aber ohne jedes Interesse. »Bis morgen früh dann, Max.«

Der zuckte nur die Schultern. Ihm ging es gut, er war glücklich, und nichts konnte ihn stören. »Wie Sie wollen, Chef. Wenn Sie's sich anders überlegen, wissen Sie ja, wo Sie uns finden.«

Brenda folgte Tom bis zu seinem Zimmer. Er schloß die Tür auf.

»Sind Sie wirklich Privatdetektiv, wie Max gesagt hat?« fragte sie und schmiegte sich an ihn.

Tom gelang ein verkniffenes Lächeln, obwohl er sich über Max und sein loses Mundwerk ärgerte. »Er ist nicht ganz dicht, falls Sie das noch nicht bemerkt haben. Ich bin Versicherungsvertreter.«

»Nein, ich glaube, Sie sind wirklich ein Privatdetektiv«, beharrte Brenda. »Wissen Sie, warum?«

»Und was machen *Sie* so?« fragte Welles, um das Thema zu wechseln.

Brenda lächelte einladend. Sie war wirklich recht attraktiv. »Oh, ich mache alles, wovon Sie nur träumen.

Sie träumen doch, oder? Ich habe gesehen, was Max Ihnen für Videos besorgt hat.«

Welles antwortete nicht und wollte in sein Zimmer gehen.

»Ich glaube, daß Sie ein Privatdetektiv sind, weil ich Sie für einen Voyeur halte«, fuhr Brenda hartnäckig fort. »Sie verbringen Ihr Leben damit, Leute wie mich dabei zu beobachten, wie wir Ihre Träume lebendig werden lassen. Ich kenne mich mit Männern aus. Ich weiß, was ihr wollt.«

Sie schenkte ihm noch ein einladendes Lächeln. »Warum sollte ich Ihnen nicht ein bißchen Gesellschaft leisten?«

»Besser nicht, glaube ich.« Welles schüttelte nachdrücklich den Kopf. Trotzdem reizte es ihn. Seit Wochen wurde er mit allen Arten von perversem Sex überschüttet, ohne je einen echten menschlichen Kontakt gehabt zu haben. Hatte das Mädchen vielleicht recht? War er unter seinem konventionellen Äußeren ein Voyeur?

»Nur ein Weilchen. Sie sehen so traurig aus«, schmeichelte Brenda.

»Das Leben ist manchmal traurig.« Welles trat an ihr vorbei in sein Zimmer, als ihm klar wurde, daß er unnötig grob gewesen war. Er drehte sich um.

»Ich weiß Ihr Angebot zu schätzen«, sagte er mit sanfterer Stimme, »aber nun gute Nacht.«

»Träumen Sie schön«, antwortete Brenda wehmütig und enttäuscht.

Doch Welles hatte nicht vor zu schlafen. In seinem Zimmer gab es neben dem Fernseher einen Videorekorder, in den er die erste Kassette von Dino Velvet einlegte.

Es handelte sich auch hierbei natürlich um Pornographie, doch der Film war lange nicht so simpel gemacht wie das übliche Zeug. Im Gegenteil, er war künstlerisch, von einigem Niveau, recht ambitioniert, mit flackernden Bildern von Gewalt – Ku-Klux-Klan-Leute vor brennenden Kreuzen, uniformierte Nazis im Gänsemarsch, Dracula, der seine langen Klauen nach einem unschuldig schlafenden Mädchen ausstreckte. Aber die zentralen Bilder waren modern, ebenso das Thema des Films: Ein nackter Mann, wie ein Hund auf allen vieren, heulte vor Schmerz oder Lust, während zwei Frauen, von Kopf bis Fuß in Leder gehüllt, ihn marterten. Die Szenen waren zwar hart an der Grenze, aber nicht kriminell. Es war pervers, aber kein Snuff.

Welles sah sich soviel von dem Band an, wie er ertragen konnte, dann stellte er sein Bier ab, nahm die Kassette heraus und legte die nächste ein. Er setzte sich wieder hin.

Der »Dino Velvet Film«, wie er im Vorspann genannt wurde, spielte in einer Art Verlies, das nur von Fackeln beleuchtet war. Diesmal war das Opfer eine Frau. Sie war gefesselt und hing mit gestreckten Armen von einem Deckenhaken. Sie hatte die Augen verbunden und war geknebelt.

Fabelwesen umtanzten sie, Würmer krochen ihre Beine hoch, ein Fallbeil sauste herab, während die Frau sich wand und kämpfte. Dann trat ein lederbekleideter Mann mit einer Ledermaske über dem Kopf ins Bild. Er näherte sich der Frau, ergriff mit einer Hand ihren Kopf und hielt ihn fest, während er wie ein Tier mit langen Schwüngen seiner Zunge ihr Gesicht ableckte.

Plötzlich richtete Welles sich auf dem Sofa auf und starrte auf den Bildschirm. In der Nahaufnahme des Gesichts war auch die Hand des Mannes zu sehen – mit der Pentagramm-Tätowierung zwischen Daumen und Zeigefinger. Dieselbe Tätowierung wie in Mary Annes

Snuff-Film! Das war der Maskierte, der Mary Anne hingemetzelt hatte.

Tom hielt mit der Fernbedienung das Bild an, lief den Flur entlang zu Max' Zimmer und trommelte an die Tür. »Max . . . wach auf! Max!« brüllte er.

Der Junge lag schlafend unter der Decke, zwei der Mädchen kuschelten sich an ihn. Brenda war nirgends zu sehen. Max hob mühsam den schweren Kopf vom Kissen. »Was'n los?« murmelte er benommen.

Tom antwortete nicht, sondern hob Max' Jeans vom Boden auf und warf sie ihm zu. »Zieh das an und komm mit. *Sofort!*«

Max stolperte hinter Tom her und zog dabei den Reißverschluß hoch. »Was ist denn passiert?«

Außer bei der Schlägerei mit dem Wachmann in der Sexshow hatte er Tom noch nie so aufgeregt erlebt. Welles blieb doch immer so cool.

»Wer ist das, der mit der Maske? Wer ist das?« wollte Tom mit bohrendem Unterton wissen. Er zeigte auf den Fernseher.

Max sah verschlafen auf den Bildschirm. »Das ist einer von den Irren, mit denen Dino arbeitet. Er hat da einen ganzen Stall voll.«

Er sank auf Toms Bett, immer noch erledigt von Alkohol, Marihuana und Sex. »Wieso? Hat der Typ was mit dem zu tun, was Sie suchen?«

»Wer ist das, wie heißt er?« wiederholte Tom.

»Keiner weiß, wie er richtig heißt«, murmelte Max. »Das ist seine Masche. Er trägt immer eine Maske. Er nennt sich ›Machine‹, alle nennen ihn so. Machine.«

Tom drückte auf Wiedergabe, und der Film lief weiter. Machine fuhr mit den Händen am Körper der verängstigten Frau auf und ab.

»Er ist ein Liebhaber, Mann«, sagte Max verschlafen.

»Er liebt das, womit er sein Geld verdient. Willkommen in der Welt von Dino Velvet.« Dann sank er zurück auf Toms Kissen und fiel in tiefen Schlaf.

Am nächsten Morgen, nachdem Tom Max mit extrastarkem Kaffee vollgepumpt hatte, fuhren sie mit dem Taxi zur Vierzehnten Straße, in die Gegend der Schlachthöfe am Hudson. Riesige Lastwagen blockierten die Straßen und sogar die Bürgersteige, feuchtes Sägemehl bedeckte überall den Boden, und Kadaver von toten Rindern und Schweinen hingen an langen Fleischerhaken in den Schaufenstern. Doch das Geschäft mit toten Tieren war nicht die einzige Art von Fleischhandel in dieser Gegend. Zwischen den Schlachthöfen befanden sich mehrere alte Bürogebäude, in denen sich eine Reihe von zwielichtigen Unternehmen niedergelassen hatte, unter anderem das Porno-Imperium von Dino Velvet.

An der Klingel direkt neben dem Eingang stand D. Velvet. Welles drückte auf den Knopf, und Max und er warteten auf Antwort.

»Wer ist da?« knisterte eine Männerstimme durch die Sprechanlage.

»Max California«, rief Max ins Mikrofon. »Ich hab' schon mal angerufen. Ich bin ein Freund von Frenchie in L. A. Mein Partner und ich möchten mit Dino Velvet sprechen.«

»Der ist nicht da«, antwortete die Stimme prompt.

Welles übernahm. »Sagen Sie ihm, daß wir eine Menge Geld mitbringen. Wenn er nicht interessiert ist, hauen wir wieder ab.«

Nach etwa zehn Sekunden Stille ertönte der Summer und gab das Schloß frei. Welles und Max stiegen in den klapprigen Fahrstuhl, in dem höchstens für zwei Personen Platz war. Im dritten Stock stiegen sie aus und klopften an der Tür mit der schlichten Aufschrift »Dino Velvet Produktionen«.

Ein gorillaartiger Hüne öffnete ihnen und ließ sie widerstrebend hinein. Die Räume waren in glänzendem Schwarz gestrichen und die Wände zugekleistert mit Plakaten von Velvets Filmen und bizarren Bildern von Sex und Folter. Seltsame Requisiten aus Velvets Filmen bildeten einen Ersatz für Möbel. Folterinstrumente lehnten an Fabelwesen aus Gips, die wie aus Stein gemeißelt wirkten.

Aus dem hinteren Büro erklang eine laute Stimme. Der Meister selbst telefonierte, und er war offenbar wütend.

»Wo zum Teufel steckt das Arschloch? Er hat zwei Tage Zeit gehabt, mein Geld zu verschwenden!« Der Hörer wurde auf die Gabel geknallt, und ein Augenblick aufgebrachten Schweigens folgte.

»Herein«, lud die Stimme sie schließlich ein. »Machen Sie es sich bequem.«

Dino Velvet wirkte mindestens so abgedreht wie seine Filme. Von Kopf bis Fuß in eine Art mittelalterliches Gewand gehüllt, war alles an ihm schwarz. Selbst seine Fingernägel waren schwarz lackiert. Seine langen dunklen Haare glänzten ölig, und seine riesigen schwarzen Augen waren zusammengekniffen, als ob das Licht sie schmerzte.

Vor dreihundert Jahren wäre er mit Sicherheit als Hexer verbrannt worden, dachte Tom unwillkürlich.

»Es ist uns eine Ehre, Sie kennenzulernen«, sagte er laut. »Danke, daß Sie sich Zeit für uns genommen haben.«

Offensichtlich war die freundliche Tour die richtige Taktik, um bei diesem selbstherrlichen Pseudo-Kreativen zu landen, denn Velvet reagierte wie gewünscht.

»Und was kann ich für Sie tun?« fragte er beflissen. Seine Stimme war tief und hatte einen leichten Akzent, den Tom nicht gleich identifizieren konnte. Vermutlich transsylvanisch. Hinter Velvets Stuhl stand eine schwarzlackierte Kredenz, auf der sich Videokassetten, Sex-Magazine und 16-Millimeter-Filmspulen stapelten.

»Wir möchten einen Film in Auftrag geben«, antwortete Max in geschäftsmäßigem Ton, »ein ›Dino-Velvet‹-Original. Etwas ganz Besonderes!«

»Ich bin ein großer Bewunderer von Ihnen«, warf Welles ein.

»O danke«, schnurrte Velvet. »Ich liebe Komplimente! Und wer ist Ihr kleiner bunter Freund hier?« Er deutete auf Max und seine Tätowierungen.

»Mein Co-Produzent«, sagte Welles knapp.

»Sie haben eine wirklich schöne volle Stimme«, schmeichelte Velvet, zu Tom gewandt.

»Und Sie sind ein Genie, Mr. Velvet, ein verdammtes Genie«, betonte Tom. »Der einzige, der noch wirklich mit Film dreht und erst danach auf Video umkopiert! Kaum jemand weiß diese Integrität noch zu schätzen ... die Unschärfe, das körnige Bild.«

»Was ist denn Ihr Liebling?«

Welles erstarrte, aber Max sprang ihm schnell bei. »Also, wenn ich wählen müßte, würde ich ›Würgen‹ oder ›Teufel‹ nehmen. Die zugrundeliegende Bildsprache in ›Würgen‹ geht einem echt unter die Haut.«

»›Teufel‹ hat mich sowohl erschreckt als auch erregt, aber es fällt mir schwer zu sagen, was mein Lieblingsfilm ist«, improvisierte Welles.

Velvet grinste zufrieden. Sein Ego hatte fürs erste genug Streicheleinheiten bekommen. »Jemand hat was von Geld gesagt. Über was für Summen sprechen wir hier eigentlich?«

Welles zog einen Umschlag aus der Tasche und legte ihn vor sich auf den Tisch. »Fünftausend jetzt, fünftausend bei Lieferung. Zwei Frauen, eine weiß, eine schwarz, müssen große Brüste haben. Harte Bondage natürlich. Darüber hinaus vertraue ich auf Ihren künstlerischen Instinkt. Nur zwei Bedingungen.«

Velvet lehnte sich zurück und lächelte, wobei seine großen gelben Zähne sichtbar wurden. »Schießen Sie los.«

»Ich möchte Ihnen bei der Arbeit zusehen«, sagte Welles sofort.

Velvet riß die Augen auf und zog die linke Braue hoch. »Noch mehr Komplimente! Sie wollen aber nicht selbst ins Geschäft einsteigen, oder? Das Geheimrezept für meine kleinen Delikatessen stehlen?«

»Nein.«

»Und die zweite Bedingung?« Velvet verengte die Augen.

»Einer der Schauspieler . . . muß diese Bestie sein, mit der Sie immer arbeiten. Der Maskierte.« Welles ließ seine Stimme so neutral wie möglich klingen.

»Machine«, sagte Velvet leise.

»Ja.«

Velvet trommelte mit den Fingernägeln der linken Hand auf seine Lippen. »Ich weiß nicht«, meinte er, »er könnte interessiert sein. Aber das würde weitere fünftausend kosten. Ich kann da unter Umständen was wirklich Ausgefallenes arrangieren.«

»Kein Problem«, nickte Welles.

»Ja, jetzt muß ich aber erst mal darüber nachdenken. Sie lassen das hier als Anzahlung da?«

Velvet wirkte ein bißchen überrascht, als Welles zustimmend nickte. »Sehr gut. Rufen Sie mich heute abend nach zehn an.«

»Nach zehn«, bestätigte Welles.

Velvet stand auf und nahm eine Rollei von seinem Schreibtisch. Er trat zu Welles und betrachtete ihn eingehend.

»Sie haben ein interessantes Gesicht, so wie das Licht darauf fällt. Ich möchte ein Bild von Ihnen machen. Was dagegen?« Er streckte seine Hand aus, um Toms Haut zu berühren.

Welles zuckte zurück. »Ich bin kamerascheu.«

Velvet grinste bösartig. »Sie vertrauen mir zwar Ihr Geld an, aber mir selbst nicht so weit, daß ich Sie fotografieren darf?«

»Das sind verschiedene Arten von Vertrauen.« Welles stand auf. »Ich hoffe, wir kommen ins Geschäft.«

»Begleite diese Herren zur Tür, Julius«, wies Velvet seinen Schläger an.

Als der massige Gorilla sie zum Ausgang führte, konnte Tom sich des Gedankens nicht erwehren, daß offenbar jedes Drüsenproblem des kriminellen Amerikas in der Pornobranche Arbeit gefunden hatte. Immerhin war er jetzt einen großen Schritt weiter. Er hatte die Verbindung hergestellt und ein Angebot gemacht. Jetzt mußte sich zeigen, ob Dino Velvet den Köder schlucken würde.

7. Kapitel

Das Ziel

Hastig verließen Max und Tom das Gebäude und gingen in eine nahegelegene Eckkneipe, die über einen Billardtisch verfügte. Tom holte Bier, während Max die Kugeln plazierte.

»Und jetzt?« fragte Max, als sie ihr zehntes Spiel und fünftes Bier hinter sich hatten.

»Ich muß Machine ohne Maske sehen.«

»Und dann?«

»Und dann habe ich ihn ohne Maske gesehen«, erwiderte Tom mit einem Grinsen.

»Wollen Sie mir immer noch nicht sagen, worum's eigentlich geht?«

Tom schüttelte den Kopf. »Sorry, Kleiner, aber leider nein.« Er warf einen Blick auf die Uhr und legte das Queue hin. Es war ein paar Minuten nach zehn. »Zeit für Dino.«

Als er Velvets Stimme am Telefon hörte, stellte Welles sofort die alles entscheidende Frage. »Und, sind wir im Geschäft?«

»Fünfzehntausend Dollar«, sagte Velvet.

»Machine ist dabei?« Welles bemühte sich seine Erregung zu verbergen und versuchte möglichst unverbindlich zu klingen.

»Es wird ihm ein Vergnügen sein«, versicherte Velvet

glattzüngig. »Morgen nachmittag, drei Uhr, 366 Hoyt Avenue.«

»Wo ist das? In Brooklyn? Gut. Ich komme.« Er notierte sich die Wegbeschreibung. Am Nachmittag würde er einen Wagen mieten.

»Na, sind wir im Filmgeschäft?« fragte Max eifrig, als Welles aus der Telefonzelle zurückkehrte.

Nicht »wir«, dachte Tom. Nur ich. Er gab Max einen Umschlag. »Das ist für dich.«

Max öffnete den Umschlag. Darin befanden sich ein Flugticket nach L. A. und Bargeld. Viel Bargeld, vielleicht fünfzehntausend Dollar. Max riß die Augen auf und sah Tom verblüfft an. »Was ist das?«

»Das ist Geld«, sagte Tom. »Man benutzt es, um Waren und Dienste zu kaufen.«

»Hören Sie, das ist sehr großzügig und so –«

»Es ist nicht mein Geld«, schnitt Tom ihm das Wort ab. »Laß uns das nicht an die große Glocke hängen. Du kriegst heute abend noch einen Flug nach L. A. Mach wieder Musik. Laß dich für die Präsidentschaft aufstellen. Vergiß, daß du mich kennst. In Ordnung?«

»Tom –«

»Hör mal, vielleicht brauche ich dich irgendwann noch mal«, log Tom.

Max sah ihn an, mit zweifelnder Miene. »Sie brauchen mich vielleicht noch mal?«

»Klar. Ich find' dich ziemlich clever.«

»Kein Grund, so von oben herab zu reden«, sagte Max beleidigt.

»Ich bin nicht von oben herab«, versicherte ihm Tom und fühlte sich gräßlich. Der Junge war sein Gewicht in Gold wert gewesen und war ihm nicht in den Rücken gefallen, auch wenn er jede Gelegenheit dazu gehabt hätte. Er hatte nie richtig zur Porno-Szene dazugehört, nur mit

Interesse vom Rand aus zugesehen. Er hatte in diesem dreckigen Geschäft wirklich nichts zu suchen. Max war nützlich für ihn gewesen, aber von nun an wäre er nur im Weg und ein weiterer Faktor, um den Tom sich kümmern und Sorgen machen mußte.

Aber Max ließ sich nicht so schnell abwimmeln.

»Wenn ich eins und eins zusammenzähle, haben Dino Velvet, Machine und Eddie einen Snuff-Film gedreht, stimmt's? Aber ich verstehe nicht, wieso das für Sie von Interesse ist. Vielleicht wegen des Opfers? Sagen Sie's mir.«

Der Junge war wirklich clever, das mußte man ihm lassen. »Wer hat gesagt, daß diese Vermutungen stimmen, und wer hat gesagt, daß es ein Opfer gibt?« fragte Tom.

»Na also, es gibt doch nur drei Grundregeln. Erstens: ›Es gibt immer ein Opfer.‹ Zweitens: ›Sieh zu, daß du es nicht bist . . .‹«

»Und drittens?« fragte Tom wider besseres Wissen.

»Das hab' ich vergessen.«

»Vergiß die ganze Sache, Max California«, sagte Tom freundlich. »Vergiß das alles. Viel Glück!«

»Ihnen auch viel Glück, Tom Welles«, sagte Max. »Seien Sie vorsichtig. Der Teufel wartet schon auf Sie.«

»Danke für die Tanzstunde«, antwortete Tom leise. Er fühlte, er würde Max vermissen, und diese Entdeckung überraschte ihn.

Tom ließ Max in der Kneipe sitzen und ging allein ins Hotel zurück. Kaum hatte er die Tür zu seinem Zimmer geöffnet, beschlich ihn das Gefühl, daß etwas nicht in Ordnung, nicht an seinem Platz war. Es war jemand hiergewesen, Tom war sich ganz sicher. Mit den erfahrenen Augen eines Profis musterte er den Raum. Auf den ersten Blick schien alles genau so zu sein, wie er es verlassen hatte. Genau wie jemand es verlassen würde, wenn er ein geübter Schnüffler war. Aber es gab immer ein paar winzige Unterschiede, die nur jemand mit viel Training und Erfahrung entdecken konnte.

Die erste Veränderung war eine offenstehende Kommodenschublade. Es handelte sich nur um wenige Millimeter, was ihm auch leicht hätte passieren können. Nur war er mittlerweile so ordentlich und methodisch in seinen Gewohnheiten, daß er immer alle Schubladen kontrollierte, nachdem er sie geschlossen hatte.

Dann bemerkte er, daß die Badezimmertür einen Spalt weit offenstand. Hatte er sie so hinterlassen? Auch das erschien ihm unwahrscheinlich. Er war ziemlich sicher, daß er sie richtig geschlossen hatte. Nur zwei kleine Unstimmigkeiten, aber sie verursachten ein ungutes Gefühl in ihm.

Welles ging aus dem Zimmer und untersuchte die Tür. Das Schild »Bitte nicht stören« hing gut sichtbar an der Klinke. Von daher hätte eigentlich niemand seinen Raum betreten dürfen, auch nicht die Zimmermädchen oder andere Hotelangestellte. Ein paar Türen weiter im Flur entdeckte er eine Frau vom Personal. Auf ihrem Wagen stapelten sich saubere Handtücher, Schmutzwäsche und Scheuerpulver.

»Entschuldigung«, sagte Welles. »Sind Sie zufällig in meinem Zimmer gewesen? Nummer zweiundzwanzig. Haben Sie da saubergemacht?«

Die Frau schüttelte den Kopf. »Nein, Sir. Das Schild hing ja dran.« Sie wirkte sehr sicher.

»Haben Sie vielleicht irgend jemanden gesehen?« fragte Welles weiter. »Jemanden, der aus diesem Zimmer kam?«

»Nein, Sir. Gibt es ein Problem?«

»Nein. Nein, nichts.«

Aber er konnte das Gefühl nicht loswerden, daß sein Zimmer durchsucht worden war. Wenn dem so war, dann mit Sicherheit wegen der Spule mit dem Snuff-Film. Als er die Zimmertür zweimal hinter sich abgeschlossen hatte, trat er zu dem Versteck, an dem er die Kassette verborgen hatte. Bevor er mittags weggegangen war, hatte er den Film zusammen mit seiner Waffe in der Kassette verstaut. Und die hatte er in seinem Spezialversteck untergebracht, dem geheimen Ort, den er immer wieder benutzte, wenn er in Hotels war. Jedes Hotelzimmer hatte nämlich Vorhänge, und alle hingen an einer Gardinenstange. Und jede Stange schaffte einen nicht einsehbaren Platz zwischen sich und der Wand, an dem man wunderbar eine Schachtel oder ähnliches festkleben konnte. Der Vorhang fiel darüber, und es war keine Ausbuchtung zu sehen.

Welles untersuchte den Vorhang. Er war nicht bewegt worden, die Kassette war noch da. Er nahm sie herunter: Film und Waffe waren noch drin. Wenn jemand dieses Zimmer wirklich durchsucht hatte, dann nicht gründlich genug. Vielleicht hatten sie nicht genug Zeit gehabt.

Welles nahm seine Pistole heraus und betrachtete sie nachdenklich. Wenn es je in seinem Leben eine Situation gegeben hatte, in der er sie mitnehmen sollte, dann jetzt. Er schnallte das Halfter um, doch dann legte er die Pistole wieder zurück in die Kassette. Auch wenn er einen Waffenschein besaß, er mochte sie einfach nicht tragen. Es erschien ihm wie ein schlechtes Omen, als wäre die Situation nicht mit Vernunft und Intelligenz zu bewältigen. Er würde sie in der Kassette lassen und diese im Kofferraum seines Mietwagens einschließen.

Welles hatte immer noch keine Idee, wer ihn wohl quer durch die USA verfolgen mochte. Velvet und Poole schieden aus, denn Velvet hatte noch nicht einmal gewußt, daß er in Gefahr war, bevor Poole ihn anrief, und keiner von beiden kannte seine wahre Identität. Aber dennoch war er kreuz und quer durch L. A. beschattet worden, zweifellos auch schon seit Fayetteville. Vielleicht sogar schon früher. Aber von wem?

Auf der Fahrt nach Brooklyn über die Manhattan-Bridge brütete er über dieser Frage, fand aber keine Antwort. Schließlich konzentrierte er sich auf Velvets Wegbeschreibung, weil die Gegend, in der »sein« Film gedreht werden sollte, sehr unübersichtlich war. Sie bestand aus verlassenen Fabriken und riesigen Lagerhallen nahe des East River. Überall sah man zerbrochene Fenster, kaputtes Kopfsteinpflaster und allgemeinen Verfall. In den vergangenen Jahren hatte man in Brooklyn zwar die Gebäude direkt am Ufer renoviert und in teure Apartmenthäuser mit Blick auf den Fluß verwandelt, aber ein paar Straßenzüge dahinter war rein gar nichts geschehen.

Welles brauchte eine Weile, um die Lagerhalle zu finden, deren Adresse Velvet ihm genannt hatte. Als er den Wagen etwas weiter oben an der Straße abstellte, hatte er bereits eine Viertelstunde Verspätung. Er öffnete den Kofferraum und die Kassette. Den Film ließ er drin, nahm aber die Pistole nach kurzer Überlegung doch heraus, öffnete sie und prüfte, ob sie voll geladen war. Dann steckte er sie ins Halfter. Er stieß die schwere Eingangstür auf, trat in den hohen, lichtlosen Raum und blinzelte, weil er sich erst an die plötzliche Dunkelheit gewöhnen mußte.

»Da sind Sie ja«, schnurrte Velvet. »Kommen Sie hier rüber.« Er war wie immer in Schwarz gekleidet, aber diesmal trug er einen enganliegenden Anzug, der ihn wie einen Knappen aus der Ritterzeit aussehen ließ. In einer Hand hielt er eine große, gemein aussehende Armbrust, in der anderen einen kurzen Pfeil mit Stahlspitze. Ein Köcher mit Pfeilen lag auf einem Tisch links neben ihm, und in fünfzehn Metern Entfernung war eine große Zielscheibe aufgebaut.

Die restliche Einrichtung war schlicht: ein schmiedeeisernes Bettgestell mit einer Matratze, aber ohne Bezug, eine 16-Millimeter-Kamera auf einem Stativ und zwei helle Scheinwerfer zur Beleuchtung des Sets. Auf dem Tisch waren ein Paar Handschellen und ein Sortiment scharfer Bowiemesser ausgebreitet. Auf dem Bett saß ein massiger Hüne in einem Lederharnisch und einer Ledermaske, die seinen ganzen Kopf bedeckte.

Es konnte niemand anderes sein – das war der Mann aus Mary Annes Snuff-Film, Machine.

»Hallo, Machine«, sagte Welles. »Toll, Ihre Arbeit.«

Velvet legte den Pfeil in die Armbrust, zielte und zog den Hahn. Der Pfeil flog ins Ziel und traf genau ins Schwarze. »Haben Sie das Geld dabei?«

Welles klopfte auf seine Brusttasche, blieb aber auf Distanz. »Ja, ja, hier.« Er sah sich um. Sie waren allein.

»Wo sind die Frauen?«

»Frauen . . .«, grinste Velvet leichthin. Er verschoß noch einen Pfeil, der wieder genau ins Schwarze traf. »Immer zu spät.«

Das hörte sich nicht gut an. Welles hatte plötzlich den üblen Verdacht, daß hier vielleicht gar kein Film gedreht, sondern ein kleines Kammerspiel improvisiert werden sollte, in dem ihm die Hauptrolle zugedacht war. Er kam langsam näher und legte den Umschlag auf den Tisch neben Velvet. Sein Blick fiel auf die Messer. »Wofür sind die?«

»Nur Requisiten.« Der Pornofilmer zuckte die Schultern. »Hübsch, nicht wahr? Machine und ich haben uns gerade über die Ästhetik von Messern unterhalten.« Sein

Mund verzog sich zu einem Haifischgrinsen. »Er sagte gerade«, fuhr er langsam fort, wobei er jedes Wort genüßlich auskostete, »wie fasziniert er davon ist, daß man ein Stück Metall so dünn schleifen kann, daß es fast nicht mehr vorhanden ist. So dünn, daß es mit dem geringsten Aufwand schneidet, weil es kaum eindringt.« Velvets Stimme senkte sich zu einem schmeichelnden Flüstern. »Das Fleisch wird getäuscht. Es teilt sich bereitwillig entlang der immer stärker werdenden Klinge, doch noch bevor es bluten, schreien, reagieren kann, ist es bereits zu spät, weil das Messer sein reines, simples Werk schon vollendet hat.«

Am anderen Ende der Halle hob sich mit großem Getöse ein schweres, verrostetes Stahltor, und eine lange Luxuslimousine mit getönten Scheiben rollte durch die Lieferantenzufahrt.

»Ah«, registrierte Velvet befriedigt. »Meine Gäste sind da.«

Machine erhob sich vom Bett. Er war viel größer, als er im Sitzen wirkte. Mit seinen breiten Schultern und den langen, baumelnden Armen sah er aus wie ein riesiger Affe. Instinktiv trat Welles einen Schritt zurück. Das war ein ganz schöner Brocken.

»Mr. W.«, sagte Velvet plötzlich, ohne seine Stimme über das ölige Schnurren zu erheben, »wären Sie so freundlich, alle Feuerwaffen abzulegen, die Sie bei sich tragen?« Er wandte sich zu Welles um, legte einen weiteren Pfeil in die Armbrust, spannte sie und richtete sie genau auf seine Brust.

»Wovon sprechen Sie?« versuchte Tom zu bluffen. Die Pistole hing schwer in ihrem Halfter, unter dem Jakkett dicht an seine Brust gedrückt, und er wußte, daß er sich nicht durchsuchen lassen konnte.

»Ich will mich nicht wiederholen«, zürnte Velvet.

»Dann wirke ich so dumm.« Der Pfeil schwankte nicht. Seine Stahlspitze schimmerte bösartig in der schwachen Beleuchtung der Halle, eine tödliche Warnung, die Welles nicht mißverstehen konnte.

Er fand sich mit dem Gedanken ab, daß er seine Waffe verlieren würde, und hob die Hand zum Halfter.

»Langsam«, fauchte Velvet. »Bitte zeigen Sie mir die Waffe. Schön langsam. Gut. Jetzt leeren Sie das Magazin auf den Tisch, ganz vorsichtig.«

»Hören Sie«, begann Welles, »ich weiß gar nicht, was das –«

»Schnauze, Arschloch!« Velvets Stimme hob sich zu einem wütenden Schrei, und seine Augen glitzerten wie zwei schwarze Diamanten. »Mach das, was ich dir gesagt habe, oder dieser Pfeil durchbohrt in zwei Sekunden deine Kehle.«

Hilflos zog Welles seine Pistole hervor und hielt sie waagerecht vor sich, damit Velvet einen Blick darauf werfen konnte. Dann leerte er das Magazin auf den Tisch.

»Das ist er, was?« Am anderen Ende der Halle fiel die Tür der Luxuslimousine ins Schloß. Ein fetter, kleiner Mann näherte sich ihnen: Eddie Poole.

Velvet wandte den Blick nicht von Welles. »Leg die Knarre hin und geh mit den Handschellen zum Bett.«

Welles gehorchte zögernd. Er legte die Waffe neben die Kugeln. Sein Gehirn arbeitete mit Überschallgeschwindigkeit, aber seine Gedanken bewegten sich in einem Labyrinth, das keinen Ausgang zu haben schien. Ihm fiel keine Fluchtmöglichkeit ein. Seine Deckung war aufgeflogen. Und diese Männer hatten bereits bewiesen, daß sie vor nichts zurückschreckten.

Poole riß Welles die Handschellen aus den Fingern, schloß eine um das eiserne Bettgestell und die andere um

Welles' Handgelenk. Fluchend holte er mit dem rechten Bein aus und trat Welles heftig an den Kopf. Stöhnend ging Tom zu Boden. Der heiße, salzige Geschmack von Blut erfüllte seinen Mund.

»Ich wußte erst nicht, was ich von dir halten sollte, und Eddie hast du ja schon ganz schön Feuer unterm Hintern gemacht.« Velvet schüttelte amüsiert den Kopf. Er genoß die Situation sichtlich. Nichts liebte er mehr, als ein menschliches Wesen in seiner Gewalt zu haben, besonders, wenn es absolut hilflos war.

Doch Poole war mit Tom noch nicht fertig. »Du blödes Stück Scheiße!« röhrte er und schlug ihm noch einmal hart ins Gesicht. Dann stieß er ihn brutal gegen das Bettgestell und klopfte ihn auf der Suche nach dem Snuff-Film gründlich ab. Das einzige, was er fand, war Welles' Brieftasche.

»Aber«, fuhr Velvet in seiner Ansprache fort, »siehe da, wie aus heiterem Himmel erscheint ein Geschäftsfreund, und alles klärt sich auf. *Satan ex machina!*«

Noch ein Mann, gepflegt und gut angezogen, war aus dem Wagen gestiegen und betrat die Szene.

»Du erinnerst dich an Mr. Longdale, nicht wahr, Tommy?« fragte Velvet.

Longdale! »Ich erinnere mich«, knirschte Welles, den Mund voller Blut. Mrs. Christians Anwalt. Natürlich! Welles hatte schon eine ganze Menge Puzzlesteine beisammen gehabt, nun kam noch ein wichtiger hinzu. Daniel Longdale. Der eigentliche Drahtzieher dieses ganzen miesen Geschäfts.

»Bringen wir es hinter uns«, sagte Longdale knapp.

»Gute Idee«, stimmte Velvet ihm zuvorkommend bei.

Poole blätterte Welles' Brieftasche durch und fand ein Foto von Amy und Cindy, das er Velvet reichte.

Der betrachtete das Foto hingebungsvoll. »Ach, was

ich mit diesen Gesichtern in einem Film alles machen könnte!« Er wedelte mit dem Bild vor Welles' Nase. »Aber wenn ich's mir recht überlege, wozu brauche ich eigentlich Gesichter?«

Tom wollte mit den Fäusten um sich schlagen, aber die Handschellen hielten ihn gefangen. »Wenn Sie auch nur in ihre Nähe kommen«, brüllte er hilflos. Ihm war klar, daß es eine leere Drohung war. Sie steigerte nur noch das Vergnügen, das Velvet bereits empfand.

Der wurde nun ganz geschäftsmäßig. »Du wirst jetzt den Film holen, den du von Mrs. Christian bekommen hast, ihn hierherbringen und mir geben. Und damit alles so reibungslos wie möglich abläuft, haben wir hier einen kleinen Anreiz –« Er nickte Machine zu.

Machine öffnete den Kofferraum von Longdales Wagen, zerrte ein schlaffes und sperriges Bündel heraus und schleifte es herbei.

Es war Max, gefesselt und mit Klebeband geknebelt. Sein Gesicht war blutig und verquollen, die Augen fast zugeschwollen. Er war offensichtlich zusammengeschlagen worden und kaum noch bei Bewußtsein. Aus dem zugeklebten Mund drang ein schwaches Stöhnen.

»Nein!« schrie Welles. Er wollte auf seinen Freund zustürzen, aber wieder bremsten die Handschellen seinen Impuls. Plötzlich war ihm klar, warum sie den Film nicht entdeckt hatten. Max mußte in sein Zimmer gekommen sein, um sich zu verabschieden, und war prompt in die Falle gegangen. Es war einfacher und viel, viel vergnüglicher, den Jungen halbtot zu schlagen, damit er ihnen sagte, wo der Film war. Aber Max war dazu nicht in der Lage gewesen, weil er es nicht wußte.

»Hören Sie, er hat nichts damit zu tun! Lassen Sie ihn laufen! Er weiß nichts!« schrie Welles.

»Rate mal, was ich als nächstes sagen werde. Du

kommst bestimmt darauf, alter Schlaumeier«, fuhr Velvet eisig fort. »Wenn du den Film nämlich nicht ablieferst, bringen wir ihn um ... machen ihn fertig und bringen ihn um.«

Zur Verdeutlichung seiner Worte zielte Velvet mit der Armbrust auf Max.

»In Ordnung.« Welles gab sich geschlagen. »In Ordnung.«

»Wie kooperativ«, konstatierte Velvet zufrieden. »Mr. Longdale wird dich begleiten.«

Rechtsanwalt Longdale machte nicht den Eindruck, als fühlte er sich in dieser Situation besonders wohl. Er zog es vor, wenn seine Geschäfte sauber abliefen und alle losen Enden ordentlich beseitigt wurden. Je eher das lose Ende aus diesem Fall, Thomas Welles, tot war und der Film zerstört, desto eher konnte er nach Pennsylvania und zu seinem behaglichen, privilegierten Leben zurückkehren. »Wieso ich?« fragte er daher ungehalten.

»Weil ich Sie nicht ausstehen kann«, sagte Velvet trocken. Im Gegensatz zu Longdale genoß er jeden Augenblick. Nicht oft erfüllte die Wirklichkeit seine sadistischen Träume so nachhaltig. Sogar eine Dino-Velvet-Produktion kam da nicht mit, weil es hier eine Handlung gab, die garantiert in einem echten Blutbad endete und nicht simuliert war.

Poole nahm einen kleinen Schlüssel aus seiner Tasche und befreite Welles von den Handschellen. Dieser hob den Kopf und starrte in den Lauf von Longdales 22er Beretta.

»Laß dich von Longdales ungeschickter Wahl der Waffen nicht täuschen«, grinste Velvet. »Wenn seine süße kleine Knarre ein Loch an der richtigen Stelle macht, bist du *ziemlich* tot. Und Max auch.«

»Los, Sackgesicht«, knurrte Poole und schubste Welles

brutal auf das Eingangstor zu. Tom wandte sich nach Max um, aber der Junge hing schlaff, fast bewußtlos, über einem Stuhl und reagierte nicht. Mit Longdale und dessen Waffe im Genick trat er zur Tür hinaus.

»Beeilung«, rief Velvet munter hinter ihnen her.

»Armer Mr. Welles«, sagte der Anwalt verächtlich, als sie das Gebäude verlassen hatten und zu Welles' Wagen gingen. »Sie wollten so gerne glauben, daß ich Sie ausgesucht habe, weil Sie der Beste, der Cleverste sind und ›Freunde in einflußreichen Positionen‹ haben.« Er stieß ein kurzes, unangenehmes Lachen aus. »Ich habe Sie ausgesucht, weil Sie jung, nicht sehr helle und mit dieser Sache völlig überfordert sind! Ich hätte nie gedacht, daß Sie so weit kommen würden. Ich habe Ihren Ehrgeiz unterschätzt.«

»Sie haben mich beschatten lassen«, sagte Welles ruhig.

»Und das schon lange, bevor wir uns überhaupt getroffen haben«, bestätigte Longdale gleichgültig. »Sie haben nicht viel gesagt oder getan, an dem ich nicht teilhatte.«

»Sie müssen ausgeflippt sein, als ich Ihren Komplizen so auf die Pelle rückte.«

»Das sind keine Komplizen von mir«, schnappte Longdale zurück.

»Außer wenn's um gemeinsamen Mord geht.«

»Es wäre nichts von alldem passiert, wenn Sie rechtzeitig aufgegeben hätten. Oder noch besser, wenn Sie den dreckigen kleinen Job gar nicht erst angenommen hätten.« Longdales Worte trieften vor Verachtung. »Aber nein, Sie haben einen Blick auf das Anwesen der Christians erhascht – steigt zu Kopfe, was? – und Blut geleckt. Jetzt lungerten Sie nicht mehr nur in der Einfahrt herum, Mrs. Christian hatte Sie hereingebeten! Ich konnte förmlich hören, wie Ihnen das Blut aus dem Kopf in den Schwanz sackte. Sie glauben wohl, Leute wie die Christians beschäftigen Leute wie Sie und mich, um sie anschließend an ihren Tisch zu bitten? Was unsereins hier machen darf, ist nichts als Scheiße wegzuräumen, ihre blaublütigen Ärsche abzuwischen! Willkommen im Abort!«

Longdales Verachtung zielte längst nicht nur auf Welles. Vieles von dem, was er sagte, basierte auf Selbstverachtung, was ihm aber nicht klar zu sein schien. Im Gegenteil, offenbar war es lebensnotwendig für ihn, das zu unterdrücken. Sein Leugnen der Wirklichkeit hatte ihm Dreitausend-Dollar-Anzüge eingetragen, handgenähte Schuhe und maßgeschneiderte Hemden, die Mitgliedschaft in den besten Clubs auf dem Lande und in der Stadt, Zobelpelz für seine Frau und Nerz für die Geliebte, ein riesiges kostspieliges Haus in Bryn Mawr mit vier Angestellten, zwei Mercedesse, einen Lamborghini und einen Landrover sowie ein Ferienhäuschen auf Martha's Vineyard. Der Preis für Daniel Longdales Seelenfrieden war hoch und mußte ständig nach oben korrigiert werden.

»Erzählen Sie mir noch mehr Abortgeschichten«, knirschte Welles heiser. »Sie haben diese perversen Typen aufgetrieben und nach einem Snuff-Film gefragt. Sie wollten, daß sie einen für Sie besorgen. Tja, das konnten sie nicht. Also haben Sie sie beauftragt, einen zu drehen. Mary Anne Mathews hat gelebt, bis Sie dafür bezahlt haben, daß sie umgebracht wird. Wieviel hat Christian Ihnen für Ihr Gewissen gegeben?«

Longdale zuckte innerlich zusammen, aber seine Haltung blieb unbeweglich. »Mein Honorar war angemessen«, antwortete er steif, »aber Sie waren billig für mich. Nur weil Mrs. Christian Ihre ›Diskretion‹ pries, hielten

Sie Beweise für einen Mord zurück ... zogen Ihren Freund mit hinein ... Ihre Familie ... und das nur, um ein totes Mädchen ohne Namen auszugraben, für das sich niemand mehr interessierte und an das sich keiner erinnert.«

Wut übermannte Tom bei Longdales verächtlichen Worten.

»Mary. Mary Anne Mathews, so hieß sie!« schnauzte er. »Ihre Mutter erinnert sich an sie. Und ich erinnere mich!«

»Das hilft Ihrem Freund hier aber herzlich wenig«, erklärte Longdale kaltschnäuzig.

»Ich möchte eins verstehen«, sagte Tom langsam. »Helfen Sie mir, einen Mann wie Mr. Christian zu verstehen. Was zum Teufel wollte er mit einem Snuff-Film? Einer wie er, mit all dem Geld, der Macht, einer der alles erreicht hatte, was es zu erreichen gab ... törnte ihn dieser perverse, grausame Schund etwa an?«

Sie hatten Toms Mietwagen erreicht, und er öffnete den Kofferraum. Es war seine einzige Gelegenheit, etwas zu finden ... irgend etwas ... das er als Waffe benutzen konnte, seine einzige Chance. Was bewahrte er nur in dem verdammten Kofferraum auf? Ihm fiel nichts ein, er konnte sich an keinen brauchbaren Gegenstand erinnern. Und selbst wenn er etwas finden sollte, würde er kaum die Möglichkeit haben, es auch einsetzen zu können. Vier Bewaffnete standen ihm gegenüber: Machine mit seinen tödlichen Messern, Velvet mit dieser Armbrust, Longdale mit der Beretta, und Poole hatte wahrscheinlich auch eine Knarre. Selbst wenn er also eine Chance bekam, stand alles gegen ihn.

Trotzdem hielt Tom die Konversation aufrecht, um Longdale abzulenken, während seine Hände flink den Kofferraum von innen abtasteten, als ob er versuchen würde, die Filmspule zu finden. Er öffnete sie vor seinen Augen, damit Longdale nicht auf dumme Gedanken kam.

»Hat Mr. Christian gern zugesehen, wie sie hingemetzelt wurde? Hat er sich dabei einen abgewichst? Haben Sie daneben gesessen und mit Hand angelegt?«

Tom hatte einen Nerv getroffen. Longdale stieß vor Wut ein unverständliches Grunzen aus, und sein Finger spannte sich am Abzug der Pistole.

»Warum brauchte er unbedingt einen Film, in dem ein armes kleines Mädchen hingeschlachtet wird?« wiederholte Tom. Seine Finger schlossen sich um einen kleinen Gegenstand, den er in seinen Ärmel schob, während er die Filmspule herausnahm. Dann preßte er die Hand an seine Jackettasche und ließ ihn dort hineingleiten. »Ich will es einfach nur verstehen.«

Toms Fragerei ging Longdale sichtlich auf die Nerven. »Weil er es konnte«, schnauzte er. »Er tat es, weil er es konnte. Weil er Macht hatte. Was dachten Sie denn?«

Mit dem Film in der Tasche und Longdales Kanone im Rücken ging Tom zurück zur Lagerhalle, wo die anderen auf sie warteten. Max war inzwischen an die Schießscheibe gebunden, wo er in seinen Fesseln hing und kaum noch atmete. Machine hatte sich drohend vor ihm aufgebaut. Und Velvet hielt die Sehne seiner Armbrust mit einem Pfeil gespannt.

»Den Film, Welles«, sagte er gleichgültig und deutete mit dem Kinn auf den Tisch neben ihm.

Tom schüttelte den Kopf. »Erst lassen Sie ihn gehen. Es ist mir egal, was aus mir wird, aber lassen Sie ihn gehen.«

Velvet seufzte. »Also schön. Befreie ihn, Machine.«

Im nächsten Augenblick machte Machine eine schnelle Bewegung mit seinem Bowiemesser und schlitzte Max die

Kehle auf. Das Blut schoß heraus und strömte glänzend über seine schwarze Lederweste. Der Kopf des Jungen fiel nach vorne. Ohne einen Laut verblutete er.

»Jetzt ist er frei! Frei von seiner irdischen Qual!« jubelte Velvet.

»NEIN!!!« schrie Tom ungläubig. Er stürzte zu Max, aber Machine trat ihm in den Weg, ergriff ihn und warf ihn grob zu Boden. Tom versuchte, auf die Beine zu kommen. »Ihr Arschlöcher!« brüllte er.

Fluchend trat Poole ihm gegen den Kopf. Seine Nase knackte fürchterlich, Blut strömte auf den Betonboden. Poole riß Tom den Film aus den Fingern und warf ihn Velvet zu.

Während Velvet den Film von der Spule rollte, ihn gegen das Licht hielt und die Bilder betrachtete, um zu kontrollieren, ob es auch der richtige war, zerrte Machine Tom neben das Bett und fesselte ihn mit den Handschellen an das Gestell. Tom kniete auf dem Boden. Sein Gesicht blutete. Der Schmerz pochte in seinen Ohren und machte das Denken fast unmöglich.

Velvet ließ den Film auf den Boden fallen und übergoß ihn mit Benzin. Er riß ein Streichholz an. »Du möchtest doch sicher zuschauen, Thomas Welles.«

Das leichtentflammbare Stück Film fing sofort Feuer und brannte schnell und heftig. »Und das ist das Ende«, zischte Velvet. »Als hätte sie nie existiert.« Er lächelte Tom fast freundlich zu, als ob er ihm tatsächlich dankbar wäre, daß er für so gute Unterhaltung gesorgt hatte. »Mach dir keine Vorwürfe. Das ging schließlich alles weit über deinen Horizont.«

Die Zerstörung des einzigen Beweises für den Mord, den diese Männer begangen hatten, war vollendet. Alles war vorbei, außer dem Morden. Max war tot. Tom würde der nächste sein. Er zweifelte nicht daran, daß sie ihn ohne weiteres umbringen würden. Die beiläufige Art, in der Machine Max die Kehle durchgeschnitten hatte, als wäre er ein Huhn fürs Abendbrot, ließ nichts anderes erwarten.

Angesichts des Todes mußte Tom plötzlich an sein Zuhause und seine Familie denken. Er würde sie nie wiedersehen – nie wieder den Rasen im Vorgarten mähen, seiner Frau beim Kochen zusehen oder sehen, wie sie für ihn das Nachthemd ablegte, Liebe und Leidenschaft in ihrem Gesicht, nie wieder seine kleine Cinderella in den Armen halten und ihr glückliches Babylächeln erleben. Er dachte an sein Zuhause wie an einen Kokon . . . winzig und kompakt, weit weg, völlig eingeschlossen und sicher. Eine kleine eigenständige Welt, die nun ohne ihn weiterexistieren würde.

Er wischte sich mit der freien Hand das Blut vom Gesicht und aus den Augen und kam langsam auf die Beine. Von Max' blutiger Leiche glitt sein Blick zu dem Aschehäufchen, das einst den Tod von Mary Anne Mathews festgehalten hatte. Zwei unschuldige Kinder. Und er selbst, er wäre als nächster dran. Daran gab es keinen Zweifel. Sie konnten es sich nicht leisten, ihn am Leben zu lassen, und was bedeutete schon eine Leiche mehr oder weniger? Angst und Wut drohten ihn zu überwältigen.

Die Wut überwog. Nein. Tom Welles wollte noch nicht sterben. Er würde bis zum letzten Atemzug kämpfen.

»Arschlöcher!« schrie er. »Miese kleine Arschlöcher! Dann erklärt mir doch mal eins . . . warum seid ihr alle immer noch so mies und klein? Hä? Wo ihr doch mindestens eine Million habt, mit der ihr um euch werfen könnt? Will nicht wenigstens einer von euch mal 'ne größere Nummer werden?«

»Eine Million?« fragte Velvet mit gepreßter Stimme. Er sah Longdale scharf an. Der Anwalt zuckte fast unmerklich zusammen.

Tom wurde klar, daß er auf eine Goldader gestoßen war. Diese Nieten hatten weder eine Million noch einen annähernd hohen Betrag gesehen.

»Was denkt ihr denn, soviel hat Christian Longdale bezahlt! Eine Million in bar, und das hat Longdale euch ja wohl gegeben, oder?«

Poole war wie vor den Kopf geschlagen. »Wovon redet der Scheißkerl überhaupt? Eine Million Dollar? Hast du mich etwa verarscht? Hast du mich übern Tisch gezogen?« Wutschnaubend baute er sich vor Velvet auf.

»Natürlich nicht, Edward.«

»Und was soll das dann?« wollte Poole wissen. »Wovon redet der Kerl? Was meint er damit, eine Million Dollar?«

Velvet nahm Armbrust und Pfeile in die Hand. Seine Miene veränderte sich nicht, aber seine weiche Stimme wurde hart.

»Er sagt, Eddie, daß Mr. Longdale uns verarscht hat. Was meiner Meinung nach überaus bizarr ist!«

Er hob die Armbrust und zielte auf Longdale. »Warum haben Sie das getan? Wenn Sie einfach gesagt hätten: ›Hier sind hundert Riesen, nehmt sie oder laßt es‹, dann wären wir jetzt nicht sauer. Warum auch? Aber Sie haben gesagt, daß wir gerecht teilen würden, Longdale, alles, was Ihr Arbeitgeber rausrücken würde. Und das bedeutet natürlich, daß Sie uns belogen haben.«

Tom verspürte ein leises Triumphgefühl. Das lief ja besser, als er erwartet hatte! Was für ein Riesenbluff: Daniel Longdale hatte Christian erzählt, daß der Snuff-Film eine Million in bar kosten würde, und davon hatte er sich neunhunderttausend Dollar in die eigene Tasche gesteckt. Niemand konnte das Geld zurückverfolgen, und bis zu diesem Moment war er damit wunderbar durchgekommen.

Longdale hatte immer noch seine 22er in der Hand und zielte nun seinerseits auf Velvet. »Weg da, bleiben Sie mir fern! Lassen Sie die Waffe fallen!«

Tom beobachtete die Vorgänge hochkonzentriert. Sein eigenes Leben würde davon abhängen, was als nächstes geschah. Er war zwar an ein schweres Bettgestell gefesselt und besaß keine Waffe mehr, und vielleicht ging's von einer Minute auf die andere auch ihm an den Kragen, aber solange er noch atmete, bestand Hoffnung.

»Du Scheiß-reiche-Leute-Anwalt«, knurrte Poole. »Ich wußte, daß wir dir nicht trauen können.«

Longdales Waffe schien für Velvet gar nicht zu existieren, so wenig achtete er darauf. Statt dessen zielte er mit der Armbrust nun genau auf den Oberkörper des Anwalts.

»Mr. Longdale«, sagte er fast freundlich, »wenn es unter Perversen und Pornofilmern keine Ehre mehr gibt, dann bricht die ganze Geschäftswelt zusammen, oder? Wir haben keine Verträge, keine Unterlagen, keine Rechtsklauseln. Wenn also jemand uns betrügt ... nun ja, diesem Menschen kann man nicht vertrauen. Er könnte uns anzeigen oder töten lassen. Also haben wir keine andere Wahl, oder? Wenn uns jemand betrügt ...«

»Sie haben auch eine Kanone, Eddie«, sagte Longdale plötzlich, als wäre es ihm gerade eingefallen. »Nehmen Sie sie raus.«

»Leck mich!« knurrte Poole.

»Nehmen Sie sie raus und legen Sie sie auf den Boden – oder ich schieße!«

»Sei nicht dämlich, Edward«, sagte Velvet leise. »Nimm deine Waffe raus.«

Widerstrebend nahm Poole seine Waffe aus der Tasche und ließ sie zu Boden fallen.

»Schieben Sie sie zu mir rüber«, befahl Longdale. Die Waffe schlitterte über den Beton an Longdale vorbei bis fast an die andere Wand, wo der Wagen des Anwalts stand.

»Und nun lassen Sie die Armbrust fallen, Dino«, fügte Longdale hinzu.

Aus den Augenwinkeln hatte Tom beobachtet, wie Machine sich unbemerkt zu dem Tisch geschlichen hatte, auf dem seine Messersammlung ausgebreitet war. Er ergriff eins davon und hob den Arm. Longdales Aufmerksamkeit schwankte zwischen Poole und Velvet hin und her, so daß er nicht auf Machine achtete.

»Action!« rief da plötzlich Velvet, und der Pfeil schnellte von der Sehne. Die Stahlspitze bohrte sich mit einem dumpfen Geräusch in Longdales Brust, durch die Muskeln hindurch in den Knochen. Blut spritzte auf. Der plötzliche Schlag führte dazu, daß sich Longdales Finger am Abzug krümmte, und seine Waffe losging.

Die Kugel traf Velvet genau. Sie zerriß seine Halsschlagader, das Blut schoß in Strömen aus der Wunde. Velvet schrie auf und fiel zu Boden, wo er sich vor Schmerzen und Angst krümmte. Er krallte die Hände um seinen Hals, als ob er das Leben in seinen Körper zurückdrücken wollte. Blut quoll zwischen seinen Fingern hervor.

Machine sank völlig erschüttert neben seinem Arbeitgeber zu Boden. Vorsichtig nahm er ihn in die Arme. Er winselte in seiner Verzweiflung, wollte etwas tun, alles tun, um das Leben seines einzigen Freundes zu retten, aber er hatte keine Chance. Es war zu spät.

Longdale sackte in die Knie und starrte ungläubig auf den Pfeil, der aus seiner Brust ragte. Das war kein korrekt verknüpftes loses Ende, das man einfach abschneiden konnte, das war die größte Sauerei, die er je erlebt hatte. Blut quoll us seinem Mund, und er fiel vornüber.

»Scheiße«, murmelte Poole. Hilflos stand er da, blickte zu Velvet hinüber und wußte nicht, was zum Teufel er tun sollte.

Niemand hatte mehr auf Tom geachtet, der immer noch an das Bett gekettet war. Unter großer Anstrengung hatte er sich auf den Tisch zubewegt, wobei er das schwere Gestell so unauffällig wie möglich hinter sich hergezogen hatte.

»Das ist falsch, das ist alles falsch ... so nicht«, keuchte Velvet im Todeskampf. Das entsprach nicht dem Drehbuch, das er für sein Leben entworfen hatte, in dem er ewig lebte und die Welt beherrschte. »So sollte ich nicht sterben. Für mich war etwas anderes vorgesehen ... etwas ... Cineastisches.«

Er blickte seiner Schöpfung durch die Löcher der Maske in die Augen. »Bring sie um, Machine, bring sie alle um!«

8. Kapitel

Die Entscheidung

Tom spannte jeden Muskel an, um näher an den Tisch zu gelangen, und kugelte sich dabei fast den Arm aus. Die Anstrengung zusammen mit den Schmerzen der gebrochenen Nase und des verletzten Gesichts waren kaum auszuhalten. Trotzdem war er unermüdlich. Er krallte sich mit den Fingern in den Boden, so daß seine Nägel brachen und die Haut aufgeschürft wurde. Zentimeterweise kam er, das Gestell im Schlepptau, voran. Tom hatte den Tisch fast erreicht.

Aber er war noch nicht nahe genug. Poole, der aus seiner Erstarrung erwacht war, bemerkte, was er da tat, und rannte zu ihm. Er holte mit dem Bein weit aus, um ihn zu treten. Diesmal traf er ihn mit seinem schweren Schuh voll in die Rippen. Tom stürzte nach vorne und fiel flach auf den Boden. Stöhnend sah er auf und erblickte Machine, der sich ihm mit dem Messer in der Hand näherte und Velvets letzten Befehl ausführen wollte. Mit seiner unheimlichen Maske wirkte er nicht mehr wie ein Mensch, sondern wie ein Monstrum, die schlurfende Verkörperung von Gewalt und des Bösen.

Tom sah sein Ende, das Ende von allem, kommen. Er erhob sich auf die Knie und senkte den Kopf, als ob er sich in das Unvermeidliche fügen wollte. Doch was seine Angreifer nicht ahnten: Eine letzte Chance hatte er noch.

Seine Angst war zwar echt, aber die demütige Haltung nur gespielt, Tarnung dessen, was er wirklich vorhatte. Seine freie Hand schlüpfte in die Jackentasche und umklammerte die kleine Waffe, die er im Kofferraum gefunden hatte. Es war eine Schere, die er sonst zum Zuschneiden der Abzüge aus dem Vergrößerer benutzte. Die Scherenblätter waren nicht sehr lang, aber dafür scharf. Wenn er nur die Schere in der Hand verschwinden lassen konnte, bevor Poole oder Machine ihn dabei ertappten!

»Bitte«, flehte Tom Machine an, der jetzt fast neben ihm stand. »Bitte bring mich nicht um!« Seine Finger umschlossen die Schere in seiner Jackentasche.

Seine Rechnung schien aufzugehen, denn der Maskierte bemerkte nicht, was er wirklich im Sinn hatte. Er packte Tom an den Haaren und zog seinen Kopf zurück, damit die Kehle seines Opfers frei lag. Dann holte er mit dem Messer weit aus.

Tom stieß den ganzen Körper nach oben. Immer noch auf den Knien, erhob er sich. Mit einem lauten Schrei der Angst und der Wut bohrte er die Schere so tief er konnte in Machines Bauch.

Machine brüllte vor Schmerz. Er fiel auf den Rücken und umfaßte mit beiden Händen seinen Bauch. Das Bowiemesser war zu Boden geglitten. Poole riß entsetzt die Augen auf. Was zum Teufel war hier los? Machine lag am Boden, nicht tot, aber offenbar komplett außer Gefecht gesetzt. Er selbst schien als einziger noch übrig zu sein. Es war also an ihm, dieses hinterhältige Arschloch von Welles zu kriegen!

Tom registrierte, was in Poole vorging, und war gewappnet, als dieser auf ihn losstürmte. Keiner von ihnen beiden hatte mehr eine Waffe, aber Tom war noch mit den Handschellen ans Bett gefesselt, während Poole vorhatte . . . nein, begierig darauf war . . . ihn zu treten, zu schlagen, ihm die Augen auszuquetschen. Wie leicht konnte er Tom mit bloßen Händen umbringen, und wie sehr würde er das genießen!

Tom mußte unbedingt irgendwo eine Waffe in die Hand bekommen. Mit dem letzten Quentchen Kraft kam er auf die Füße und kippte das schwere Bettgestell auf die Seite. Die Matratze rutschte herunter. Jetzt hatte er nur noch mit dem Rahmen zu kämpfen. Heftiger Schmerz durchzuckte Toms Nacken und Schultern. Aber das Bett war jetzt etwas leichter, und er war nahe genug an Machine, um ihm das Messer aus der schlaffen Hand zu reißen. Er zückte es in Pooles Richtung.

»Zurück, Eddie!«

Um seine Haut in Sicherheit zu bringen, trat Poole ein paar Schritte zurück. Sein Blick schweifte zu der Stelle, wo seine Pistole lag, am anderen Ende der Halle. Doch auf dem Tisch, gleich neben der Eingangstür, lag Toms Waffe, der sie auf Velvets Geheiß vor Ewigkeiten, wie es ihm schien, dort hingelegt hatte. Die passende Munition lag daneben.

In Pooles Kopf tobte ganz offensichtlich ein Widerstreit: Für welche Waffe sollte er sich entscheiden? Wo war das Risiko größer?

Poole entschloß sich und sprintete zu seiner Kanone. Tom nutzte die Gelegenheit, um sich und das Bett mit Hilfe seiner freien Hand zu dem Tisch zu schleppen. Wenn er an seine Waffe herankam, bevor Poole die andere Seite der Halle erreicht hatte, und sie laden konnte, hatte er noch eine Chance, zu überleben. Eine sehr, sehr kleine Chance.

Sein Körper tat schrecklich weh, und sein Gesicht schmerzte dort, wo Pooles Tritte ihn getroffen hatten.

Mit übermenschlicher Anstrengung zerrte Tom das Bett einen Meter näher an den Tisch und streckte die Hand nach der Waffe aus. Als er sie ergreifen wollte, kippte der Tisch um, und die Patronen verstreuten sich auf dem Boden und rollten in alle Richtungen.

Poole hatte die Rückwand der Halle noch nicht erreicht. Die Lagerhalle war groß, und er hatte noch sechs, sieben Meter vor sich. Poole war außer Atem, aber die Angst trieb ihn vorwärts.

Es war ein Wettlauf gegen die Zeit. Tom hatte nur eine Hand frei, und die Kugeln lagen überall verstreut. Es gelang ihm, die Waffe zwischen die Knie zu klemmen und die Kammer zu öffnen. Hektisch blickte er sich um: eine einzige Kugel in Reichweite.

Mit seinem freien Arm versuchte er nach ihr zu greifen. Wenige Zentimeter fehlten. Schweiß rann über sein Gesicht. Er vermischte sich mit dem Blut aus seinen Wunden, tropfte ihm in die Augen und vernebelte seinen Blick. Endlich, nach einer Ewigkeit, gelang es ihm, die Patrone in die Kammer zu schieben.

Poole hatte seine Waffe fast erreicht. Im selben Moment ließ Tom seine Pistole zuschnappen. Sie war schußbereit. Machine lag auf den Knien, zog sich die Schere aus dem Bauch und stöhnte vor Schmerzen.

»Stop, Eddie!« schrie Tom. Er hievte sich auf die Beine und zielte auf Poole.

Doch der lief keuchend weiter. Er war nur noch eine Handbreit von seiner Waffe entfernt. Tom spannte den Hahn, die Waffe klickte.

»Wenn du nicht sofort stehenbleibst, schieße ich!« brüllte Tom. In letzter Sekunde blieb Poole stehen, die Hände erhoben, die Augen starr auf seine Waffe auf dem Boden gerichtet. Tom war klar, daß er insgeheim das Risiko abschätzte. Er wußte mit Sicherheit, daß

Toms Waffe nicht voll geladen sein konnte. Er hatte schließlich gehört, wie die Patronen heruntergefallen waren.

Er hatte leider verdammt recht, dachte Tom. Das fette Schwein könnte durchaus Glück haben und was würde dann aus ihm? Leichte Beute mit leerer Kanone! Spontan traf er eine Entscheidung. Er richtete die Waffe auf Machine.

»Komm sofort zurück, oder ich erschieße Machine!« drohte er Poole.

Dieser zögerte. Was zum Teufel bedeutete es schon für ihn, wenn Welles Machine umlegte? Der war sowieso nur ein Trottel, ein Nichts, jetzt wo Velvet tot war. Sollte Welles ihn doch erschießen! Wen kümmerte das schon? Im Gegenteil, es würde die Sache nur erleichtern. Wenn Machine erst mal aus dem Weg war, würde er diesen Scheißtypen ganz gemütlich umbringen können. »Hör zu, Poole. Wenn du Glück hast, kriegst du deine Knarre wieder. Aber in dem Moment ist Machine tot. Oder«, fuhr Tom grimmig fort, »wenn du Pech hast, und ich ihn *nicht* treffe, bist du spätestens dann dran, wenn er mich erledigt hat.«

Das war ein gutes Argument. Poole war überzeugt. Er machte kehrt und ging zurück zu den beiden anderen.

»Nimm die Maske ab«, befahl Tom dem Gorilla kalt.

Der Bullige schüttelte den Kopf. Er lag auf den Knien, Blut quoll überall heraus. Aber die Maske war sein Ein und Alles. Wie seine Messer. Ohne sie war er nichts.

»Nimm endlich die Scheiß-Maske ab!« brüllte Tom.

»Du hast nur eine Kugel, Kumpel«, sagte Machine erstaunlich hellsichtig.

Jetzt, da sogar er seine Situation gecheckt hatte, steckte Tom wirklich in der Klemme. Er hatte nur eine Kugel, aber zwei mordlustige Scheißkerle vor der Nase, die wie die Haifische nach seinem Blut gierten. Wenn Poole irgendwie seine Kanone in die Finger bekam, bevor Tom ihn erschießen konnte, würde es immer noch zwei mordlustige Scheißkerle geben, aber einer von ihnen wäre dann bewaffnet.

Wenn Tom mit seiner einen Kugel Poole umlegen würde, hätte er Machine auf dem Hals. Erschoß er Machine, würde Poole ihn kriegen. Egal, wie er es drehte und wendete, es war ein Teufelskreis.

Toms Blick flog vom einen zum anderen. Eine Kugel, zwei tödliche Feinde. Er zielte auf Machine, dann auf Poole, dann wieder auf Machine. Er warf einen Blick auf die Eingangstür, aber sie schien so weit weg, und er hing immer noch an dem verdammten Bett. Welche Wahl hatte er schon?

»Die einzige Wahl, die du noch hast«, sagte Machine genüßlich, als läse er Toms Gedanken, »ist, wer von uns beiden dich umbringen soll.«

Tom zog sich langsam zurück, das schwere Bett hinter sich herziehend. Plötzlich hatte er eine Idee: Er richtete den Lauf seiner Waffe auf die Handschellen und drückte ab. Das Schloß brach. Tom war endlich frei. Schnell kam er auf die Beine und stürzte zur Tür.

»Hol die Kanone!« bellte der schwerverletzte Machine Poole mit letzter Kraft an.

Poole gehorchte dem rauhen Befehl. Er stürzte zur Rückfront der Halle, um endlich seine Waffe zu holen, doch Tom war schon durch die Tür die Feuertreppe hinunter gepoltert und quer über das Kopfsteinpflaster zu seinem Wagen gerast. Sein Herz klopfte wie wild, aber er achtete nicht auf Anstrengung und Schmerzen. Er wollte endlich seinen Wagen erreichen und von diesem Schlachthaus wegkommen. Der Geruch von Blut hing ihm schwer in der Nase. Mit quietschenden Reifen entkam er der Hofeinfahrt und raste aus der engen Gasse heraus.

Poole, der hinter ihm hergelaufen war, hatte noch versucht, Blei in seinen Wagen zu pumpen. Aus vollem Halse hatte er geschrien: »Wir wissen, wo du wohnst! Wir wissen, wie deine Frau und deine Tochter aussehen! Wir kriegen dich!«

Tom hörte die Drohungen und die Kugeln. Er duckte sich, als sie in den Wagen einschlugen und die Heckscheibe zerschmetterten, aber er behielt den Fuß auf dem Gas und die Hände am Lenkrad.

Wie blind fuhr er weiter, enge Gassen entlang und breite Straßen, während seine wunden Arme den Wagen mühsam auf Zickzackkurs hielten, bis er in Sicherheit war. Er fuhr mit einer Hand am Steuer, die andere preßte er an sein blutendes Gesicht.

Er wußte, daß er vor allem auf den Weg zu achten hatte, doch das einzige, was Tom jetzt beschäftigte, waren seine Gedanken an Amy und Cindy. Er mußte seine Frau erreichen und sie und das Baby aus dem Haus kriegen, bevor Poole seine Schläger dorthin ordern konnte. Er mußte sie unbedingt in Sicherheit bringen. Tom zog sein Handy heraus und drückte die Speichertaste für seine eigene Nummer in Harrisburg.

Er konnte es klingeln hören und sandte ein Stoßgebet aus, daß Amy zu Hause wäre. Er stellte sich vor, wie sie in der Küche saß und Cindy fütterte. Vor seinem geistigen Auge erschien Amy wunderschön, zwar müde und besorgt, aber herzzerreißend in ihrer Schönheit. Ihre großen sanften Augen wirkten durch die dunklen Ringe darunter noch eindrucksvoller. Ihm war klar, daß er ein ganzes Stück Verantwortung für die dunklen Ringe trug.

Irgendwie mußte er seiner Frau klarmachen, daß sie

sofort das Haus verlassen mußte. Er hatte keine Zeit, ihre Fragen zu beantworten. Was sollte er ihr auch erzählen? Daß er alles vermasselt hatte, einen unschuldigen Jungen mit in diesen widerlichen Fall hineingezogen hatte und schuld war an seinem Tod? Daß er seine Familie in große Gefahr gebracht hatte – nur weil er auf Ruhm und großes Geld aus gewesen war? Longdales verächtliche Worte hallten in seinen Ohren wider: »*Ich habe Sie ausgesucht, weil Sie jung, nicht sehr helle und mit dieser Sache völlig überfordert waren. Ich hätte nie gedacht, daß Sie so weit kommen würden ... Es wäre nichts von all dem passiert, wenn Sie nur aufgegeben hätten. Oder noch besser, wenn Sie diesen dreckigen kleinen Job gar nicht erst angenommen hätten ...*«

Sollte er etwa seiner Frau erzählen, daß er seit Wochen nicht nach Hause kam, weil er von einem toten Mädchen besessen war? Daß er einen ekstatischen Tanz mit dem Teufel tanzte? Willkommen im Abort ...

»Hallo?« Beim Klang von Amys Stimme durchströmte ihn unendliche Erleichterung, aber er zwang sich, sachlich zu bleiben. Schließlich mußte er sie immer noch überzeugen.

»Amy, ich bin's. Hör genau zu –«

»Tom! Wo bist du?« Er hörte ihr überraschtes Keuchen.

»Amy, hör einfach nur zu. Nimm Cindy und verlaß das Haus. Sofort. Fahr dahin, wo wir das Wochenende am Unabhängigkeitstag verbracht haben.«

»Wieso? Was ist denn los?« Furcht schwang in ihrer Stimme mit. Tom klang so ernst, und was er sagte, machte ihr angst.

»Bitte, Amy«, flehte Tom und versuchte verzweifelt, ihr zu vermitteln, sie solle seine Anweisungen ohne Fragen befolgen. »Ich kann dir das jetzt nicht erklären. Benutz nicht das Telefon. Pack nur schnell eine Tasche und verschwinde. Ich treffe dich dort in drei Stunden. Geh *jetzt*!!!«

»Tom, du machst mir angst!«

»Tu es einfach, Amy, bitte geh!«

Am Ende des Gesprächs hatte Tom Amys Versprechen, ohne Zögern das Haus zu verlassen, aber er wußte, daß sie es nur aus Angst vor ihm tat. Mit eigenen Händen hatte er den hübschen Kokon zerrissen, der sein Zuhause gewesen war.

Der nächste Anruf kostete ihn ebenfalls große Kraft. Er mußte seiner Auftraggeberin eröffnen, was sie zu hören fürchtete, die schreckliche Wahrheit über den Snuff-Film, über den Tod des Mädchens, wie ihr geliebter Mann darin verwickelt war, und seine eigene Unfähigkeit, diese Verbrecher der Gerechtigkeit auszuliefern. Doch Tom hatte keine andere Wahl. Er beschloß, sie nicht zu schonen und ihr kurz und knapp alles Wesentliche zu berichten. Als er ihre flüsternde Stimme hörte, kam er gleich zur Sache.

»Mrs. Christian, hier ist Tom Welles. Longdale ist tot. Umgelegt von den Männern, die den Film gedreht haben. Er hat sie für Ihren Mann angeheuert. Und den größten Teil der Million in die eigene Tasche gesteckt. Der Film ist echt. Sie haben das Mädchen umgebracht.«

Als er fertig war, wartete er auf eine Reaktion, aber da war nur Stille. »Mrs. Christian?«

Die alte Frau saß reglos da, den Hörer noch am Ohr. Sie stand unter Schock und war völlig am Boden zerstört. Ihr Leben war gerade zerbrochen. Alle Regeln, nach denen sie immer gelebt hatte, galten plötzlich nicht mehr. »Ich bin noch da, Mr. Welles«, sagte sie schließlich.

»Es tut mir leid«, sagte Tom mit aufrichtigem Mitgefühl. »Ich weiß, daß das –«

»Sind Sie in Gefahr, Mr. Welles?«

Tom wich der Frage aus. In welcher Gefahr er sich auch befand, das sollte nicht Mrs. Christians Sorge sein.

»Wir müssen zur Polizei gehen«, sagte er widerstrebend. »Ich erzähle Ihnen heute abend alles, und wir können morgen früh die Polizei rufen. Wie wäre es mit acht Uhr?«

»Acht paßt mir gut«, sagte Mrs. Christian hölzern. »Danke. Oh, und Mr. Welles, wissen Sie, wie das arme Mädchen hieß?«

»Mary. Mary Anne Mathews.«

»Mary. Danke, Mr. Welles.«

Tom fuhr zügig zu dem Ort, an dem er sich mit Amy treffen wollte, und hielt nur einmal zum Tanken an. Sein Körper schmerzte, und seine Gedanken quälten ihn furchtbar. Er konnte ihnen einfach nicht entkommen. Während der dreistündigen Fahrt hatte er viel Zeit zum Nachdenken. Die Ereignisse der letzten drei Monate liefen in seinem Kopf ab wie ein Video, das er nicht anhalten konnte.

Innerlich wand er sich vor Schuldgefühlen. Er fühlte sich unmittelbar verantwortlich für Max' Tod. Statt ihm einfach nur das Geld zu geben, fand Tom jetzt, hätte er den Jungen zum Flughafen bringen und höchstpersönlich in die Maschine setzen sollen. Der Junge war unschuldig. Egal, wie dreckig die Welt war, in der er lebte, egal, wieviel Erfahrung er mit dem Abschaum hatte, seine Seele war unbefleckt geblieben. Max California war ein Zuschauer, ein Führer, aber kein Mittäter gewesen.

Wohingegen Toms Seele versehrt, verwundet und für immer verändert worden war. War sie auch verloren?

Während die Kilometer unter den Reifen seines Wagens dahinhuschten, konnte Tom es nicht verhindern, die Ereignisse der letzten Tage wieder und wieder vor seinem geistigen Auge vorbeiziehen zu sehen. Er war nicht mehr der Tom Welles, der vor nicht allzulanger Zeit den Fall Christian übernommen hatte. Dieser Tom hatte keine Ahnung gehabt, weder vom wahren Leben noch von sich selbst. Sein ganzes Leben lang hatte er es verdrängt, die dunkleren Bereiche in sich selbst zu betrachten. Statt dessen hatte er sich darauf konzentriert, Erfolg zu haben, gute Zensuren zu bekommen, Amy dazu zu bewegen, ihn zu heiraten, vorwärts zu kommen und Geld zu verdienen. Mit seinem beruflichen Aufstieg war er sehr zufrieden gewesen. Er hatte immer geglaubt, daß Vorwärtskommen der Sinn des Lebens war und daß es für ein gutes Leben ausreichte, einfach nur nichts Böses zu tun. Er hatte sich immer für einen ziemlich guten Menschen gehalten.

Was für ein feiger Narr er gewesen war! Das Böse war überall in der Welt, und wer es mied, erlaubte ihm nur, zu wachsen und zu gedeihen und seine Tentakel überallhin auszustrecken. Die langgehegte Vorstellung vom guten Menschen Tom Welles stürzte wie ein Kartenhaus vor seinen Augen zusammen. Der Teufel tanzt, wie der arme Max gesagt hatte, und er tanzt mit *dir*.

Er war ein anderer geworden, ein Mensch, der bereit war zu töten, der die Finsternis von Besessenheit und Haß kennengelernt hatte. Er hatte noch kein genaues Bild von diesem Mann, aber ihm war klar, daß dies der neue Tom Welles sein mußte.

Wie Dante hatte Tom eine Reise in die Unterwelt unternommen, war immer tiefer gestiegen: durch die oberen Kreise mit bizarrem Sex zwischen willigen Erwachsenen weiter nach unten an Sadomasochismus und

Voyeurismus von sexuellen Außenseitern vorbei, tiefer und tiefer in ein unvorstellbares Reich, wo Menschen töteten um des Vergnügens willen, Unschuldige opferten, während andere Millionen dafür bezahlten, beim Morden zusehen zu können. War das der unterste Kreis der Hölle? Oder ging es noch weiter hinab? Tanzte der Teufel immer noch mit Tom Welles?

Toms erster Gedanke galt der Sicherheit seiner Familie. Er würde keine Ruhe finden, bevor er sie nicht sicher in den Armen hielt. Als er von der Schnellstraße auf die Nebenstrecke abbog, die durch den Wald zu Gregs Landhotel führte, verspürte Tom einen Stich heftiger Besorgnis. Wenn nun Amy und Cindy auf dem Weg hierher etwas passiert war?

Greg und Mina standen auf der Straße vor ihrem Büro und winkten fröhlich, als er vorbeifuhr. Ein gutes Zeichen! Tom fuhr den halben Kilometer weiter in den Wald zu dem Häuschen, in dem Amy und er immer Ferien machten. Er stellte den Wagen ab, sah sich um, doch er erblickte niemanden. Er klopfte. Die Tür öffnete sich einen Spalt, offenbar war die Kette von innen vorgelegt.

Als Tom Amys Gesicht in der schmalen Öffnung erkannte, platzte er beinahe vor Erleichterung und Glück. Er bemerkte, daß sie schlecht aussah und ihre Augen von dunklen Ringen umschattet waren.

Als sie die Tür ganz öffnete, riß er sie ungestüm an sich und küßte sie über und über, die Wangen, die Augen, die Lippen, die Haare. »Ich bin so froh, daß du in Sicherheit bist!«

Amy schob ihn von sich, um ihn besser ansehen zu können. Sie unterdrückte einen Schrei des Entsetzens. »Tom? Was ist passiert?« Schockiert von seinem Aussehen, streckte sie die Hand aus und berührte vorsichtig sein verletztes Gesicht. Es war über und über bedeckt von blutigen Krusten und stark geschwollen.

Er versuchte zu lächeln. Sein Gesicht pochte wie verrückt. »Berufsrisiko«, antwortete er lächelnd.

Amy blickte ihn zweifelnd an. »Bist du sicher, daß alles in Ordnung ist?«

»Ja, Liebste.«

Doch plötzlich stieg die Wut in ihr hoch. »Warum hast du nicht angerufen?« warf sie ihm vor. »Warum bist du einfach verschwunden? Warst du eingesperrt? Gefesselt? Konntest du nicht telefonieren?«

Das Baby begann zu weinen, erschreckt durch die wütende Stimme seiner Mutter. Tom nahm Cindy auf den Arm und versuchte sie zu trösten.

»Du hast vollkommen recht«, sagte er reumütig zu seiner Frau. Es schmerzte ihn, Amy all das antun zu müssen, aber er konnte ihr noch immer nicht die schrecklichen Einzelheiten erzählen, ohne die sie seine Handlungsweise nicht verstehen konnte.

Amy wartete ab, ob er weitersprach, aber Tom schwieg. Sie nahm ihm das Kind ab.

»Das reicht nicht, Tom«, sagte sie barsch. »Nicht mehr.«

Er ging in das kleine Bad und fing an, sich das Blut vom Gesicht zu waschen. Er zuckte vor Schmerz zusammen.

»Amy, ich lasse es nicht zu, daß uns etwas passiert«, begann er.

Aber Amy war keineswegs überzeugt. »Sieh dir an, wo wir jetzt sind! Sieh dich selbst an! Du Mistkerl, du hast ja keine Ahnung, was ich durchmachen mußte! Ich wußte überhaupt nicht, was mit dir passiert ist!«

»Amy –«, er wollte sie wieder in den Arm nehmen, aber sie entwand sich mit trotziger Miene und wütend zusammengepreßten Lippen.

»Wir müssen ein paar Tage hier bleiben, nur ein paar Tage. Es tut mir leid, aber es geht nicht anders. Ich kümmere mich um alles. Ich schwöre es, Liebste, ich schwöre es.«

Sein zerschlagenes Gesicht war ernst, sein Blick suchte den ihren, bemüht, sie von seiner Aufrichtigkeit zu überzeugen.

Aber Amy ließ sich nicht beruhigen. Sie spürte, daß Tom ihr nicht reinen Wein eingeschenkt und ihr im Grunde gar nichts gesagt hatte. Warum vertraute er ihr nicht? Warum sah er nicht, wie sehr sein Mißtrauen sie verletzte, sie beide verletzte?

Das Baby spürte ihre Spannungen und fing an zu wimmern. Amy nahm es aus dem Bettchen und wiegte es. Tom zerriß es das Herz, als er sie so dastehen sah, und er schlang seine Arme um beide. Lange standen sie so zu dritt als eine Einheit, eine liebende Familie.

»Ich muß weg«, sagte er schließlich widerstrebend.

Amy schüttelte sofort Toms Arme ab. »Wohin?« wollte sie wissen.

»Zu Mrs. Christian. Sie ist die einzige Zeugin.«

»Wovon?«

Von mörderischer Grausamkeit und einer Niedertracht, die du dir nicht vorstellen kannst, liebste Amy. Wie könnte er ihr das je erklären? Er würde es nicht können. Er konnte nur versuchen, sie zu beruhigen.

»Uns wird schon nichts passieren.«

Aber er war alles andere als sicher, ob er selbst daran glauben sollte.

Welles ließ seinen Wagen in der Auffahrt stehen und klopfte an die Tür des Herrenhauses. Der Butler öffnete ihm. »Tom Welles«, stellte er sich vor. »Mrs. Christian erwartet mich.«

»Ja, sie hat Anweisungen hinterlassen«, sagte der Butler ernst, ließ ihn aber nicht eintreten.

»Ich muß sie sofort sehen.«

Das Gesicht des Butlers verzog sich. »Mrs. Christian hat sich heute nachmitag das Leben genommen, Mr. Welles.« Jetzt erst bemerkte Welles die Trauerbinde am rechten Ärmel seines schwarzen Rocks.

Er war wie betäubt. »Aber ich habe doch gerade ... nein, das ist nicht möglich ... Ich habe doch vorhin noch mit ihr gesprochen.«

Der Butler brachte zwei dicke Umschläge zum Vorschein und gab sie ihm.

»Mrs. Christian hat angeordnet, daß dieser Umschlag ›Marys Familie‹ übergeben werden soll. Sie hat geschrieben, daß Sie es schon verstehen würden. Und der zweite ist für Sie. Die Trauerfeier findet nächste Woche statt, wenn Sie ihr die letzte Ehre erweisen wollen. Es tut mir leid, Sir. Guten Abend, Sir.«

Höflich, aber bestimmt schloß der Butler die Tür und ließ ihn auf den Stufen stehen.

Es war unbegreiflich. Tom konnte es nicht fassen. Wie im Traum ging er die Stufen hinunter zu seinem Wagen. Er konnte Mrs. Christian förmlich sehen, wie sie sich selbst zerstörte, so wie ihre Welt zerstört worden war. Ihre Würde bliebe nun unberührt, und nichts war einer Frau wie ihr wichtiger. Jetzt würde niemand zur Polizei gehen, es würde keinen Medienrummel geben, keine öffentliche Preisgabe der geheimen Laster ihres Mannes.

Im Auto öffnete Tom den Umschlag, der für ihn bestimmt war. Er zog eine Karte heraus, auf der in einer vornehmen, etwas zittrigen Schrift folgende Worte standen: »Mr. Welles, es tut mir leid. Versuchen Sie, uns zu vergessen.«

Außerdem entdeckte er einen Packen Geldscheine in dem Umschlag. Er zählte sie nicht, aber es mußte viel Geld sein, viel mehr, als er erwartet hatte. Er war tief getroffen und wie betäubt. Das Geld bedeutete ihm nichts. Mrs. Christian war tot, und mit ihr war seine letzte Verbindung zum Mordfall Mary Anne Mathews gestorben.

Tom verbrachte eine schlaflose Nacht. Er lag ganz still, um seine Frau und das Kind nicht zu stören. Amy lag ausgestreckt neben ihm, eine Hand an den Kissen, die Cindy vor dem Hinausfallen schützen sollten. Beide schliefen sie tief und fest. Kurz vor der Morgendämmerung stand er auf, ohne sie zu wecken, und zog sich schnell und leise an.

Als er sein Hemd zuknöpfte, blickte er auf das schlafende Baby hinunter, auf ihr süßes, unschuldiges Gesicht. So hatte Mary Anne auch einmal ausgesehen, auch ihr Gesicht war süß und unschuldig gewesen, ihre Augen hatten vertrauensvoll geblickt. Genau wie die Augen seiner Cinderella, wenn er sie auf den Arm nahm. Zweifellos hatte Mary Annes Mutter mit derselben Liebe und Hoffnung auf das Gesicht ihres Kindes geschaut. Woher hätte sie es wissen können? Wie hätte Janet voraussehen sollen, welches schaurige Schicksal ihr kleines Mädchen erwartete? Wie hätte sie sie davor schützen können?

Und wie konnte er, Tom Welles, seine Familie schützen, seine eigene kleine Tochter?

Der Fall war abgeschlossen. Es gab keine Beweise mehr, keine Zeugen. Er war bezahlt worden, großzügig sogar. Dank Mrs. Christian hatten Amy und er genug Geld, um Harrisburg zu verlassen und woanders ein neues Leben beginnen zu können. Irgendwo, wo Eddie Pooles Drohungen sie nicht erreichen konnten. Dino Velvet war tot, Daniel Longdale war tot. Der arme Max war tot. Waren Tod und Teufel noch immer nicht zufrieden? War es jetzt nicht endlich genug?

Tief aus dem Inneren seiner Seele erhielt er die Antwort. Nein, es war nicht genug, er konnte noch nicht aufhören. Er war gezwungen, diesen Fall bis zum bitteren Ende durchzuziehen. Was auch immer das bedeuten mochte. Solange dieser dreckige Pornoproduzent Poole, solange das tödliche Monstrum Machine frei herumliefen, war der Fall Mary Anne Mathews nicht abgeschlossen und Tom Welles nicht fertig mit seiner Arbeit.

Welcher Tom Welles hatte diese Entscheidung nun getroffen, der gute oder der böse, der alte oder der neue, ihm selbst noch unbekannte? Handelte er aus einem Gefühl für Gerechtigkeit heraus oder aus gottverdammter Rache? Er wußte es nicht. Vielleicht würde er es nie herausfinden. Was ihn antrieb, blieb in seinem Unterbewußtsein verborgen, aber der Antrieb selbst war fest und stark. Sein Entschluß stand fest. Er war sich vollkommen sicher – so wie er sicher war, keine andere Wahl zu haben. Er fing an, seine Tasche zu packen.

»Was machst du da?« fragte Amy plötzlich. Sie war wach, stand in der Tür des kleinen Schlafzimmers und sah ihrem Mann beim Packen zu.

»Ich muß wieder zurück«, sagte Tom ruhig.

»Zurück? Wohin?!« keuchte seine Frau. »Tom, wo immer du auch gewesen bist, was immer es war, vergiß es! Du bleibst hier, bei uns!«

»Ich kann nicht«, antwortete Tom unglücklich.

»Du setzt uns aufs Spiel? Deine Familie?« Amys Worte erstarben in einem Schluchzen, das in ihrer Kehle aufstieg. »Warum, Tom?!«

Er sah seiner Frau in die Augen. Er las Wut und Schmerz in ihnen.

»Ich kann nicht, das sage ich doch. Ich habe keine

Wahl. Es gibt keinen mehr außer mir, der diese Geschichte beenden kann. Ihr seid hier bei Greg und Mina sicher.«

Amy schüttelte den Kopf. »Wenn du zurückkommst, sind wir vielleicht nicht mehr da.« Sie klang verbittert und resigniert, was schlimmer für ihn war als ihre Wut.

Er gab ihr den Umschlag von Mrs. Christian. »Hier. Das ist Geld für Cindys Ausbildung und noch mehr.«

Amy hielt den Umschlag in der Hand, ohne einen Blick darauf zu werfen. Er strich über ihr dunkles Haar, sanft und mit unendlicher Liebe, aber sie reagierte nicht. Dann schulterte er seine Tasche und ging zur Tür. Ein letztes Mal sah er sie an.

»Bitte vergib mir.«

Amy reagierte nicht. Leise schloß er die Tür hinter sich.

9. Kapitel

Das Haus des Todes

Tom ging präzise und zielstrebig vor, getrieben von Zweifeln und Schuldgefühlen. Er fuhr in Richtung Flughafen. Er mußte eine Sache nach der anderen erledigen. Und die erste war Eddie Poole. Tom mußte ihn erwischen, bevor er endgültig in der schmierigen Anonymität des Porno-Untergrunds verschwunden war.

Auf dem sechsstündigen Flug nach Los Angeles versuchte Welles, sich eine Mütze Schlaf zu holen. Er konnte sich nicht entsinnen, wann er sich das letzte Mal richtig ausgeruht hatte. Und er hatte noch einen weiteren Höllentrip vor sich. Er rollte die Jacke zu einem behelfsmäßigen Kissen zusammen und schloß die Augen. Wieder spulte sich in seinem Kopf der Film der zurückliegenden Ereignisse ab. Er mußte an den Porno-Flohmarkt denken, die schleimigen Hardcore-Händler, den Snuff-Film, das Lagerhaus, die blutigen Leichen von Dino Velvet, Longdale und an Max. Er sah Max' klaffende Halswunde vor sich – wie ein grausiges, deplaziertes Grinsen hatte sie ausgesehen. Tom wand sich unruhig auf seinem unbequemen Kissen, doch er wurde die schauerlichen, quälenden Gedanken nicht los.

Er hatte diesen Fall ursprünglich aus Geldgründen angenommen und weil er geglaubt hatte, er könnte seiner

Karriere förderlich sein. Seine Stärken hatte er zu seinem eigenen Vorteil eingesetzt. Warum auch nicht? Dafür wurde er schließlich bezahlt. Und er hatte Stärken, da konnte dieser Scheißkerl von Longdale sagen, was er wollte. Tom wußte, daß er gute Arbeit leistete.

Aber ab einem gewissen Punkt hatte sich die ganze Sache plötzlich verselbständigt. Er hatte sich immer mehr in das schmutzige Geschäft mit der Pornografie verstrikken lassen. Er, der seine Gefühle im Beruf sonst immer unter Verschluß hielt, war auf einmal gefühlsmäßig beteiligt gewesen. Der Fall fing an, ihn persönlich zu berühren, und jetzt steckte er drin bis zum Hals. Bisher hatte er es vermieden, über die Gründe dafür nachzudenken. Die Erklärung, daß er Mitleid für Mary Anne Mathews und deren Mutter und überhaupt für alle mißbrauchten Kinder dieser Welt empfand, war viel einfacher. Ein ehrbares Gefühl. Thomas Welles – der große Held, ein rechtschaffener Kerl.

Die andere Seite der Medaille hatte er bisher standhaft ignoriert: Jeder – er eingeschlossen – war imstande, Böses zu tun. Er konnte sich nicht vorstellen, wie weit er gehen würde, wenn er mit dem Rücken zur Wand stand. Vielleicht würde er das ja ergründen können, sobald er Poole ausfindig gemacht hatte.

Über diesen Gedanken schlief Welles endlich ein. Er wachte erst auf, als die Maschine von der Landebahn zum Flugsteig rollte. Steif und erschöpft unterschrieb er den Vertrag für einen Mietwagen. Bevor er die Schnellstraße erreicht hatte, ein paar Kilometer vom Flughafen entfernt, hielt er an, um sich an einem Imbiß einen riesigen Becher schwarzen Kaffee zu holen. Das kochendheiße Getränk schlürfend, fühlt er sich allmählich besser, und ohne weiteren Zwischenstop fuhr er in die Innenstadt von L. A. zu Eddie Pooles Büro.

Die Bürotür von *Celebrity Films* war verschlossen. Tom hatte nicht die Geduld, das Schloß zu knacken, außerdem mußte er überschüssige negative Energie loswerden. Er blickte sich um, ob auch niemand im Flur zu sehen war, dann nahm er zwei Schritte Anlauf und trat die Tür ein. Glas splitterte. Er griff hindurch und öffnete die Tür von innen.

Die Räume waren leer und verlassen. Tom ging ins hintere Büro, das er ebenfalls ausgeräumt vorfand. Die Schreibtischschubladen standen offen – leer. Die Videobänder waren von den Regalen verschwunden, auf denen nur noch Staub lag. Die Filmplakate für die Produktionen von *Celebrity Films* waren abgehängt. Auf dem Fußboden lag jede Menge Müll, darunter auch Pooles Visitenkarten. Welles riß die Aktenschränke auf. Auch sie waren leer. Poole hatte sich ganz offensichtlich aus dem Staub gemacht. Fluchend schleuderte Tom die leeren Schubladen durchs Büro.

Der Porno-Produzent war wahrscheinlich längst auf der Flucht. Welles fiel nur noch ein Ort ein, wo er ihn eventuell finden konnte. Vielleicht hatte er Glück, und Poole hatte zuerst das Büro leergeräumt – womöglich traf er ihn zu Hause an.

Er raste mit seinem Wagen durch Hollywood Hills bis zum anderen Ende der Stadt. An der gleichen Stelle wie beim ersten Mal stellte er das Auto unweit von Pooles Haus ab, so daß er vom Fenster aus nicht zu sehen war. Augen und Ohren offen, kroch er auf allen vieren den Hügel hoch. Er hörte laute Geräusche – und tatsächlich, Poole war gerade dabei, seinen klapprigen Wagen unter dem überdachten Stellplatz vollzuladen. Ganz offensichtlich hatte er es eilig, denn er schleuderte seine Klamotten ohne Koffer auf den Rücksitz. Der Kofferraum war bereits voll mit Videos, Kameras, Stativen und anderem Filmgerät, und auf dem Rücksitz stapelten sich Kisten.

Poole verschwand im Haus und kam kurz darauf über und über bepackt wieder. Anscheinend wollte er nichts zurücklassen. Als er alles abgeladen und den Kofferraumdeckel zugeknallt hatte, trat Welles mit gezückter Waffe aus dem Schatten.

»Hallo, Eddie«, sagte er.

Poole schien von seinem plötzlichen Auftauchen gar nicht überrascht. Instinktiv flog sein Blick zum Fahrersitz, auf dem seine Waffe lag. Welles folgte seinem Blick.

»Nichts da, Eddie! Hände über'n Kopf«, befahl er. »Auf die Knie. Sofort.«

Murrend folgte Poole seiner Anweisung und ließ sich langsam auf die Knie sinken. Beim Anblick des schweißüberströmten Gesichts und der wuchtigen Gestalt wurde Welles von unbändigem Haß gepackt. Er faßte die Pistole fester, seine Kiefermuskeln traten hervor. Er ging auf Poole zu und trat ihm heftig in die Rippen. Der Fettwanst sackte zusammen, Tom beobachtete voller Genugtuung, wie sich Schmerz auf seiner Miene abzeichnete.

»Auf den Bauch«, befahl er barsch. »Verschränk die Hände im Nacken.«

Der Pornofilmer gehorchte und legte den Kopf auf das Pflaster. »Gemütlich, was?« grinste Tom.

»Leck mich!« Eins mußte man Poole lassen, er war nicht leicht einzuschüchtern.

Die Pistole auf Poole gerichtet, langte Tom in den Wagen, zog den Schlüssel aus dem Zündschloß und steckte ihn in die Hosentasche. Dann griff er nach Pooles Waffe und nahm das Magazin heraus. Er kickte es unters Auto und warf die Waffe in einen Mülleimer neben dem Stellplatz. Schließlich wandte er sich seinem Opfer wieder zu, das immer noch auf dem Boden lag und wie eine Sau in den Wehen schwitzte.

Tom stellte seinen Fuß auf Pooles Nacken und drückte sein Gesicht noch fester auf den Boden. Ein geradezu erregendes Machtgefühl durchströmte ihn angesichts Pooles Hilflosigkeit. Er genoß die Situation, nahm sich aber keine Zeit, dieses Gefühl zu hinterfragen. Sein zerschundenes Gesicht und sein verletzter Körper trugen noch die schmerzlichen Spuren von Pooles sadistischer Mißhandlung. Welche Qual hatte er ihm zugefügt! Jetzt war Eddie dran. »Und, merkst du jetzt, wie sich die Geschichte wiederholt?«

»Was zum Teufel willst du von mir?« wollte Poole wissen.

»Wer ist Machine? Wo wohnt er?«

»Verdammt, ich weiß es nicht!«

»Sag mir seinen Namen!« Tom drückte den Fuß noch fester in seinen Nacken. Der Fette grunzte vor Schmerz.

»Ich hab doch gesagt, ich weiß es nicht«, beharrte er.

Tom nahm den Fuß weg und bohrte den Absatz nun fest in Pooles Handrücken. »Ich werde nie müde werden, dich zu quälen, Eddie«, drohte er leise.

»Weshalb sollte ich dieses verdammte Arschloch dekken?« begehrte Poole auf. »Ich hatte nichts mit ihm zu tun, nur Dino. Er hatte die Maske auf, wenn er kam, und behielt sie die ganze Zeit über auf. Niemand weiß, wer er ist.« Poole überlegte kurz. »Kommt irgendwo aus New York.«

»Okay.« Welles nickte. »Darüber sprechen wir noch. Longdale hat sich also mit dir in Verbindung gesetzt, und du hast Dino Velvet und Machine dazugeholt. Ihr drei habt das Mädchen umgebracht.«

»Dreißigtausend für jeden von uns, dieser verdammte Schwanzlutscher«, grummelte Poole übellaunig und dachte an die Million, die es eigentlich hätte sein müssen.

»Mehr war's nicht?« zog Welles ihn auf. »Dafür habt ihr sie umgebracht?«

»Dreißigtausend ist auch viel Kohle«, verteidigte sich Poole.

Er durfte jetzt aufstehen, aber Tom befahl ihm, die Hände im Nacken verschränkt zu lassen. Erbarmungslos setzte er seine Befragung fort.

»Und Mary Anne Mathews habt ihr als Opfer ausgesucht ... weshalb eigentlich? Hat sie einfach Pech gehabt und war zur falschen Zeit am falschen Ort?«

»So ungefähr«, gab Poole zu.

»Los, steig ein. Ich will wissen, wo ihr sie umgebracht habt.«

Tom schob ihn auf den Beifahrersitz des vollbeladenen Wagens und drückte ihm den dicken Straßenatlas von Los Angeles, der auf dem Armaturenbrett lag, in die Hand.

»Du zeigst mir jetzt ganz genau, wo ihr sie umgebracht habt.«

»Wieso?«

»Weil ich es wissen will.«

Nachdem er die Adresse des Mordhauses mit brutaler Gewalt aus Poole herausgepreßt und ihn zur Sicherheit zu seinen Sachen in den Kofferraum verfrachtet hatte, startete Tom den Wagen. Fast eine Stunde lang fuhr er mit Hilfe der Landkarte über ausgestorbene Straßen immer weiter in die Berge hinein. Im Westen vor ihm stand die Sonne tief am Himmel. Schließlich versank sie. Es gab rundherum nichts zu sehen. Das war Coyotenland, nichts als Gestrüpp und Buschwerk.

Endlich kam er zu einer überwucherten Einfahrt, die mit einer rostigen Kette versperrt war. Daran hing ein

Schild: *Einsturzgefahr. Betreten verboten.* Langsam fuhr Tom weiter. Die Kette verfing sich an der Kühlerhaube, und er trat aufs Gaspedal. Das Auto schoß nach vorn, die Kette zersprang. Er fuhr die Einfahrt hoch, und bald tauchten vor ihm die Überreste eines uralten Motels auf.

Die Wände waren mit Graffitis überzogen. Im schwindenden Tageslicht konnte Tom Straßennamen, Gang-Abzeichen und obszöne Zeichnungen erkennen. Die Fenster waren ausnahmslos kaputt, an den Außenwänden fehlten Bretter, lose Ziegel waren vom Dach gefallen und lagen zerbrochen im Hof. Das Motelschild baumelte mit einer Ecke an einem Scharnier. Über dem verfallenen Gebäude lag ein durchdringender, widerlicher Geruch nach Stinktier und Luchs.

Tom stellte den Motor ab, machte die Scheinwerfer aus, stieg aus dem Wagen und reckte sich. Es war eine lange Fahrt gewesen. Dann schaute er im Kofferraum nach Poole. Er hatte ihn mit dickem Isolierband geknebelt und ihm die Arme hinterm Rücken zusammengebunden. Tom zog ihn aus dem Kofferraum und stieß ihn, die Pistole in seinen Rücken gebohrt, vor sich her.

Poole führte ihn zu Zimmer 3, wo nach seinen Angaben der Snuff-Film entstanden war.

Im Schein der kleinen Taschenlampe sah Tom sich um. Das Zimmer war leer und verfallen, Löcher waren zuhauf in Wänden und Decke. Auf dem Boden lagen vom Wind hereingewehte Blätter. Als einziges Möbelstück befand sich ein klappriger, umgefallener Stuhl in dem Raum. Doch auch ohne Möbel kam Tom das Zimmer irgendwie vertraut vor. Ein kalter Schauer lief ihm über den Rücken. Er war sich sicher: Hier hatte Mary Annes Leben sein grausiges Ende gefunden.

Tom hob den Stuhl auf, stellte ihn in die Mitte und

stieß Poole darauf. Dann riß er ihm ohne Vorwarnung das Isolierband vom Mund. Der Fette wimmerte vor Schmerz. Aber Tom hatte kein Mitleid. Poole sollte jetzt endlich auspacken.

»Hast du sie beschwatzt, Eddie? Hast du ihr erzählt, wie schön sie ist und daß du sie zum Star machst?«

»Was zum Teufel willst du eigentlich von mir?« Poole wurde unruhig.

»Ich will es wissen«, beharrte Tom.

»Das war doch bloß irgend 'ne Fotze von der Straße. Der sah man doch schon an, daß die kein Mensch vermißte. Kein Hahn hat nach der gekräht.«

Mit einem Grinsen, das in seiner Grausamkeit und wegen der Unmenge von Zähnen an einen Hai erinnerte, sah er Tom an.

»Du hast recht. Ich hab ihr genau das erzählt, was sie immer schon hören wollte. Danach war sie reif für die Probeaufnahmen, also rief ich Dino an, und das Team kam her. Was willst du denn noch wissen?« schrie er plötzlich. »Du hast's doch selbst gesehen, du hast doch den Film gesehen . . .«

»Und niemand hat bemerkt, wie ihr sie hergebracht habt?« fiel Welles ihm ins Wort.

»Wer soll uns in diesem Scheißloch schon gesehen haben? Sie fing an zu heulen, als sie Machine in der Ecke stehen sah. Da ha ich ihr eine aufs Maul gegeben. Dino gab ihr dann 'ne Handvoll Pillen. Wir legten die Planen aus, und Machine machte sich an die Arbeit. So war das. Sie ist tot. Sie ist schon verdammt lang tot. Und außer dir gibt kein Mensch 'nen Scheiß drauf.«

Bei diesen Worten wurde Tom so wütend, daß er rot sah. Er schlug Poole mit der flachen Hand so fest ins Gesicht, daß der Fettwanst samt Stuhl umkippte und krachend zu Boden schlug. Poole war sofort wieder auf den Beinen und lachte verächtlich, wobei er Blut spuckte.

»Du wolltest es doch wissen! Jetzt weißt du's.«

Tom hob den Stuhl auf und drückte Poole brutal wieder darauf. Die Pistole auf seinen Kopf gerichtet, ging er zum Badezimmer und stieß die Tür auf. Matt wurde sein Gesicht von dem gesprungenen Spiegel reflektiert, so wie sich Pooles Kopf darin gespiegelt hatte, während er zusah, wie Mary Anne starb.

»Du hättest nicht im Zimmer bleiben müssen«, sagte Tom bedächtig. »Aber du warst hier. Du bist hiergeblieben und hast zugesehen, wie Mary Anne verblutete. Warum? Warum hast du dir das angesehen?«

Poole zuckte gleichgültig die Achseln. »Weil mir danach war. Ich hab noch nie gesehen, wie jemand abgemurkst wird.«

»Hast wohl 'nen Steifen gekriegt, was?«

Woher kamen diese Fragen? wunderte sich Tom auf einmal. Wieso muß ich alles erfahren, warum muß ich jede dreckige Einzelheit wissen, bis ins letzte ekelhafte Detail?

»Mir wurde schlecht, aber was ging mich das an?« sagte Poole erbittert. »Was geht mich das an, wenn sich irgendwelche reichen Perversen dazu einen runterholen wollen? Ich hab's wegen dem Geld gemacht.«

Die Gefühllosigkeit von Pooles Worten traf Tom mit voller Wucht. Menschenleben waren diesen Männern einen Scheißdreck wert gewesen: Fraser Christian, der den Film in Auftrag gegeben hatte, »weil er es konnte«, Longdale, Dino Velvet und Poole, die den Auftrag »wegen des Geldes« ausgeführt hatten. Und Machine: Wußte überhaupt jemand, welche Beweggründe dieser Irre hatte?

»Was habt ihr mit der Leiche gemacht?« wollte Tom als nächstes wissen.

»Irgendwo im Wald vergraben.«

»Zeig mir wo.«

»Wo soll das eigentlich hinführen, hä?« fragte Poole hämisch. »Willst du den Tod des Mädchens rächen, Gerechtigkeit in der Welt schaffen, oder was? Wie denn? Zu den Bullen kannst du nicht gehen.«

»Das stimmt«, bestätigte Tom.

»Du kannst mich höchstens laufen lassen und alles vergessen. Ohne den Film hast du nämlich nichts in der Hand.«

Er hatte recht. Tom hatte keine Beweise dafür, daß überhaupt ein Verbrechen stattgefunden hatte. Aber noch wollte Tom nicht aufgeben. Mary Annes Leiche war Beweis genug für eine Anklage wegen Mordes.

»Zeig mir, wo ihr sie vergraben habt, Eddie.«

»He, selbst wenn ich so blöd wäre – schließlich haben wir keinen Schatz vergraben, oder? Sie ist da draußen ...« – er wedelte mit dem Arm in eine unbestimmte Richtung – »da draußen irgendwo. Die findet kein Mensch mehr.«

Er grinste wieder sein Haifischgrinsen.

»Und selbst wenn, na und? Ohne den Film bist du wieder bei Null.«

Eine dumpfe Wut stieg in Tom auf, eine wilde, häßliche Wut. Er richtete den Lauf der Waffe genau auf Pooles Kopf.

»Ich könnte dich umbringen. Ich könnte dich einfach hier draußen liegenlassen, genauso, wie ihr es mit ihr gemacht habt.«

Poole verzog sein schweißgebadetes Gesicht zu einer verächtlichen Grimasse. »Du bist kein Killer«, spuckte er Tom entgegen. »Dazu bist du gar nicht fähig.«

»Glaub nur nicht ...«

»Dann tu's doch, du Wichser!« schrie Poole herausfordernd. »Denkst du, das ist so leicht?«

»Für dich war's leicht!«

»Ich hab' nie jemanden umgebracht.«

»Ach ja, richtig!« schrie Tom wütend. »Du standest ja nur dabei und hast zugesehen, weil ›dir danach war‹. Du bist sogar noch schlimmer!«

»Was erwartest du denn?« schrie Poole zurück. »Soll ich auf die Knie fallen und heulen wie ein Baby?«

Tom holte das Isolierband aus der Tasche und begann, Poole am Stuhl festzukleben. Er band ihm die Hände auf den Rücken und schnürte ihn zusammen wie eine Weihnachtsgans.

»Was hast du vor?« fragte Poole spöttisch. »Jetzt bist du der Kerl mit der Waffe. Ist doch deine Waffe, oder? Unter deinem Namen registriert? Am besten wühlst du dann nachher die Kugeln aus meiner Leiche. Oder buddelst mit bloßen Händen ein tiefes Loch, kannst mich ja neben deiner Freundin vergraben. Komm schon! Worauf wartest du? Kannst du es nicht, verdammt noch mal?!«

Tom warf das Isolierband zur Seite und sprang neben den Stuhl. Er drückte Poole die Pistole gegen die Stirn und spannte den Hahn.

»Ich bring dich um«, preßte er drohend zwischen den Zähnen hindurch.

Doch er drückte nicht ab. Als Poole spürte, daß Welles zauderte, starrte er ihn voller Verachtung an.

Sein Finger krümmte sich am Abzug, doch wieder zögerte Tom. Die Waffe in seiner Hand zitterte, seine Gedanken rasten. Poole hatte recht. Wenn er ihn erschoß, war er anhand der Kugeln der registrierten Waffe leicht ausfindig zu machen. Das wäre das Ende seiner Zukunft, seiner Familie und von allem, was ihm am Herzen lag. War der Tod eines schleimigen Pornofilmers dieses Opfer wirklich wert? Amy würde das bestimmt verneinen. Aber davon abgesehen, wäre er überhaupt dazu fähig? War Tom Welles dazu fähig, kaltblütig einen unbewaffneten, gefesselten Mann umzubringen? Konnte er das?

»Du Waschlappen«, höhnte Poole.

Tom ging zur Tür und ließ ihn an den Stuhl gefesselt zurück. Auf dem Weg zum Wagen hörte er hinter sich das Fluchen des Fetten.

»Du verdammter Waschlappen!« tobte Poole heiser. »Drück schon ab! Kannst es wohl nicht, du Feigling. Das schaffst du nicht, hä? Was für ein Held!«

Mit schlotternden Knien setzte sich Tom auf den Beifahrersitz. Er schwankte, war unschlüssig. Das war die schwerste Situation seines Lebens. Schwerer noch, als im Lagerhaus in Gefangenschaft dieser sadistischen Killer. Da hatte er wenigstens gewußt, was zu tun war. Ganz klar: raus hier und den eigenen Arsch retten. Aber jetzt ... Die Oberhand zu haben, am längeren Hebel zu sitzen und die Situation trotzdem nicht im Griff zu haben, so etwas hatte Welles noch nie erlebt. Es zu genießen, einen Menschen zu quälen, ganz egal, was für ein Scheißkerl es war! Zugleich Richter, Geschworener und Henker sein zu wollen – Tom schüttelte den Kopf. Wie tief wollte er eigentlich noch sinken? Er zitterte. Pooles Zigaretten lagen auf dem Armaturenbrett. Tom nahm sich eine und steckte sie an.

Er hörte, wie Poole oben im Motelzimmer tobte und mit unsäglichen Beschimpfungen um sich warf. Tom inhalierte tief, um seine Nerven zu beruhigen. Dann zog er sein Handy aus der Tasche und wartete. Er saß ruhig da und lauschte dem Freizeichen.

»Hallo?« meldete sich eine Frauenstimme.

»Mrs. Mathews? Ich bin's, Thomas. Thomas Hart. Ich war vor einigen Wochen bei Ihnen und habe nach Ihrer Tochter gefragt, erinnern Sie sich?«

»Ja, natürlich«, erwiderte Janet Mathews erfreut. »Sie haben ihr Tagebuch gefunden. Vielen Dank. Ihr blöder Freund hat sie in Kalifornien sitzenlassen. Ich habe die zuständigen Behörden bereits informiert.«

Sie klang so hoffnungsvoll, das machte Tom die Sache noch schwerer.

»Erinnern Sie sich, daß ich Sie gefragt habe, ob Sie unter allen Umständen die Wahrheit wissen wollen ... egal, wie schrecklich sie ist?«

Er vernahm ein leises Wimmern wie das Geräusch von Luft, die aus einem Ballon strömt. Janet Mathews ahnte wohl den Grund für seinen Anruf und was er ihr mitzuteilen hatte. Sie wollte es nicht hören, aber Tom mußte es loswerden.

»Sie ist ermordet worden«, sagte er. »Ein paar Männer ... diese Männer ... sie haben Ihre Tochter ermordet und vergraben ...«

»Neiiin!« Es hörte sich an wie der Schmerzensschrei eines verwundeten Tieres. Das Wehklagen einer gequälten Mutter.

»Sie ist tot. Sie starb einen Monat, nachdem sie ausgerissen war. Sie war die ganze Zeit schon tot.«

»Nein! Nein ... nein!«

Tränen schossen ihm in die Augen. »Es tut mir so leid. O Gott, es tut mir so leid. Jede Hilfe kam zu spät.«

Janet Mathews fand ihre Stimme wieder. »Wieso ... wieso erzählen Sie mir das?« schluchzte sie.

»Ich könnte es diesen Kerlen heimzahlen«, erwiderte Tom inbrünstig. Seine Kehle war wie zugeschnürt, so daß er kaum ein Wort hervorbrachte. »Ich möchte sie für ihre Tat bestrafen. Ich brauche Ihre Einwilligung, um

Ihre Tochter zu rächen«, flehte er. »Sie haben sie doch geliebt, oder? Sie haben sie doch geliebt?«

»Warum tun Sie mir das an?« jammerte Mary Annes Mutter.

Tränen strömten ungehindert über Toms Wangen. »Sie müssen mir sagen, wieviel sie Ihnen bedeutet hat«, flehte er. »Bitte ... sagen Sie mir, wie sehr Sie sie vermissen. Daß sie Ihnen alles bedeutet hat, daß Sie sie geliebt haben.«

Er hörte Janets verzweifeltes Schluchzen.

»Ich flehe Sie an, Mrs. Mathews, sagen Sie mir, daß Sie sie geliebt haben ...«

»Ich hab' sie geliebt«, jammerte sie schwach. »Ja, ich hab' sie geliebt.« Wieder brach sie in lautes Schluchzen aus.

Tom konnte nicht mehr. Weinend brach er auf dem Autositz zusammen. Er ließ das Handy zu Boden gleiten. Er atmete ein paar Mal tief durch und versuchte, sich wieder in die Gewalt zu bekommen. Er fühlte sich schrecklich ausgelaugt.

Er hatte Mrs. Mathews' Hoffnungen so vollständig ausgelöscht, wie die Mörder das Leben ihrer Tochter ausgelöscht hatten. Damit würde er ab jetzt leben müssen. Aber er hatte ihre Einwilligung. Mary Annes Mutter hatte ihm die Erlaubnis gegeben, es den Kerlen heimzuzahlen, Eddie Poole zu vernichten.

Tom stand auf und nahm seine Waffe aus der Jackentasche. Seine Hand zitterte, doch sein Entschluß stand fest. Er öffnete die Patronenkammer und nahm das Magazin heraus. Dann ging er zurück ins Haus und lief zu dem Zimmer, in dem Poole immer noch gefesselt auf dem Stuhl saß.

Tom stellte sich auf die Türschwelle, die Pistole fest in der Hand.

Als Poole seine ausdruckslose Miene und den kalten Blick in den tiefliegenden Augen sah, war ihm klar, daß er sterben würde. Zum ersten Mal an diesem Tag bekam er es mit der Angst zu tun. »Nein, nein!« schrie er. All der Spott und die Verachtung waren aus seiner Stimme gewichen. Voller Angst flehte er schreiend um sein Leben, während Tom vor Weißglut rasend den schweren Kolben der Pistole auf seinen Schädel niedersausen ließ, immer und immer wieder. Jeder Schlag war ein Stück Rache: für Mary Anne, für Mrs. Mathews, für Max, Mrs. Christian – und sich selbst. Blut und Gehirnmasse spritzten aus Pooles Schädel und befleckten Wand, Fußboden und Toms Kleidung. Doch er hörte nicht auf, auf Poole einzudreschen. Poole war schon längst tot, als er immer noch auf ihn einschlug, bis die rasende, mörderische Wut erkaltete und seine Seele gereinigt war.

Atemlos und zitternd stand Tom vor der Leiche. Überall war Blut. Tom wankte aus dem Zimmer. Benommen versuchte er, seine blutverschmierten, klebrigen Hände an seinem Hemd abzuwischen, das ebenfalls über und über besudelt war. Ekel stieg in ihm auf, er mußte würgen. Er zwang sich, nicht zu brechen. Jetzt nicht. Er hatte noch etwas zu erledigen.

Wie ein Roboter steuerte er auf Pooles Wagen zu, öffnete den Kofferraum und wühlte darin herum, bis er einen Benzinkanister fand. Er schüttelte ihn. Der Behälter schien halbvoll zu sein.

Mechanisch schleppte er die Kisten aus dem Auto ins Motelzimmer und ließ den ganzen Plunder neben der Leiche fallen: die Videobänder, Pornohefte, Filmplakate, Hardcore-Fotos – die ekelhafte Summe eines verderbten Lebens. Er schüttete Benzin über den ganzen Haufen und zündete ihn mit einem Streichholz an. Das brennbare Material – Papier und Filme – ging unverzüglich in Flammen auf.

Tom konnte das Knistern hören, als Zellophan zusammenschrumpelte und Kassetten schmolzen. Flakkernd breitete sich das Feuer in dem Zimmer aus und erhellte die Nacht. Das Dach fing Feuer, und die Flammen schlugen hoch in den Himmel. Das trockene Holz und die abgeblätterte Farbe des verlassenen Motels brannten wie Zunder und erzeugten dunkle, schmutziggraue Rauchschwaden. Aus sicherer Entfernung beobachtete Tom, wie von Poole und seinem kleinen, schmierigen Lebenswerk schließlich nur noch ein Haufen Asche und verkohlte Balken übrigblieben. Dann setzte er sich hinters Steuer und startete den Wagen. Ohne einen einzigen Blick zurück fuhr er davon.

Dino Velvet war tot. Daniel Longdale war tot. Eddie Poole war tot. Sogar die arme Mrs. Christian war tot. Machine war als einziger noch am Leben. Und der war als nächster dran, gelobte sich Tom. Machine war der nächste.

10. Kapitel

Machine

Tom fuhr über dunkle, verlassene Straßen zurück nach Osten. Suchend sah er sich um, bis er fand, was er brauchte: eine Tankstelle, die bereits Feierabend hatte. Die Zapfsäulen waren geschlossen, die Toilette ebenfalls, doch deren Schloß stellte für ihn kein großes Hindernis dar. Er zog sich bis auf die Unterwäsche aus und schrubbte sich das getrocknete Blut gründlich von Gesicht und Händen, wobei er besondere Sorgfalt auf die Fingernägel verwendete.

Dann unterzog er seine Kleidung einer kritischen Prüfung. Die sah fürchterlich aus, als ob er ein Hindernisrennen im Schlachthaus gemacht hätte. Es dauerte zwar lange, aber er konnte nahezu alle Blutflecken aus Jacke und Hose entfernen. Hemd und Unterhemd allerdings waren nicht zu retten. Damit würde er an keinem Ticketschalter im Flughafen vorbeikommen, selbst wenn er sie klatschnaß anzog. Er ging zum Wagen zurück und wühlte unterm Rücksitz, dort wo Poole vor seinem Fluchtversuch aus der Stadt seine Klamotten hingeworfen hatte. Tatsächlich, unter dem Sitz lugte ein Stück Stoff hervor.

Tom zog an dem Zipfel und förderte ein Hemd zutage. Nicht, daß er selbst je so eins gekauft hätte: Es war viel zu groß, schrillbunt und aus billigem Material, außerdem war es nicht ganz fleckenlos und völlig zerknittert. Aber es würde immerhin als Hemd durchgehen. Damit konnte er durchaus eine Maschine nach New York besteigen. Die Ironie der Situation entging Tom nicht: Eddie Poole leistete ihm als Toter Hilfe, die Hilfe, die er ihm im Leben verweigert hätte.

Der Rückflug war alles andere als erholsam, obwohl nur wenige Sitze belegt waren und Tom eine Dreierreihe für sich hatte. Er streckte sich der Länge nach aus, fand aber keinen Schlaf. Er sehnte sich nach einer Zigarette, doch es war ein Nichtraucherflug.

Toms Gedanken drehten sich im Kreis. Jetzt wußte er, wozu er fähig war: Mord. Er hatte Poole kaltblütig ermordet – und das mit ungezähmter Leidenschaft. Mit dieser Erkenntnis würde er bis zu seinem Tod leben müssen.

Nachsichtig betrachtet, konnte man ihm Selbstjustiz vorwerfen, daß er die Gerechtigkeit selbst in die Hand genommen hatte. Die härteste Anklage aber lautete auf Mord. Der Gedanke, daß jeder Mensch unter bestimmten Umständen zu allem fähig war, tröstete ihn nicht. Tom hatte sich bisher nie mit anderen messen lassen wollen. Er hatte sich für rechtschaffener und gesetzestreuer als den Durchschnittsbürger gehalten. Jetzt wußte er es besser: Durchschnittsbürger waren keine Mörder, aber er, Tom Welles, hatte einen Menschen umgebracht.

Er bereute nicht, Poole getötet zu haben. Dieses Ekel hatte den Tod verdient. Doch er bereute, daß er sich selbst so lange falsch eingeschätzt hatte. Daß er so tief in diesen Fall verstrickt worden war. Zum ersten Mal hinterfragte Tom seine Beweggründe: War er wirklich in diesen Fall hineingezogen worden, oder hatte er sich freiwillig in die Hände der Drahtzieher begeben? War er erst im Laufe dieses Falles korrumpiert worden, oder trug er diesen Makel schon vorher auf der Seele? Mußte er mit seiner Neugier die Abscheu überwinden, oder war es gerade andersherum? Wollte er etwa insgeheim all die fürchterlichen Dinge sehen, die er gesehen und erlebt hatte?

Brenda hatte ihn einen Voyeur genannt, und Max hatte mehr als einmal versucht ihn zu warnen. »Überlegen Sie's sich noch mal. Es ist noch nicht zu spät dafür. Sie werden Sachen sehen ... die kriegen Sie nicht mehr aus dem Kopf. Die bleiben da einfach drin ...«, hatte der Junge gesagt. »Jeder hat 'ne Grenze, Chef. Bevor du weißt, wie dir geschieht, biste mittendrin.«

»Nein«, hatte Welles mit einem unguten Gefühl erwidert.

»Aber Sie finden das auch nicht abstoßend«, hatte Max bemerkt. »Sehen Sie? Der Teufel greift schon nach Ihnen.« Er hatte recht gehabt.

Verdammt, sogar Max, ein halbes Kind noch, hatte sehen können, daß Tom Welles nicht der Mann war, für den er sich hielt. Warum hatte er das nicht selbst gesehen?

Ja, er steckte tief drin. Und er war noch nicht bereit, auszusteigen. Er mußte noch die Sache mit Machine erledigen.

Tom war auf dem Weg in eine der größten Städte der Welt, wo es ein Leichtes war, unterzutauchen. Dort wollte er jemanden finden, der keinen Grund hatte, aufzutauchen, und von dem er weder Namen, Adresse noch Beschreibung hatte. Er konnte nicht einmal sicher sein, daß Machine in New York wohnte.

»Irgendwo aus New York«, hatte Poole gesagt. Aber selbst wenn das stimmte – New York war eine gigantische Stadt, die aus fünf Bezirken bestand, ganz zu schweigen von den Vororten. Machine war die sprichwörtliche Nadel im Heuhaufen. Man brauchte einen Magneten, der stark genug war, die Nadel aufzuspüren. Welchen Magneten hatte er für Machine?

Genau davon lebte ein Privatdetektiv, der sein Geld wert war: Er spürte Leute auf, die nicht gefunden werden wollten. Anders als ein Polizist, der sich an seinen Computer setzt und verschiedene Quellen und Daten abruft, alle gesammelten Anhaltspunkte eingibt und zusieht, wie das Ergebnis auf dem Bildschirm erscheint.

Tom war meilenweit von seinem Computer entfernt und hatte auch kein Datenmaterial, das er eingeben konnte. Alles, was ihm zur Verfügung stand, waren sein Handy und ein vollgetankter Mietwagen. Es gab einen einzigen Anhaltspunkt: Er hatte Machine die Schere ziemlich tief in die Eingeweide gerammt, und es bestand die Möglichkeit, daß er die Notaufnahme eines der vielen New Yorker Krankenhäuser aufgesucht hatte. Tom machte kurz hinter der Autovermietung an einer Telefonzelle halt, schnappte sich die Gelben Seiten und riß die Liste der Krankenhäuser heraus.

Vom Flughafen aus fuhr er über den Long Island Expressway und rief ein Krankenhaus nach dem anderen an.

»Hallo? Spreche ich mit dem New York Hospital? Könnten Sie mich bitte mit der diensthabenden Schwester verbinden? . . . Hallo, hier spricht Lieutenant Anderson vom dreizehnten Revier. Wir hatten vor ein paar Tagen eine Messerstecherei. Offensichtlich hat uns das Opfer einen falschen Namen gegeben. Können Sie mir sagen, ob Sie während der letzten 48 Stunden einen Mann mit einer Bauchverletzung in Ihrer Notaufnahme hatten? . . . An den Kerl würden Sie sich erinnern. Ziemlich groß, eins achtzig etwa, Akne auf Brust und Rükken ... Nein, hatten Sie nicht? Nun gut, dann versuch' ich's im Manhattan General ...«

Nachdem er dieselbe Geschichte – ohne Erfolg – mehreren Krankenhäusern in Manhattan erzählt hatte, beschloß Welles, es in Brooklyn zu versuchen. Das Lagerhaus befand sich in Brooklyn, und vielleicht war Machine mit seiner Verletzung nicht sehr weit gekommen.

»Auffälliger Kerl. Ziemlich groß, knapp eins achtzig würde ich sagen«, erklärte er der neunzehnten Schwester vom Dienst. »Kräftig, viel Akne ... an den würden Sie sich erinnern ... gut, trotzdem vielen Dank.«

In Brooklyn hatte er auch nicht mehr Erfolg als in Manhattan. Als nächstes war Queens dran. Als er im Queens General nicht fündig wurde, versuchte er es mit St. Barrabas in Flushing und traf genau ins Schwarze.

»Ja, stimmt«, bestätigte Welles der sympathischen Krankenschwester in der Notaufnahme, »er hat eine sternförmige Tätowierung an der rechten Hand.«

»Wir hatten vor einigen Tagen einen Mann mit so einer Tätowierung«, erwiderte sie gelassen. »Stichwunde, sagten Sie?«

Aufregung erfaßte Tom, und er bemühte sich, weiterhin möglichst geschäftsmäßig zu klingen. »Das ist er. Hören Sie, wir glauben, er hat falsche Angaben bezüglich Namen und Adresse gemacht ... Ja, ich warte.«

Kurz darauf war die Krankenschwester wieder am Apparat. »Er hat uns die Adresse seiner Mutter gegeben. Er heißt Higgins. George Anthony Higgins.«

»Higgins«, wiederholte Tom, der seinem Glück fast nicht zu trauen wagte. »Und die Adresse lautet? – Douglaston. Danke. Vielen Dank.«

Eine Adresse im schäbigen Arbeiterviertel von Douglaston: eine Sackgasse mit unscheinbaren Häusern, die auf der einen Seite vom tosenden Verkehrslärm der

Schnellstraße begrenzt wurde und auf der anderen von einem verfallenen Friedhof, auf dem sich die Gräber dicht an dicht drängten und die Grabsteine schief aneinanderlehnten. Nur eine mit Graffiti beschmierte Mauer trennte das Areal von der Schnellstraße. Es waren vier oder fünf Häuser, und dasjenige, welches direkt an den Friedhof angrenzte, war Machines Haus.

Tom stellte den Wagen zwei Kreuzungen weiter ab und näherte sich dem Haus zu Fuß von der Rückseite her. Er schlängelte sich unter der vollbehängten Wäscheleine im Nachbargarten durch. Es begann zu regnen. Er versuchte durchs Küchenfenster ins Haus zu spähen, doch eine Spitzengardine behinderte seinen Blick. Am Tisch saß eine alte Frau mit ordentlich frisiertem grauen Haar. Ein Mann trat in Toms Blickfeld und stellte ihr einen Teller mit Essen hin. Sein Gesicht war von der Gardine verborgen, aber Tom brauchte nur die riesigen Unterarme und den massigen Körper zu sehen, um ihn zu erkennen.

Machine, ohne Zweifel.

Als die alte Frau zu ihm aufsah und ihn anlächelte, beugte Machine sich herab und drückte ihr einen Kuß auf die Wange. Tom erhaschte einen direkten Blick auf seinen Hinterkopf, aber das Gesicht war immer noch nicht zu sehen. Die alte Frau fing an zu essen, und Machine verließ die Küche.

Inzwischen regnete es stärker. Tom rannte geduckt zu seinem Wagen zurück. Er nahm seine Waffe aus der Jacke, leerte die Patronen aus und steckte sie ein und näherte sich wieder dem Haus.

Ein gelber Bus, ähnlich einem Schulbus, mit der Aufschrift »Treue Christengemeinde« hielt vor der Tür. Er war voll besetzt mit alten Männern und Frauen, Senioren auf dem Weg zur Kirche. Machines Mutter trat aus dem Haus, hastete durch den Regen und stieg ein. Sie drehte sich noch einmal um und rief ihrem Sohn, der verborgen im Haus stand, zu: »Ich bin um zehn zurück. Bis später!« Sie winkte, und der Bus fuhr los.

Perfekt. Eine bessere Situation konnte sich Tom gar nicht wünschen: Machines Mutter war in Sicherheit, und er selbst war allein zu Hause. Trotzdem mußte Tom schnell handeln, vielleicht hatte Machine vor, auch das Haus zu verlassen. Er griff nach der Tüte aus dem Eisenwarenladen, die neben ihm auf dem Beifahrersitz lag. Sie enthielt eine lange, dünne Feile.

Die Hände unterm Lenkrad verborgen, damit mögliche Passanten keinen Verdacht schöpfen würden, schob Tom die Feile in den Lauf der Waffe und schabte sacht die Innenwand glatt, so daß es keiner ballistischen Abteilung der Welt mehr gelingen würde, sie als die seine zu identifizieren. Er lud die Pistole und setzte einen Schalldämpfer auf. Dann streifte er ein Paar dünne Gummihandschuhe über. Jetzt war er bereit für Machine.

Mittlerweile regnete es in Strömen. Beim Versuch, in Machines Haus zu gelangen, wurde Tom klatschnaß. Doch der Regen bot auch Vorteile: Kein Mensch, der recht bei Sinnen war, würde bei diesem Wetter draußen herumlaufen. Tom vertraute also darauf, unentdeckt zu bleiben.

Er lief die Gasse hinunter und kletterte über den Friedhofszaun. Geduckt rannte er den Zaun entlang zu Machines Haus, wobei er versuchte, den Gräbern aus dem Weg zu gehen. Fachmännisch hatte er schnell die Schwachstelle des Hauses ausgemacht: das Kellerfenster mit dem altersschwachen Rahmen. Er trat es ohne Zögern ein und stieg ins Haus.

In dem kleinen feuchten Keller roch es nach Wäsche und Bleichmittel. Er sah eine kleine Waschmaschine, die bestimmt schon dreißig Jahre alt war, aber keinen Trockner. Statt dessen waren Wäscheleinen quer durch den Raum gespannt, an denen Bettücher hingen. Tom kämpfte sich durch die Laken und die hölzerne Treppe hinauf ins Erdgeschoß. Er hatte seine Waffe gezogen und hielt sie schußbereit.

Er kam in die Küche und sah sich vorsichtig um. Der Raum war leer und aufgeräumt: Spitzengardinen im Fenster, weiße Porzellanbehälter, aufgereiht auf der Arbeitsfläche, daneben ein altmodischer Toaster und eine Kaffeemaschine. Die Regale waren mit blumengemustertem Papier ausgelegt, kein schmutziges Geschirr stand in der Spüle oder auf dem Abtropfbrett. Alles war ordentlich weggeräumt. Der Linoleumboden glänzte.

Durch eine Pendeltür gelangte Tom in ein winziges Eßzimmer. Er hielt die Waffe, deren Lauf durch den Schalldämpfer verlängert war, vorsichtig vor sich gerichtet und stieß langsam die Tür auf. Mit der Waffe in der Hand suchte er das Zimmer ab, doch nichts bewegte sich. Tom lauschte. Das Haus war totenstill.

Er schlich die Treppe hinauf in den ersten Stock. Unmittelbar zu seiner Linken befand sich eine Tür, die er vorsichtig öffnete: ein Wandschrank. Ordentlich gefaltet lagen hier saubere Bettwäsche und Handtücher. Auf dem obersten Regal stand die Arznei, viele kleine Fläschchen mit Tabletten. Er schloß die Tür geräuschlos und schlich weiter. Die nächste Tür führte ins Schlafzimmer von Machines Mutter. Dem schwachen säuerlichen Geruch nach zu urteilen, war dies unverkennbar das Zimmer einer älteren Dame. An der Wand über dem gemachten Bett hing ein schlichtes Holzkreuz. Auf dem Nachttisch lag eine abgegriffene Bibel neben einem Tablettenröhrchen und einem Glas Wasser. Die Kommode bedeckte ein Spitzendeckchen, darauf stand eine Schale mit Haarnadeln, Bürste und Kamm. Tom öffnete den Schrank. Es hingen ausschließlich Kleider in ihm, die meisten schwarz oder grau, nur ein oder zwei mit einem kleinen Blumenmuster. Zierliche schwarze Schuhe, alle schon älter, standen in Reih und Glied auf dem Boden.

Auch das Bad zeigte nichts Außergewöhnliches: eine alte Badewanne mit Füßen, ein Duschkopf an der Wand und über der Wanne eine Stange mit einem Duschvorhang. Seife lag am Rand des Waschbeckens, Zahnbürsten und Rasierzeug. Tom schob den Duschvorhang zur Seite. Nichts. Somit blieb nur noch eine Tür übrig.

Er vernahm ein Geräusch durch die Tür, ein gleichmäßiges, schwaches Kratzen. Mit heftig klopfendem Herzen drückte Tom die Tür auf. Das Zimmer schien leer zu sein, also trat er ein und sah sich gründlich um.

Es sah aus wie ein Jugendzimmer. Auf selbstgebauten Regalen standen diverse Brettspiele, *Mensch-ärgere-dich-nicht*, *Risiko*, *Monopoly* sowie Comics. Poster von Rockbands hingen an den Wänden: Metallica, Mötley Crue. Das Bett war allerdings kein Kinderbett; es war riesig, groß genug für Machine.

Auf einem Tisch stand neben einem Stapel Schallplatten ein Plattenspieler. Die LP auf dem Teller drehte sich permanent im Kreis, die Nadel war am Ende hängengeblieben. Immer im Kreis herum. Kratz, kratz, kratz. Das erklärte das Geräusch, das Tom durch die Tür vernommen hatte. Lautlos schritt er zum Schrank und riß die Tür auf. Nichts, nur Kleidung.

Das Haus schien vollkommen leer zu sein. Hatte Machine sich unbemerkt hinausgeschlichen? Schon möglich, denn es gab eine Vorder- und eine Hintertür, und Tom konnte nicht beide gleichzeitig im Auge haben. Enttäuscht verließ er das Zimmer und ging die Treppe hinunter.

Er hatte das Erdgeschoß noch nicht erreicht, als er von oben plötzlich einen fürchterlichen Krach hörte. Tom erstarrte. Heavy-Metal-Musik ertönte, ein stampfender, wummernder Rhythmus in höchster Lautstärke. Er machte kehrt und rannte die Treppe hoch zu Machines Zimmer. Er riß die Tür auf. Das Zimmer war immer noch leer. Langsam ging er wieder zurück, und gerade, als er sich auf dem Treppenabsatz umdrehen wollte, war Machine unversehens über ihm. Er trug seine Ledermaske und hielt in der erhobenen Hand ein funkelndes Bowiemesser.

Tom wollte seine Waffe heben, doch es gelang ihm nicht. Bei dem Versuch, ihm die Pistole zu entreißen, drückte Machine ihn gegen die Wand. Tom packte seine Hand mit dem Messer und konnte so gerade noch verhindern, daß die Klinge auf ihn niedersauste. Doch Machine, größer und stärker als er, behielt die Oberhand. Er drückte Tom brutal gegen die Wand und klemmte dabei seine Waffe fest, die mit der Mündung nach oben zeigte. Toms Finger am Abzug krümmten sich, und mit einem unheimlichen, dumpfen Schlag löste sich ein Schuß. Drei weitere Schüsse gingen los. Die Kugeln rissen Löcher in die Decke.

Machine preßte sich mit seinem ganzen Gewicht gegen Tom. Er grunzte, und sein Bowiemesser kam Toms Gesicht beharrlich näher. Mit der anderen behaarten Pranke versuchte er immer noch, Tom die Pistole zu entreißen, während dieser sich verzweifelt bemühte, gleichzeitig auf Machine zu zielen und dem Messer zu entgehen. Die riesige, scharfe Klinge würde sein Gesicht zerfetzen. Das Messer zitterte nur wenige Zentimeter von seinem Gesicht entfernt. Tom kniff die Augen zu, wandte den Kopf zur Seite und feuerte.

Die Kugel schlug Machine das Messer aus der Hand.

Heulend vor Wut wandte sich der Maskierte Toms Hand mit der Waffe zu. Er knallte sie gegen die Wand ... rums ... rums ... rums ..., bis sie taub war und Tom die Waffe fallenlassen mußte. Krachend schlug die Pistole auf dem gewienerten Linoleumboden auf und glitt durch den Flur.

In seiner Not hob Tom das Knie und trat Machine genau an die Stelle, wo er ihn mit der Schere verwundet hatte, fest in den Unterleib. Von dem Stoß platzten die Nähte auf, und Machine begann zu bluten. Unter lauten Schmerzensschreien fiel der Mann auf die Knie und hielt sich den Bauch. Ein großer Blutfleck dehnte sich immer weiter auf seinem Hemd aus.

Tom, der die Gelegenheit, daß Machine auf den Knien war, ausnutzen wollte, rappelte sich auf und schlitterte über den gewachsten Boden seiner Pistole entgegen. Doch Machine war geistesgegenwärtig genug und griff nach dem Messer, das neben ihm lag. Wieder bewaffnet, stand er auf und sprang auf Tom zu.

Toms Pistole war durch den ganzen Flur gerutscht und unter dem Fenster, von dem aus man den Friedhof überblicken konnte, liegengeblieben. Tom hatte sie gerade ergriffen und wollte sich aufrichten, als Machine sich über ihn warf. In letzter Sekunde wirbelte er herum und packte Machines rechte Hand, doch durch die Wucht des Aufpralls wurden beide Männer in einem Scherbenregen durchs Fenster geschleudert.

In einem Knäuel fielen sie auf das alte Blechdach über der Seitenveranda. Das altersschwache Dach gab prompt unter ihnen nach, und sie stürzten noch tiefer über den Friedhofszaun auf nasse Erde. Inmitten von Glasscherben, Blechteilen und Holzsplittern waren sie mit solcher Wucht aufgeschlagen, daß sie auseinandergerissen wurden. Machine, der auf dem Rücken gelandet war, blieb sekundenlang wie ein riesiger Käfer reglos liegen. Ächzend hielt er sich den blutenden Bauch. Tom war auf einem Grabstein aufgeschlagen und rappelte sich nur mit Mühe hoch. Kopf, Hals und seine rechte Schulter schmerzten höllisch, und er sah sich verzweifelt nach seiner Pistole um. Sie mußte doch irgendwo liegen.

Da – er hatte sie entdeckt: Sie war auf der anderen Seite des schmiedeeisernen Zauns gelandet. Auf allen vieren kroch er durch Glassplitter und anderen Schutt auf sie zu. Regen vermischte sich mit Blut und rann ihm in die Augen. Er konnte kaum etwas sehen, doch da schlossen sich seine Finger um den Kolben.

Von unerträglichem Schmerz durchdrungen, schrie Tom plötzlich auf. Sein Bein! Eine gezackte Glasscherbe hatte sich voll in sein Bein gerammt. Tom wollte gerade den Kopf wenden, um die Wunde zu untersuchen, als sich eine fleischige Hand um seinen Hals schloß und seinen Schrei erstickte.

Machine zerrte ihn zurück, weg vom Zaun. Tom ließ die Pistole fallen.

Rücklings auf dem Boden liegend, fand sich Tom nun Machine gegenüber, der ihn mit seinem massigen Gewicht zwischen die Beine genommen hatte und ihm die Kehle zudrückte. Machine hob sein Messer. Auge in Auge mit dem Tod blieb das Gesicht seines Angreifers nach wie vor für ihn unsichtbar. Daß er immer noch dieses Rätsel in seiner sadistischen Maske vor sich hatte, steigerte Toms Grauen noch.

»Weißt du, was das beste ist, wenn man jemanden umbringt?« Machines Stimme triefte auf Tom herab wie heiße, zähe Flüssigkeit. »Wie sie dich ansehen. Der Blick ist das beste.«

Mit einer Hand immer noch Toms Hals umklammernd, ließ er mit der anderen liebevoll die grausame Klinge an seiner Halsschlagader entlanggleiten.

»Diesen Blick, den kriegen sie nicht aus Angst«, fuhr Machine fort. Er sprach die schrecklichen Worte mit einer perversen Zärtlichkeit aus. »Auch nicht, wenn man ihnen weh tut. Nicht mal, wenn sie das Messer sehen. Diesen Blick kriegen sie erst, wenn sie das Messer spüren ... erst dann. Vor Überraschung. Sie können es einfach nicht glauben, daß ihnen das wirklich passiert.«

Machine kam in Fahrt. Das war seine Arbeit, sein Lebensinhalt, dieses langsame, qualvolle Töten. Machine war ein Mann, der seine Arbeit liebte. Tom versuchte, sich aus der Umklammerung zu lösen, den schweren Körper abzuschütteln, was Machine noch mehr erregte. Er legte sich der Länge nach auf Tom, der sich unter seinem Gewicht kaum noch bewegen konnte. Sein Mund schwebte knapp über Toms Gesicht, und er flüsterte mit verführerischer Stimme: »Das Mädchen hatte auch diesen Blick ... als ihr klarwurde, daß wir keinen Porno drehen. Als ihr dämmerte, daß sie sterben würde. Mir ist es in der Hose gekommen. Und du bist kurz davor.« Er stach die Klinge leicht in Toms Haut. Man konnte sehen, wie er diesen Augenblick genoß, wie er seine Macht über ihn auskostete. Tom hatte sich Mary Annes Tod zwar immer wieder vorgestellt, doch als er jetzt die Worte ihres Mörders hörte, stieg erneut rasende Wut in ihm auf. Es war unerträglich. Diese unwiderbringliche Verschwendung eines Menschenlebens, dieses bestialische Ende, die perverse Lust, die es ihren Peinigern und den alten Männern bereitete, die im Dunkeln unter versifften Decken saßen und sich den Mord zur bloßen Unterhaltung ansahen. Tom kämpfte mit aller Macht gegen die erdrückenden Bilder an. Wenn er zuließ, daß sie Gewalt über ihn bekamen, dann war er wirklich verloren.

Er war Machine so gut wie ausgeliefert. Doch er wollte nicht völlig aufgeben. Er hatte schließlich nichts mehr zu verlieren. Es konnte sich nur noch um Sekunden handeln, bis Machine sein blutiges Werk vollzog. Tom rang nach Luft. Mit einer Hand versuchte er, Machines Umklammerung zu lösen, mit der anderen tastete er sich zu der Glasscherbe in seinem blutenden Bein. Unter höllischen Schmerzen zog er sein Knie etwas an, um an den großen Splitter heranzukommen.

Machine war soweit.

Mit hocherhobenem Arm wollte er Tom gerade das Messer in den Hals rammen, als es Tom gelang, die Scherbe aus seinem Bein herauszuziehen und sie Machine tief in die Schulter zu stoßen. Mit einem Aufschrei fuhr dieser zurück und ließ sein Messer fallen. Tom kämpfte sich frei und tastete zwischen den schmiedeeisernen Stäben des Friedhofszauns nach seiner Waffe. Seine Hände waren glitschig vor Blut und nassem Gras, doch er fand sie schließlich. Die Pistole auf Machine gerichtet, drehte er sich um.

»Nimm die Maske ab«, befahl er.

Machine blickte in die Mündung, dann in Toms Augen. Langsam, ganz langsam schälte er sich die Ledermaske vom Gesicht. Verblüfft sah Tom im Licht der Straßenlampe einen ganz gewöhnlichen Mann vor sich. Nicht mal häßlich war er . . . einfach gewöhnlich. Ein Alltagsgesicht, das man sofort wieder vergaß. Keine Narben, keine auffälligen Merkmale. Einfach . . . gewöhnlich.

Machine ahnte, was Tom durch den Kopf ging. »Was hast du denn erwartet?« Er lachte schroff. »Ein Monstrum? Ich heiße George . . . aber das weißt du sicher längst. Das ist dir jetzt ein Rätsel, hm? Ich kann es nicht für dich lösen. Kann dir keine Erklärung geben, die dich nachts wieder in Ruhe schlafen läßt. Ich bin nicht mißbraucht worden, bin nicht geschlagen worden ...«

Langsam rappelte Machine sich wieder auf. Tom konnte nicht sehen, daß er sein Messer unter den Knien verbarg.

»Bleib unten«, befahl er drohend und umklammerte seine Waffe fester. Sein Finger lag am Abzug.

»Mami hat mich nicht mißbraucht. Daddy hat mich nie vergewaltigt«, fuhr Machine fort und kam langsam auf Tom zu. »Ich bin einfach so, das ist alles.«

»Bleib, wo du bist«, sagte Tom heiser.

Was dann passierte, glich einem Blitz, der unerwartet den Regenhimmel durchzuckte. Machine riß das Messer unter seinen Knien hervor und schleuderte es in Toms Richtung. Innerhalb eines Sekundenbruchteils bohrte es sich in Toms Hüfte. Zwei Schüsse gingen an Machine vorbei und prallten gefahrlos an den Grabsteinen ab. Tom drückte noch einmal ab. Klick. Keine Patronen mehr. Die Pistole war leer.

Er warf die unnütze Waffe weg und fiel auf die Knie. Mit beiden Händen hielt er sich die heftig blutende Seite. Jetzt hatte Machine ihn wieder in der Gewalt und umklammerte Toms Kehle in einem mörderischen Würgegriff.

»Es gibt kein Geheimnis«, zischte er Tom ins Ohr. »Ich mache das, weil es mir Spaß macht. Weil ich es will.« Er drückte entschlossen zu, um ihm das Leben aus dem Leib zu pressen.

Tom versuchte, die letzten Funken seiner schwindenden Kräfte zu bündeln. Er war verprügelt und geschlagen worden. Er hatte mehrere Messerstiche erlitten und blutete heftig. Doch vielleicht konnte ihm sein Überlebenswille tief im Innern noch ein letztes Quentchen kostbarer Kraft verleihen.

Mit einem gequälten Aufschrei riß er sich das Messer aus der Seite und stieß es Machine tief in die Brust. Der große Mann fiel wie ein nasser Sack zu Boden, Entsetzen und Schrecken spiegelten sich in seiner Miene.

Tom sah auf das sterbende menschliche Monstrum hinab. »Ist das der Blick?« fragte er bitter.

Dann stolperte er über den Friedhof davon.

Obwohl er zweimal kurz davor war, das Bewußtsein zu verlieren, ehe er das nächste Krankenhaus erreichte, zwang sich Tom zum Weiterfahren. Er hatte schlimme, ja vielleicht sogar lebensbedrohliche Verletzungen davongetragen und viel Blut verloren. Er dachte an seine Frau und an seine kleine Tochter. Er mußte es bis zur Notaufnahme schaffen, er mußte überleben, denn er wollte die beiden wiedersehen. Die Auffahrt zum Krankenhaus, die herbeieilenden Krankenschwestern und die rollbare Trage waren das letzte, woran Tom sich erinnern konnte. Erst dann gestattete er sich, das Bewußtsein zu verlieren.

Am nächsten Tag kam er wieder zu sich. Mit Schmerzen am ganzen Körper und wie eine Mumie eingewickelt, hing er an Infusionen, Plastikbehältern und Überwachungsgeräten. Aber er lebte.

Und er konnte von Glück reden, daß es so und nicht anders war, teilte der Chirurg ihm mit. Eine halbe Stunde später, und es wäre aus mit ihm gewesen. Vier Stunden lang hätten sie ihn auf dem OP-Tisch gehabt und ihm fast zweieinhalb Liter Blut zugeführt. Er bräuchte jetzt unbedingt Ruhe, mindestens einen ganzen Monat lang, und den größten Teil davon würde er im Krankenhaus verbringen müssen. Nur dann hätte er eine Chance, wieder gesund zu werden.

Er schüttelte den Kopf.

»Sie müssen mich so schnell wie möglich entlassen«, sagte er nur. »Ich will nach Hause.«

Als die Ärzte nicht einwilligten, fügte Tom hinzu: »Ich weiß, Sie verstehen das nicht, aber ich *muß* nach Hause.«

Unter großen Schmerzen war es Tom gelungen, sich auf seine unversehrte Seite zu rollen und in Gregs und Minas Motel anzurufen. Er wählte die Durchwahl von Amys Zimmer. Der Anrufbeantworter meldete sich.

»Der Gast, den Sie angewählt haben, ist nicht auf seinem Zimmer oder kann Ihr Gespräch im Moment nicht entgegennehmen. Hinterlassen Sie bitte eine Nachricht nach dem Signalton.«

»Amy, du kannst wieder nach Hause, es ist sicher«, sagte Tom mit bebender Stimme. »Ich hoffe, du bist da.«

Mit geschlossenen Augen sank er in die Kissen zurück und gab sich den Schmerzmitteln und seiner großen Müdigkeit hin. Vierzehn Stunden lang schlief er durch.

Drei Tage später verließ Tom gegen den erklärten Willen der Ärzte das Krankenhaus. Er sah aus, als wäre er durch einen Fleischwolf gedreht worden, und war bleich wie einer dieser Fische, die Meeresforscher in den Tiefen des Ozeans finden. Er nahm den Zettel mit der Telefonnummer des Krankenhauses in Harrisburg entgegen und versprach, sich mit den dortigen Ärzten in Verbindung zu setzen. All das konnte warten. Jetzt mußte er erst einmal nach Hause, er sehnte sich nach der Sicherheit seiner Familie. Die Fahrt vom Flughafen zu seinem Haus kam Tom doppelt so lang vor wie sonst. Im Osten waren schon die ersten Sonnenstrahlen zu sehen, als sein Taxi in die Auffahrt bog. Das Haus war still und dunkel. Er schloß die Haustür auf. Wegen seiner fürchterlichen Schmerzen bewegte er sich nur langsam.

Das erste Zimmer auf dem Flur war Cindys. Das Herz schlug ihm bis zum Hals, als er leise eintrat. Was, wenn seine Tochter nicht da war? Was, wenn seine Frau ihn verlassen und Cindy mitgenommen hatte? Amy und Cindy waren das einzige, was er noch hatte im Leben! Und sie waren ein Teil seiner guten Seite, der Seite, die noch lieben konnte. Ohne die beiden hatte er keine Überlebenschance.

Die Kleine lag schlafend in ihrem Bettchen. Ihr Gesichtchen war entspannt, und ihre Wimpern flatterten bei jedem Atemzug sacht über den runden Wangen. Vor Erleichterung wäre Tom beinahe zusammengebrochen. Angesichts ihrer Unschuld wurde er von seinen Gefühlen überwältigt. All der Schmutz, den er in den letzten Monaten gesehen hatte, und alles, wogegen er so verzweifelt hatte ankämpfen müssen, überflutete ihn nun. Tränen schossen ihm in die Augen, und seine Knie gaben unter ihm nach. Er glitt die Wand hinunter in die Hocke. Den Kopf vornübergeneigt, ließ er seinen Gefühlen freien Lauf, ohne weiter gegen die Woge aus Schuld und Verzweiflung anzukämpfen.

Als er nach ein paar Minuten versuchte, sich zusammenzureißen und wieder Herr über sich selbst zu werden, gelang es ihm nicht. Zitternd und schluchzend tastete er sich blind den Flur entlang, instinktiv steuerte er auf das Schlafzimmer zu.

»Tom? Bist du das?« Amys geliebte, vertraute Stimme klang durch die Dunkelheit.

Er erreichte nur mühsam die angelehnte Tür, doch er brachte keinen Ton heraus. Er war am Boden zerstört: Jede Lüge, die ihm je über die Lippen gekommen war, aller Haß, den er je verspürt hatte, jeder unwürdige Gedanke, jede falsche Überzeugung, das Ausmaß seiner schrecklichen Taten – unter der Wucht all dieser Gefühle brach er zusammen, sie strömten heraus wie Eiter aus einem offenen Geschwür.

Hastig sprang Amy aus dem Bett und riß die Tür weit auf. Beim Anblick ihres Mannes stockte ihr der Atem: »Um Gottes willen! Tom! Bist du in Ordung?«

Er stolperte ins Schlafzimmer. Amy wich zurück, bis sie auf der Bettkante zum Sitzen kam. Tom fiel vor ihr auf die Knie und umschlang ihre Taille. Er vergrub sein Gesicht in ihrem Schoß und brach in hemmungsloses Schluchzen aus. Amy, der der Schreck ins Gesicht geschrieben war, saß schweigend da und hielt ihn fest. In diesem Zustand hatte sie Tom noch nie gesehen und hätte auch nie erwartet, ihn je so zu sehen. Welch unvorstellbare Qualen er erlitten haben mußte! Tränen des Mitleids schossen ihr in die Augen. Ihr kam es vor, als müßte er ewig weinen, als wolle er all die ungeweinten Tränen der ganzen Welt vergießen. »Rette mich«, preßte er schließlich unter Schluchzen hervor.

Toms seelische Verletzungen waren schlimmer als die körperlichen. Seine äußeren Wunden heilten mit der Zeit von allein. Im Grunde war er ein gesunder, durchtrainierter junger Mann, und es dauerte nicht lange, bis sein Körper mit Hilfe der Ruhe und Liebe, die ihm zuteil wurden, wieder zu Kräften kam.

Was seine Seele betraf, so merkte Amy, daß ihr Mann sich verändert hatte. Er hatte seinen Humor verloren, war überempfindlich und schweigsam geworden. Amy erkannte, daß Tom über seine Erlebnisse nicht sprechen konnte – weder mit ihr noch mit anderen. Vielleicht gelang ihm das eines Tages, aber jetzt war die Zeit noch nicht reif.

Das erste Mal lächeln sah sie ihn erst Wochen später. Als er dem Briefträger entgegenging und eine Postkarte in Empfang nahm, auf der ein Kätzchen mit großen Augen abgebildet war, das eine glitzernde Schleife trug. Tom stand neben dem Briefkasten und las die Karte. Die krakelige Kleinmädchenschrift wimmelte von Unterstreichungen und Ausrufezeichen.

»Hi! Ob Sie's glauben oder nicht – ich bin wieder zu Hause. In L. A. war's noch ganz schön heftig! Mom und ich zanken schlimmer als früher!! Ich hab bei der Talkshow von Sally Jesse Raphael angerufen, weil die da Teenager suchen, die Ärger mit ihren Müttern haben. Wer weiß, vielleicht sehen Sie mich eines Tages doch noch im Fernsehen!! Danke, daß Sie mich nach Hause geschickt haben!!!«

Sie hatte mit *»Summer (echter Name: Debbie Sue Hopkins)«* unterzeichnet.

Das war immerhin ein Anfang.

Bitte beachten Sie
die folgenden Seiten